iStyle 004

鬳魚

㊤

扶華　著

高寶書版集團

◆目錄◆

第一章　大型求生副本裡的鹹魚選手

鄒雁發現，現在的情況不大對勁。

她在一個古色古香、仙氣飄飄的屋子裡，穿著一身青色布裙，坐在一個蒲團之上，雙手結成蓮花印，彷彿正在修煉的模樣。

……但她不是昨晚因為修改設計稿加班到凌晨，回家後連澡都沒洗，倒在床上睡了過去嗎？這雙手也未免太白嫩了，不太像她的手。她正研究著放在膝上的那隻纖纖玉手，於此同時，忽然響起了一陣敲門聲。

「叩、叩。」

鄒雁的心跳了一下，猶豫地爬起來後，做了三次深呼吸的心理準備，打開了門。

門外站著一個看起來三十多歲的大哥，穿著一身灰綠色道袍，清俊出塵，對她笑道：「廖師妹，師父喚妳去竹曲幽圃。」

鄒雁心裡道：廖師妹？師父？竹曲幽圃？這都什麼跟什麼啊？

如果是穿越，為什麼沒有自帶記憶，為什麼沒有新手指引教學？啊！要死了！

「嗯……師兄？」鄒雁只能趕鴨子上架，試探地問。

他非常和藹地說：「師妹可是緊張？沒關係，師父只是要叮囑妳幾句罷了，快去吧。」他說完作勢要告辭，鄒雁連忙又喊了一聲師兄。

男人面帶疑問，鄒雁硬著頭皮問：「師兄能不能帶我過去？」連地圖都沒有，沒人帶路，她怎麼找得到地方？

他竟然沒有什麼懷疑，非常好說話地帶她過去。

「廖師妹，妳不用有太大的擔憂，我們清谷天不比其他地方，並不看重那些。」

鄒雁跟在後面做聆聽狀，偶爾受教地點點頭，其實心裡充滿了疑問。這都在說些什麼鬼東西？一句話也聽不懂！

路上有一些同樣穿著青衣的弟子們，見到他們往往會微笑頷首，偶爾有打招呼的，會叫聲廖師妹和蘇師兄。還有一些矮小的童子，穿著更加樸素的衣袍，叫她廖師姊。

鄒雁一路走過去，觀察周圍那些全不認識的人和花花草草，腦子裡迅速抓出了幾個關鍵字：靈魂穿越、修仙、大門派。

要死了要死了！她的專業是電繪設計，又不是通靈！現在要怎麼辦？萬一穿幫了，會不會遭受什麼更可怕的事情？

沒讓她想太久，蘇師兄將她送到了一片竹海之外，示意她自己進去，然後就衣袖一揮，瀟灑離去。

鄒雁沒辦法，只能硬著頭皮上了。走進竹林海中的一條小路，每隔一段距離就會有竹製一般的門，連續過了九道門，才看到裡面的一座竹製小殿。

小殿沒有掛上匾額，等等，怎麼能不掛匾額？那這到底是不是竹曲幽圃？她在門外徘徊了一會兒，屋內有人說：「停雁徒兒，為何不進來？」

喔，是這裡了，而且她現在可以得出一個結論，她這具身體姓廖名停雁。鄒雁走了進去，只見一個面容二十多歲的年輕人轉身過來，表情和藹慈愛地看著她。

鄒雁：「……師父。」這麼年輕嗎？真的假的？

年輕人又道：「入為師門下三個月了，怎麼還這般拘束？為師不是說過了，妳同我親生女兒一般，只將我當做父親即可，不必見外。」

鄒雁：「……」你認真的？你看起來比我還年輕，說要當我爹就當我爹嗎？

多說多錯，鄒雁拿出了過年時候應付親戚長輩的絕招——笑就對了，只要不是必須回答的問題，羞澀地微笑就對了。

果然，年輕師父不覺得有什麼不對，而是招呼她過去坐，然後喝茶。接著用班導師和學生談心的語氣說：「我這次叫妳過來，主要是因為三日後的選拔，妳不必擔心，一切隨緣即可。妳入門本來就晚，修為不高，輩分也是最低的，這次八大宮都會選拔優秀的弟子前去，我們清谷天也只是湊數的罷了。」

鄒雁一陣恍惚，還以為是班導師在向她開導考試成績。雲裡霧裡地聽了一堆，年輕的師父最後說：「三日後，為師會去送妳，妳做好準備。」

鄒雁下意識地往人家腦袋上看了一眼，覺得那裡應該要有個卷軸或者感嘆號。她覺得這個師父好像遊戲中下達任務的ＮＰＣ。

等她循著記憶回到一開始醒來的那個房間，終於鬆了一口氣，煩惱地抓了抓頭髮。不行，冒充別人壓力太大了，好想死回去！

無意間扭頭，在角落裡看到了一面鏡子，鄒雁忽然怔住，接著跳起來猛摸自己的臉。媽啊！這是什麼絕世大美人！這具身體是仙女嗎，吃什麼長得這麼漂亮？好，我可以了，我不想死了，多活一天賺一天。

反正也不知道怎麼回去，只能先當著廖停雁。

當廖停雁，其實也不是很難。她很快就從周圍的弟子和小童子們口中，打探到了一些基礎的人物資訊，比如說她是今年被洞陽真人收入門下的，和其他人都不熟，修為低微，只到煉氣期，是個資質一般的三靈根。

而她所在的門派是修真界正道的第一大派，庚辰仙府。據說這個庚辰仙府非常大，弟子也多得數不清。她師門的這一小脈名為清谷天，就是八大宮其中一宮之下，一個洞天裡的一個小支脈。

總結一下就是，她現在修為低、輩分低，就是個龐大組織裡面的小小蝦米。

另外她還聽到了一個小八卦，據說她師父洞陽真人之所以會收她為徒，是因為她長得和洞陽真人幾十年前去世的女兒一模一樣。洞陽真人愛屋及烏，對她這個小徒弟很是愛護，連帶著清谷天的師兄們都對她和善有加，她也是清谷天這一個小支脈裡唯一的女弟子。

因為這件事，廖停雁終於知道師父之前跟她說的那番話是什麼意思。這關聯性要說起來，和一件大事有關。

庚辰仙府最近唯一的重大事件，不僅是庚辰仙府內部人人議論，更是引起了整個修真界的關注。

他們庚辰仙府裡輩分最高的一位師祖，即將結束五百年的閉關，要出關了！

這位老祖宗名為慈藏道君，輩分之高，比如今的庚辰仙府掌門還長一輩，乃是掌門的師叔，若比喻成人間帝王家，那他就是太上皇了。不僅如此，這個祖宗還是一語雙關，是實實在在的雙重祖宗。

據說他不僅輩分高，身分還很特殊。庚辰仙府開山至今已有幾十萬年，最初建起庚辰仙府的祖師爺姓司馬，後來每一代掌權之人都姓司馬。渡劫飛升的幾百人中，也有一大半都是司馬氏，而如今庚辰仙府裡的最後一位司馬氏，就是這位慈藏道君。

食物鏈頂端的祖宗要出關，不是一件大事嗎？

因為這祖宗即將出關，掌門、長老以及八宮宮主們一群高層決定，為祖宗提供最優質的服務，率先選一些資質好的優秀弟子過去伺候。不知是出於什麼考量，人選只從女弟子中挑選，因此廖停雁這個新入門的清谷天唯一紅花，也在待選之列。

廖停雁：「……」這不是皇帝選妃吧？

第三日，那位看起來很年輕，其實已經三百多歲的年輕師父親自過來，送她前往選拔場地。廖停雁這才真正見識到了庚辰仙府有多廣闊，她的直系上司用那麼快的法寶飛行，飛了起碼兩個小時才到，途中經過的那些地方，據說還只是庚辰仙府的小部分範圍。

「瞿冬三十六仙山，延綿八千八百八十八里，全都是庚辰仙府的地界。」似乎是注意到廖停雁在想什麼，洞陽真人說道：「我們的宗門確實是很大，有很多低級弟子們，一輩子都會生活在這些附屬城池之中，如同凡間的國家子民一般。」

廖停雁心道：媽啊，長了好大的見識。

遠遠的，廖停雁看見了一座巨型的廣場，幾乎能算是一片平原了，幾十根玉柱矗立在兩旁，高聳巍峨的宮闕在中線上宛如一隻鳳凰。那裡已經站了不少的弟子等候，而且還源源不斷地有人前來，場面之恢弘壯闊，直讓廖停雁心裡發虛。

洞陽真人如同一位送孩子上考場的家長，將人送到後就只是用慈愛的目光給予她鼓勵，然後退場等待，留下廖停雁一個初來乍到的小萌新，混入一大群美人之中。

廖停雁站在角落裡，抬眼望去，只覺得自己來到了選美大賽現場。這若真的是選美大賽，比起來肯定很難裁定，因為每一個人都漂亮到直逼仙女，要選出冠軍這種東西還真的有點困難，看久了甚至有點審美疲勞。

又看了一會兒，她就不得不低下頭做個眼睛保健體操，對眼睛的刺激太大了。

場上起碼有萬人在場，穿著各色衣裙的美人們輕聲細語地聊天，還有人找到了廖停雁頭上。

「這位，不知道是哪一脈的師妹？」

廖停雁好歹也是個社畜，跟人打交道還是會的。當即禮貌地表示，自己是清谷天洞陽真人門下的弟子。

說話的大美人掩口一笑，眼中露出一絲輕蔑：「喔，不是師妹，是師侄啊。」然後就不理會她了，估計是看不上眼。

廖停雁只是粗略一聽，就發現周圍的這些美人們，不是單靈根、變異單靈根就是頂級雙靈根的絕佳資質。修真界那些十年出一個、百年遇一回的天才，全部都往這裡擠，彷彿一籃上好的大白菜。

而且她們的輩分基本上都與洞陽真人一樣，身分也高，當然看不起廖停雁這個小弟子，若不是她的臉實在好看，在這麼多人中也算引人注目，她們才不會主動找她搭話。

廖停雁放心了，看來確實如同長官所說，就是來走個過場的。

「鐺——」

一聲渾厚鐘響後，場中忽然靜了下來，接著有五色流光從天外飛來，一一落在廣場之前的大殿前方，光束又變成五道人影。因為離得太遠，廖停雁看不太清楚他們的長相，只覺得那幾位身上都有著一種奇特的氣質，威勢煌煌，令人不敢直視。

這應該就是高層了。

「竟然來了五位！」

「是啊，幾年前出現禍世大妖魔，當時也只有四位宮主現身吧？怎麼今日為了挑選幾個人就來了五位？看來，長老們真的很重視這次的事。」

廖停雁豎著耳朵，聽身邊的大美人們小聲地聊著八卦，語氣無一不是驚訝和興奮。

上方高高的臺階之上，一名老者開始說話：「今日，我們會在場上眾弟子中挑選百人，待慈藏道君出關後，前去侍奉。」

老者又簡單說了幾句，便和旁邊幾人一同伸出手，放出萬道靈光。場中每一個人身上都籠罩一層靈光，廖停雁身上自然也是。那些光芒在片刻之後紛紛熄滅，場中光芒未滅的唯有一百人，就是上面那些宮主們選出來的人。

籠罩在光芒裡的廖停雁：「……」說好是來走過場的，怎麼就被選上了？

§　§　§

「既然被選上了，也沒有辦法，妳放心去吧。」洞陽真人安撫地說：「雖然為師也未曾見過那位慈藏道君，但只聽這道號名，大約也是個寬厚慈和的長者。妳要是去了，只管守好本分，事事不要強出頭就好了。」

好吧，事到臨頭也沒辦法，廖停雁拿出了現代社畜的認命本能，把心態放寬，一切看淡。人生沒有什麼過不去的坎，如果有，就躺下。反正躺在終點、躺在起點，躺在哪裡都是躺吧？

一旦看開了，什麼問題都不算是問題。

等待著祖宗的出關之日，廖停雁發現宗門裡確實人人都在關心這件事。清谷天這一脈是常年被人忽略的小地方，因為出了一個她，也開始熱鬧起來，就像小鄉鎮的學校裡出了個名校榜首一般。

許多人都不明白怎麼會選上廖停雁，按理來說，待選的女弟子那麼多，還有很多落選的都比她更優秀。而廖停雁自己也不清楚是怎麼被選中的，她全程都在雲裡、霧裡、光芒裡，來打探消息的師姊妹們只能失望而歸。

「聽說白帝山與赤水淵都有遣人前來，要參加慈藏道君的出關大典。」

「不只是白帝山與赤水淵，那些大小門派，哪個不想來？也要看看有沒有資格啊，我聽說這回的出關大典，不允許外人參與。能親自去三聖山恭迎慈藏道君的，也就只有我們庚辰仙府內部的那些弟子們，與各宮、各洞天以及各脈之主而已。其他晚輩都只能在山下觀望，他派之徒更是不能靠近。」

「那廖師姊應該也能去吧？她可是被選為侍奉慈藏道君的百位弟子之一呢！」童子們說起這件事，又十分羨慕地看了廖停雁一眼。

廖停雁在他們期待的目光中點了點頭：「對，我應該能看到。」

「不知道慈藏道君是什麼樣的人物，我也好想看看，可惜我們這些小童，只能在外面迎來送往，根本沒資格親眼見到道君。」

「廖師姊，妳要是看到了，以後再說給我們聽，好不好？」

「行啊。」廖停雁一口答應了下來。其實依她看來，那位老祖宗估計是個白髮飄飄的老人家，鬍鬚可能會非常長，和他的年紀成正比；要不然從道號來看，也會是個慈眉善目、寬額厚耳，像是菩薩一般的面相，說不定眉心還會有一點紅痣。

她被人搭話多了，總覺得自己像是要去面見國家元首，心裡也漸漸期待了起來，這可太有面子了。

在這個有著妖魔鬼怪、神仙的修真世界裡，作為力量頂端的存在，慈藏道君的面子是非常大的，到了他終於要出關的那日，整個庚辰仙府都熱鬧得好似沸騰了起來。

§ § §

廖停雁一大早就見到東方雲霞流動，色彩瑰麗，那並不是自然形成的景象，而是庚辰仙府內的弟子們利用法寶，驅使雲霞流動，人工營造出來的美景。要使天象出現這種美輪美奐的變化，並不是一件容易的事情。也就只有庚辰仙府會這麼大手筆，派出這麼多的弟子去做舞臺效果，烘托氣氛。

時不時有巨大的仙鶴及漂亮的禽鳥飛過，牠們負責運送客人與前來旁觀典禮的其他弟子們。

空氣裡如雲霧一樣流動的光暈，那都是以靈力凝結後具象成形的。因為長老們打開了靈氣地脈，讓庚辰仙府地底下的靈脈上湧，才會顯現出這些靈霧。沐浴靈霧的靈草植物散發出沁人心脾的幽香，而沐浴在這些靈霧中的人，也會感到全身毛孔張開，飄飄欲仙。

廖停雁來到這裡好幾天了，一直不知道該怎麼修煉。可是沐浴在這靈霧之中，她驚訝地發現身體會自然而然地，開始吸收這些溫和的靈氣，全身都暖暖的，腦袋也更加清明了。

她第一次覺得，修煉超級神清氣爽。

可惜她並不能一直這樣修煉，她作為旗手……不，作為侍奉的候選人，去三聖山朝拜之前得先面見高層上司，也就是傳說中的掌門大大，掌門還得對她們訓話一番才算結束。

她穿的並非是清谷天統一的青衣衫，而是另外發放的白裙。那一百個女弟子，全都穿著這樣的制服。

照理該是由師父送她過去集合，這幾日以來，師兄們都與有榮焉，倒是這個師父，看不太出來高興的樣子，將她送到集合的大殿後，又憂心地吩咐了幾句，像是不要輕易與人結怨等等。

不是親爹卻更似親爹。

廖停雁來到的大殿是她見過最華麗的一座，高高的穹頂上雕刻了無數浮雕仙人圖，用彩色寶石裝飾著，彩繪塗飾精緻，令人眼花繚亂。幾個人高的瑞鶴金燈擺放在雲紋玉柱旁，光可鑑人的地面不知道是用什麼鋪成，厚重且堅實，倒映著殿內明亮的燈火，如同另一個鏡中世界。

與廖停雁一樣在驚嘆四周景象的還有一些人，不過她們都很快地收斂了表情，在大殿中央端正地站好。殿內高處擺放的琉璃蓮花座上，陸續出現幾道朦朧的人影，高層的本體沒來，倒是用了分靈代替。

廖停雁心想：這是視訊會議嗎？很可以。

正中央那位神祕的掌門聲音嚴肅：「爾等聚在此處，我有一些話要囑咐妳們。出了這道門，便不能再與其他人說起。」

「慈藏道君出關後，妳們會被送進三聖山中。入山之後，妳們要得到慈藏道君的青睞，若誰能做到，不只是之前說過的那些獎勵，還有千百倍的好處，乃至出身的一脈都會得到無上榮耀。而有關慈藏道君的一切事情，爾等都要詳細稟報。」

……這些話聽起來不太對勁呢。

「慈藏道君並非常人，妳們都要盡心侍奉著，萬萬不可惹怒了他！否則，只有死路一條。」

廖停雁開始有點緊張了，這是幹嘛？說好的溫和長輩老祖宗呢？怎麼聽起來還會有生命危險呢？

可惜她現在即使害怕也不能退出，掌門訓完了話，揮揮衣袖帶著眾人離開大殿，直接去了三聖山。

這一招「袖裡乾坤」十分神妙，能將上百個人同時帶走，眨眼間遁至百里之外。廖停雁覺得眼前一暗，再睜開眼時，也就過了兩秒鐘，人已經站在了另一個地方。

「這就是三聖山了？」

身旁不知道是師姊還是師伯的那位，盯著眼前的山，激動到快昏過去了，搞得廖停雁也開始緊張，怕她真的一口氣沒喘過來，就暈過去了。

她們眼前這座三聖山，是庚辰仙府裡最特殊、最有意義、最神祕的一座靈山，連掌門的主峰太玄山都比不上。據說三聖山之所以叫做三聖山，是因為庚辰仙府傳說中最早飛升成神的三位聖人，飛升之前都在這座山中修行。

而如今，因為慈藏道君還在閉關，整座三聖山已經封山五百年了，無一人能進入。

往前望去，是隱匿在雲霧之中，散發著靈光的三聖山；往後望去，是烏泱泱的一大群人。那都是庚辰仙府裡有頭有臉的弟子們，每個人都規規矩矩地耐心等待著。天空中則是庚辰仙府頂尖的高層管事，與掌權的宮主掌門們，一圈人皆看不清形貌，同樣在等待。

有點像閱兵儀式啊！或者像小時候看過的西遊記，一群天兵天將站在十幾層的雲間，等待著孫猴子現身。

這個想像讓廖停雁把自己逗笑了，她緊張的時候腦袋思維就特別偏，總會忍不住想像那些場景。

「嗡——嗡——咚——」

在數十萬人灼灼的目光注視下，三聖山中忽然傳出厚重鐘聲，旋即地動山搖，彷彿還有看不見的波動從三聖山的方向，朝四面八方噴射而出。

廖停雁離得比較近，只覺得腦子一頓、鼻頭一熱，血就流了下來。

廖停雁心下一凜：「……靠，流鼻血了。」

她並不是最慘的，最慘的是那一群高高在上的領導階級。只見一道光掠過，他們全都發出驚叫，飛了出去，甚至還有兩個人狼狽地落在百人女弟子正前方。廖停雁清楚看見疑似掌門的中年人「哇」一聲後吐出了一口血，往前一跪，揚聲喊道：「師叔息怒！」

既然掌門都跪了，其他人能不跪嗎？雖然不知道為什麼師祖會發飆，但四周立刻就跪了一大片，齊刷刷地跟著喊：「師祖息怒。」

這麼多的人一起喊，聲音震動四野，然而饒是如此，眾人也清清楚楚地聽到了一聲冷笑。

那是一聲充滿了不滿與戾氣的冷笑。

「待我出來，你們都要去死。」

好像是那位三聖山裡的老祖宗說的。

廖停雁又一默。不是吧，你們確定要出關的是正派的老祖宗，而不是什麼魔教的？你們的老祖宗好像要殺人了，這個慈藏道君的「慈」，好像不是慈祥的那個「慈」啊！

不只廖停雁慌了，掌門與幾個宮主、年老的洞主更慌。弟子們不知道為什麼老祖宗這麼凶，而他們這些壽數幾千年的老傢伙自然知道緣故，因此更是覺得口中發苦。

怎麼都五百年過去了，這位祖宗不僅沒收斂，反而更可怕了！這件事要是再不解決，他們庚辰仙府延綿了幾十萬年的大宗門，恐怕要斷在他們這一代手中，到那時他們還有什麼臉去見列祖列宗？

掌門此時也顧不得其他了，這祖宗比他們想像的怒氣更甚，他只能做好最壞的打算。

「師叔，五百年前您閉關後不久，師父就壽盡而逝。他老人家臨去前，留下了一封信給您，希望弟子能當面呈給師叔。」掌門恭順地跪在三聖山前的臺階上，絲毫不見先前在眾弟子面前的威嚴。

但現在所有人都顧不上這個了，他們都豎著耳朵聽老祖宗的動靜。

老祖宗好像又冷笑了一聲，然後說：「進來。」

掌門起身走進了三聖山的雲霧之中，留下一眾弟子在外翹首以盼。

廖停雁琢磨著，這老祖宗的聲音聽上去似乎並不老，不僅不老，好像還滿年輕的，就是聽上去凶凶的。

沒過多久，雲霧忽然散去，三聖山的真面目出現在眾人眼前。

三聖山都封山五百年了，年輕的弟子們都沒見過三聖山的真面目。此時一見，個個都看傻了眼睛——偌大的一座三聖山上，絲毫不見草木，全是用玉石鋪就，以一種玄妙的規律，鋪成各式圖案——乍看像是同款樣式，但細細看來，就能發現其中彷彿包含著無數陣法。

山頂中央是圓形的宮殿建築群，高低錯落著，圍繞著最中間的一座高塔，金瓦紅牆，看起來十分富麗。只是宮殿周圍聳立著上百根黝黑精鐵，在其之上繞著黑色的巨大鎖鏈，緊緊纏住中央高塔，塔上漂浮著畫著符文的巨大封字玉牌。

照這個彷彿封印著什麼可怕東西的架勢，看起來不像閉關的地方，更像座鎮壓孫悟空的「五指山」。

廖停雁頓悟了，看看身邊一整群的大美人們，突然覺得有些頭痛。既然這祖宗是個「孫悟空」，不去找個唐僧或如來佛什麼的，找一群白骨精、蛇妖和孔雀公主過來有什麼用？難不成她們是去替祖宗祭天，平息怒火用的？

我覺得我猜到了什麼不能說的東西，救命！

8　8　8

庚辰仙府一群徒子徒孫們帶著各種迷茫，在三聖山下等了大半天，等到連廖停雁一開始懷著的驚恐心情都煙消雲散了，重歸鹹魚心境。

哪怕校長在臺上喊「這次成績出來，你們都完了」，像她這樣的放牛班學生，恐懼過後也會覺得無所謂。反正大家都一樣，就沒什麼好怕的了。她現在已經不會擔憂遠方的死亡，只想著眼前的腿痠，有點想坐下來歇息歇息。

縱觀全場，大概只有她修為最低。剛才老祖宗一個餘波殃及池魚，弄得她流鼻血，這怎麼扛得住？她將重心從左腳換到右腳，又從右腳換回左腳，終於，那獨自深入虎穴的掌門大大從校長室裡出來了。

他彷彿被人揍過一頓，顯得異常狼狽，頭上戴著的高級裝備玉冠碎了，看起來搖搖欲墜。那一張清俊儒雅的臉龐此時紅白交錯，異常精彩。他中氣不足，有氣無力地吩咐道：「師祖現已出關，不喜歡有人打擾，都散了吧。」

本來之後還有半場典禮，現在看來是不用繼續下去了。

「至於妳們，進去之後，好好侍奉師祖。」這一句則是對著百人女團說。

領頭的女弟子據說是掌門的親戚晚輩，有如內定的班長一樣。此時她視死如歸，與掌門大大互換了眼神，懷著革命烈士的姿態，毅然決然地領著一群姊妹，一步步走入三聖山之中。

每個人的腳步都很沉重，全無一開始時的興奮和期待。她們在這段時間裡，情緒已經冷靜下來了，明白此事必有蹊蹺，所以滿心惶恐。廖停雁的腳步也很沉重，只不過她是真的腿痠，三聖山又那麼大，玉石鋪成的地面雖然好看，但真他媽寬廣。人走上去和螞蟻一般，怎麼走都走不完。

俗話說望山跑死馬，這地方又不知道是怎麼回事，有種奇怪的壓力感。等到百人女子敢死先鋒隊好不容易到達了中心建築群下，不只是廖停雁，其他修為更高的妹子們也快承受不住了。

「這裡好像不能隨意動用靈力，怎麼回事？」有人忍不住小聲問道。

還有人看著高聳入雲的漆黑鐵柱與鎖鏈，心下不安：「這些鎖鏈……又是怎麼回事？」

「這些花，好像、好像是日月幽曇……這裡為什麼會有如此多的日月幽曇？」走過最外圍的血紅高牆，又有妹子發現了不對勁。她們眼前的一片花圃，彷彿是圍繞著整個圓形建築生長的。

廖停雁看著那些花，花型如牡丹，花色雪白，花蕊為黑，枝葉也是漆黑的，怪好看的。畢竟她不是土生土長的人，見識又少，不知道這名為日月幽曇的花到底是什麼來歷，能把一群妹子嚇得瑟瑟發抖，如同見鬼一樣。

她有心想問，但所有人的臉都白得像花瓣一樣，看起來很嚇人，於是閉了嘴。

她們到了這裡，周圍寂靜無聲，連一陣風都沒有，不知道該往哪裡走。

「我們……是否要繼續往前？」

「當然，得去拜見師祖才行。」內定班長強裝鎮定道。

「可是該往哪裡走呢？」

廖停雁聽到了一點奇怪的聲響，那種「嘶嘶——嘶嘶——」好像是蛇吐信的聲音。她頭頂上有一陣涼風掠過，抬頭看去，見到一隻巨大的黑蛇盤在柱子上，赤紅的豎瞳正冷冷地注視著她們。

這條蛇大得離譜，有多大呢？廖停雁目測了一下，覺得這隻蛇要吃掉她們這些人，大概只需要十口，一口就能吞下十個。而把她們全部吃完，應該還不會吃得太撐，畢竟腰身又那麼粗。

廖停雁腿軟，抓住了旁邊某位不知名師姊的手，師姊也腿軟，又抓住了旁邊師叔的手。

廖停雁無語，原來我們不是來讓祖宗殺著玩的，而是來當他愛蛇的飼料。

她一邊狂冒雞皮疙瘩害怕著，一邊還抽空思考，要是這條蛇真的把她們一口吞掉，她們身上戴著的首飾衣服等等，牠能不能消化掉。

最後還是班長走了出來，對大蛇畢恭畢敬地道：「前輩，我等一眾弟子是來拜見師祖的，掌門命我等來侍奉師祖起居。」

大黑蛇從高高的柱子上蜿蜒攀了下來，無聲地貼地靠近，巨大的身軀繞著她們轉了一個圈。廖停雁站在最旁邊，感覺那些漆黑泛光的蛇鱗幾乎是從自己手邊滑過，心臟都差點停了。

真苦，和這麼大的蛇第一次見面，就要這麼親密接觸。

好在蛇並沒有要吃她們的意思，只用像探照燈一樣的眼睛照了她們一圈，就從她們旁邊爬過去了。

沙沙——

大黑蛇往前爬行，穿過了那些日月幽曇。

「快，跟上前輩。」領頭人低聲說，眾人連忙跟上。

大蛇帶著她們一路穿過如許多迷宮一般的宮殿，來到了中心塔下。明明她們在山下遠遠看著時，三聖山是清光熠熠、明亮聖潔的，可是當她們來到這座中心塔下，才發現中心塔這一邊的天空與在外面看到的完全是另一個模樣。

陰沉的天空籠罩在一片天地之上，將那些金瓦紅牆的明豔建築都鋪上了幾分陰沉氣息，再加上中心塔上綁著漆黑的鎖鏈，更令人毛骨悚然。

大蛇到了這裡後，順著高塔的巨柱爬了上去，而眾人卻不能跟著爬柱子，在她們面前的是一座階梯。

「上去吧。」內定班長昂首挺胸地往上走，她儼然已經是個真班長了，所有人都得聽她的，跟著一起上前。廖停雁落在隊伍後面，拖著疲憊的身軀爬樓梯。

這麼高的塔，沒電梯嗎？

她還以為要一直爬到塔頂，誰知道大概只爬了五六層之後，前方部隊就停下來了，因為已經沒有往上一層的樓梯了。

這一層面積很大，上來就看到一道走廊和一扇門，走廊兩邊繪著仙人樂舞圖，和一些飛仙圖之類的巨幅彩繪，華麗神祕。

然而這些漂亮的彩繪上都布滿紅色的血痕，彷彿是有人從這一頭將流著血的某樣東西，一直拖行到另一頭。更加可怕的是，那些血痕還是新鮮的。

廖停雁開始回想進來前看到的掌門，是不是有哪裡流血受傷了。應該不只她一個人在回想，因為她清楚地感覺到，旁邊的某位師姊身體顫抖了起來。

她們的腳步聲在這裡顯得異常清晰，心跳聲也是。走到那扇門前，門忽然開了一道縫隙，當隊伍最後的廖停雁走進去後，門在她身後悄然關上了。

在這裡，廖停雁再次看到了那條大黑蛇。牠纏在室內的一根柱子上，除了這條蛇和她們在這個空曠的空間裡，還有一個人。

那個人端坐在正前方的一張椅子上，對她們說：「過來。」

廖停雁第一次發現，有人能把簡單兩個字說得如此陰鬱森然。

班長帶領同志們上前向祖宗行禮：「見過師祖。」

廖停雁不知道怎麼被人擠到了前排，學旁邊的人一起行禮，她好奇地往前瞟了一眼，只看到一隻白到有些可怕的腳。

這個人赤足踩在深黑色的地面上，皮膚下隱約露出青色的血管，赤足旁拖著黑色花紋的寬大衣襬，衣襬微微拂動時，露出了另一隻腳。廖停雁發現他左腳踝上繫著一根紅線，紅線上則串著一枚木色珠子。

不知怎麼地，那細細的一根紅線，竟然給她一種驚心動魄的感覺，看著看著，差點就要喘不過氣。

上頭那位祖宗卻忽然站了起來，廖停雁看見他往自己這邊走過來，那雙腳在黑色的衣襬裡脫隱若現，最後停在她——旁邊的師姊身前。

「真是好大的膽子。」

這一句話過後，廖停雁覺得有些什麼液體濺到了自己身上，鮮紅濃稠的血在黑色光滑的地面上蔓延，浸透了旁邊廖停雁鋪開的白色裙襬。

廖停雁：「……」嘔——

不行了，我不行了。

死人了！

我好怕！死人了！啊！

她有點想吐，但腦子裡又特別清楚地意識到，如果現在吐出來，可能會導致什麼更可怕的後果，於是她又下意識地吞了回去。

……媽的，感覺更噁心了！

師姊的屍體軟軟地倒了下來，就在廖停雁的手邊，她親眼看著師姊的臉慢慢變化，眨眼間變成了另一個人……嗯？變臉了？

附近有人在驚呼：「這、這不是菀靈師妹，這是誰？」

其他人都很慌張：「這個人是怎麼混進來的，為何無人發現？」

剛搞死人的祖宗再次有了動作，他踩著血和屍體，又停在了廖停雁面前。

廖停雁：「……」好像是在看我？不！祖宗，千萬別看我！

「膽子真大。」

一聽到這句話，廖停雁整個人涼了半截，剛才那位不知名的姊妹被弄死之前，這祖宗好像也說了同句話。

可是她怎麼就膽子大了？她根本什麼都沒做啊！孫女冤枉啊祖宗！

就好像打針之前，因為知道針頭快刺下來了，整個身體都會很敏銳。她現在就處於這種狀態，注意力非常集中，提著心，等著哪個地方傳來痛感。

頃刻間，她等來了一隻手。那隻手抵著她的下巴，將她的臉抬了起來。

既蒼白又冰冷的手碰到她的下巴時，廖停雁只覺得渾身寒毛直豎，背後冷汗瞬間流下來了。

就好像之前，那條大黑蛇往她旁邊滑過去的時候一樣。

她被迫僵硬地抬頭，終於看清了祖宗的模樣。

之前都猜錯了，竟然是個小白臉。

皮膚白得像雪，頭髮黑得像墨，嘴唇又紅得像血，這描述聽起來就是白雪公主本公主。

廖停雁看著他的眼睛，彷彿只是過了一瞬，又好像過了很久，祖宗忽然放開手，坐回原位。他剛才看起來還好好的，但現在臉上露出痛苦與暴躁之色，眼角都帶著一抹紅痕。

「出去，都滾出去！」

他突然爆發，把所有人都嚇到了，妹子們各個花容失色，忙不迭地告退，連那條大黑蛇都彷彿害怕地捲起尾巴，咬著那具還沒徹底涼下來的屍體，一起跟著大部隊滾了出去。

說發瘋就發瘋，這祖宗不會是個精神病吧？廖停雁腦袋空空地離開，直到下了樓梯，站在塔才徹底回過神來。

嗯？竟然沒死？

她抬手擦了一把自己額上的虛汗，放下手時看到了掌中的紅色。

是剛才旁邊那位妹子死掉時，濺過來的血。

說到這個，她看向旁邊的大蛇。大黑蛇跟她們一起被祖宗趕出來了，此刻咬著一具屍體猶豫不決，但牠也沒有猶豫多久，很快就大嘴一張，將那具屍體吞了下去。

廖停雁：「……」

鮮。

她現在合理懷疑，那祖宗剛才沒殺自己，是因為要留到明天再餵給大蛇吃，當場殺了比較新鮮。

§　§　§

偌大的三聖山裡，除了一個一言不和就殺人的祖宗，和一條眼睛不眨就吃人的大黑蛇，沒再看見其他活物。

剩下九十九人的百人女團在塔底下站著，站了一會兒，領頭女清了清嗓子說：「我們先尋個地方住下，既然掌門要我們侍奉師祖，那麼我們就必須留在這裡。」

「可是，霓笙師叔，這裡不能動用靈力。我們在這裡無法修煉，這可怎麼辦？」

木霓笙斬釘截鐵道：「不能動用靈力就不用！不能修煉就不修煉！如今最重要的是師祖。」

在這裡的人大部分都不敢反駁她，卻也有不願完全順從她的。

「霓笙師姊，雖說我們是來侍奉師祖的，可是師祖看起來並不願意讓我們侍奉，要我們留在這裡，恐怕是徒勞無功。」看起來清冷如仙的女修道。

這似乎是某一宮宮主的孫女，身分上和木霓笙相仿。她們各自都有支持的人，另外還有幾個不同陣營的女修，此時也是各有心思。不知不覺間，原本擠在一起的眾人就慢慢分散了，一群一群地站著。

廖停雁心想：不是，這才剛到這裡，都還沒脫離生命危險呢，妳們就要鬥起來了？

聽著她們話裡帶話，妳一言我一語，廖停雁竟然有種自己錯拿了宮鬥劇本的錯覺。那什麼，我們這不是修仙劇嗎？

一群妹子在這裡妳來我往，說了一陣子，最後結局是分成三群人分別安置。一群是木霓笙為首的掌門派，一群是雲汐月為首的宮主派，還有一群是不願意依附她們任何一個人，身分又普遍不高的抱團成堆派。

原本廖停雁應該是屬於最後一派的，然而沒人願意帶上她。這些人都精明得很，今日面見師祖時，一共兩個人得到他的「另眼相待」，一個已經死了，還是身分不明的人，而廖停雁，說不定也是類似的情況。大家都預設她肯定有異樣，自然不願意沾染上她，免得被她連累。

眼看著其他人都走了，剩下廖停雁一個人，乾脆直接走到旁邊的臺階上坐下，替自己揉了揉腿。

媽啊，腿可瘦死了。到了下午時段，廖停雁摸出一個乾坤袋，這是師父洞陽真人送的，傳說中修仙人士必備的隨身攜帶儲物空間。當然，她這個袋子品級一般，裝不了太多的東西，裡面也就只有一個房間那麼大的空間，被她裝了全部的身家。

她摸出一壺水，先洗手，拿鏡子出來照了照臉，把臉上不小心濺到的血擦乾淨，梳一下有點亂的頭髮，然後漱口。又喝了點水，再拿出一顆桃子啃，墊墊肚子。她還是煉氣期，連築基都還不足，當然無法絕食，得吃東西。

她這身體的原主應該是個窮人，身家並不豐厚。她所在的清谷天卻是專門種靈植、靈果的，所以吃的東西她不缺，這次也帶了很多過來，目前看來，一年半載都餓不死。

如果她能活過一年半載的話。

和其他人一樣，廖停雁也覺得自己可能活不長了。但她本來就不是這個世界的人，死了說不定會穿越回去，所以認真來說，她也不是非常怕死。她害怕是因為怕痛，死不可怕，死亡帶來的疼痛才最可怕。

沒人理她，廖停雁反而體會出一點自在來。她不知道現在要做什麼，走出中心塔那一片陰雲籠罩的範圍後，乾脆先找了個能照到太陽的樓頂——準備睡午覺。她找的地方避開了其他人，清靜、採光好，很適合午睡。

她習慣每天睡午覺，沒有睡覺，總覺得整個腦子都不太清楚。

換掉了染血的裙子，廖停雁拿出了張床榻和一張小椅子，躺上去後覺得太陽太刺眼，又找出一個眼罩戴上。眼罩是向清谷天的師兄要來的，是某種靈植的葉子，形狀合適，綁一根繩子就能直接充當眼罩，而且戴上會覺得眼睛清涼，遮光性又強。

躺了一會兒覺得口渴了，被太陽曬得懶洋洋的廖停雁連眼罩都懶得拿下來，繼續從自己的乾坤袋裡摸出飲料——清谷天出產的竹液，甘甜清洌，清熱解毒又退火，喝下一口，發出一聲舒適的喟嘆，將剩下的隨手放在小桌子上。

廖停雁在偏僻的宮殿頂樓睡午覺的時候，其餘的人都坐在一處討論目前的環境，人人臉上都是凝重與憂慮。

中堅抱團派的有四十多個人，聚在一座邊間宮殿裡，坐在中間的女子皺起眉道：「確實不能修煉了，不僅是靈氣無法自然彙聚在這裡，用靈石也沒辦法營造出聚靈陣，我懷疑這三聖山下，是有什麼強大的陣法阻擋著。」

掌門派的木霓笙帶著人在另一處地方，她拿起一面鏡子，愁眉緊鎖：「來時父親給了我這面靈犀鏡，本想通過鏡子聯繫他，如今……唉！既然無法和外界聯繫，我們現在也出不去，恐怕還是要往師祖那邊想辦法。」

「霓笙師姊，我覺得師祖有些、有些可怕……我總覺得，多看他一眼會被殺掉。師姊，那個被師祖殺死的，到底是什麼人啊？」

木霓笙揮了揮手：「這不是我們應該關心的事。」

隔壁宮主派的雲汐月帶著十幾個人，她們是人數最少的，但這十幾人普遍身分都略高，基本上都是什麼長老家的、宮主家的後輩，淨是些一脈之主的天之驕女。她們聚在一起，也說起那個被師祖殺死的人。

「雖然師祖看起來不太好相處，但他總歸是我們的師祖、我們庚辰仙府的前輩，總不會隨意對我們出手，他殺死的肯定是什麼不懷好意的外派之人，所以我覺得大家不必害怕。」

「對，富貴險中求，我相信大家來之前，家中都有叮囑過那些事。我們和其他人不一樣，我們要趕在木霓笙她們之前接近師祖，得到師祖歡心！這可是關係著我們庚辰仙府的存亡大計！」

她們各自說著，絲毫沒有發現大殿屋頂上，一條黑色巨蛇正無聲地爬過去。穿著一身黑衣的老祖宗就坐在巨蛇身上，將她們的話全部聽在耳中。

「看看這些東西，膽子有多大。」慈藏道君司馬焦，語氣裡滿是厭惡與殺意，聽得他身下的巨蛇都微微顫抖了起來。

司馬焦站起身，踩著巨蛇的身軀，穩穩走到牠的蛇頭上：「走。」

巨蛇不知道他要去哪裡，只漫無目的地載著他在屋頂上徘徊。在過去的很多年裡，他時常這樣，醒著的時候會坐在牠身上，讓牠隨意遊走在這空曠的無數宮殿裡，白天黑夜都是如此。他做任何事都沒什麼意義，心情也是陰晴不定的，黑蛇和他相處了這麼多年，還是時常被他突然的變臉嚇到蛻皮。

「嗯？」

黑蛇賣力地往前爬，努力做好一個能自動駕車的坐騎，忽然聽到身上的祖宗從鼻子裡哼出一聲，牠立刻知趣地停了下來。

司馬焦看到了在不遠處曬太陽睡覺的廖停雁。

別人都緊張得不知所措，她怎麼能一個人在這裡躲著，還曬著太陽睡起懶覺來了？

「過去。」

黑蛇往前爬，悄無聲息地爬到了廖停雁睡覺的那個宮殿頂端。廖停雁選擇的這個地點非常好，首先，這裡有個觀星用的小高臺，能放置睡榻；二來，這裡地勢不高，離中心塔又不近，哪怕有其他人在附近的屋頂，也很難發現這裡；最後，就是這裡的光照特別好。

此時的廖停雁已經睡熟了，司馬焦乘著蛇來到她身邊，往她臉上的眼罩多看了一眼，然後抬手把眼罩捏起來，想看她的臉。

「原來是這個膽子最大的。」

他收回手，目光停在廖停雁的肚子上，露出一個古怪的笑容，自言自語道：「連魔域的人也能混進來。庚辰仙府這些沒用的東西，到底是故意讓她來惹怒我的，還是真的沒用到這個地步，完全沒發現她的來歷？」

其實之前，他本來是想殺了這個人的。這種偽裝能騙過別人，還騙不過他。只是現在，他突然又不想殺她了。

魔域要對庚辰仙府做什麼，與他何干？說不定他還比魔域的魔修們更期待看到庚辰仙府毀滅的樣子。

司馬焦想事情的時候，手下不自覺地撫過黑蛇的鱗片，然後手指稍稍用力，就摳起一塊黑鱗。

黑蛇吃疼，心想道：嗚！這不是好好的，幹嘛又拔我的鱗片？

司馬焦想拔就拔，拔完又嫌棄這鱗片難看，隨手丟了。

「走。」

黑蛇猶豫地擺了擺尾巴，腦袋往廖停雁旁邊小桌子上的一個竹筒湊了湊。司馬焦看牠這副模樣，將那個竹筒拿了起來。

稍微晃了一下，清澈的汁液在翠色的竹筒裡晃蕩。

他嗅了嗅，然後喝了一口，接著嫌棄地呸了一聲：「這什麼東西？難喝。」就把竹筒丟回小桌子上。

黑蛇載著他回到中心塔，略為不捨地吐了吐蛇信。牠喜歡剛剛那個液體的味道，可惜主人是個魔頭，毫無人性，竟然一口都不讓牠喝。

廖停雁這一覺睡到日落，剛醒來時有些回不過神，以為還是連假期間，她待在家裡睡懶覺。摘下有點歪斜的眼罩，看著周圍的建築和夕陽遠山，她才回過神來。

喔，對，穿越了。

她坐了起來，揉揉眼睛，隨手拿起旁邊小桌子上的竹液，喝一口潤潤喉間。

「呼……」

「其實也還好啊！這裡風景好，也有吃有喝，更不用工作，不就相當於白賺了個假期嗎？」廖停雁喃喃自語著，抹一抹嘴，又喝了口竹液。

她一覺睡醒後成功開導了自己，於是收起東西，準備找個地方安頓下來。這裡的屋子雖然特別多，但大多都是如空中走廊一般的建築物，其他人住在靠邊的小樓裡，她就找了間附近的空屋子，雖然離其他人有段小距離，但萬一發生了什麼事，還是都能聽見。

她選好了房間，是一處面積不大的閣樓。這個地方不知道怎麼回事，到處都空蕩蕩的，所有房間裡都沒有傢俱和物品，連灰塵都沒有，廖停雁稍微布置了一下，拿出照明用的萬年燭和一些食物，獨自看著夕陽，吃了頓燭光晚餐。

一旦把現在看作難得的度假時光，就感覺整個人都舒適慵懶了起來。

唯一不好的地方就是食物單一，晚餐的話她比較想吃點重口味的，像是肉之類的啊。

天徹底黑了下來，廖停雁無意間往窗下看，發現白天見過的日月幽曇花整個變了模樣。白天時是白花黑葉，但到了晚上竟然變成了黑花白葉。那些白色的葉子彷彿會發光一般，讓人能清楚地看見被簇擁著的黑色花朵。

其實這很奇怪，在這麼大的地方內，她唯一看到的植物就是這些花。至於其他的，連一根雜草都沒有長。

她看著樓下的花，忽然發現有一個妹子走到那些花的旁邊，似乎也在賞花。只是她賞著賞著，可能是真的喜歡，就抬手摘了一朵。

廖停雁心下一凜：「……」等等！妹子！妳的身後！

妹子的腦袋被她身後如鬼魅一樣的人影隨手摘了下來，動作就像剛才她摘花時一樣。

鮮血從無頭屍體上噴洩而出，灑在瑩白的葉子上，場面顯得異常凶殘。

一天之內看到兩次凶殺現場……

廖停雁摀住了嘴，免得把剛才吃的東西吐出來。就在她扭頭的那一瞬間，摘人腦袋的黑衣祖宗抬頭看了她這邊一眼。

當廖停雁再看過去的時候，人已經消失了，大黑蛇還在原地，把無頭屍體一口吞下。

「不好！我玉家的溶溶本命之火熄滅了！」庚辰仙府內府燈閣中，十幾人圍坐在百盞燈火之間，一個容貌秀麗的男人忽然伸出手往前一抓，口中喝道：「回！」

絲絲縷縷的白霧在他掌中彙聚，男人臉色這才好一些：「還好，魂魄未散。」

他將掌中白霧吹出，頃刻間，身軀透明的女子浮現在眾人面前，正是因為摘花丟了腦袋的那位倒楣蛋。

女子滿面茫然，似乎還沒弄清楚發生了什麼，見到眼前的男人欣喜地喊了一聲：「外祖！」

玉秋霄怒其不爭氣，狠狠地瞪了她一眼：「我不是囑咐妳事事小心嗎！怎麼就死了！」

玉溶溶愕然：「我死了？怎麼死的？」

玉秋霄被她氣笑了：「妳問我？我怎麼知道妳是怎麼死的？」

玉溶溶訕訕道：「我、我就是看到師祖那裡種了很多日月幽曇，以前只聽說過還從未見過，一時好奇，就想摘一朵看看……」

眾人一片無言，玉秋霄簡直想再給她一掌，讓她直接魂飛魄散算了：「妳！我怎麼會有妳這種愚不可及的後輩！日月幽曇是妳能摘的嗎？啊？」

坐在他旁邊的中年男人便勸他：「玉宮主，事已至此，你再罵她也無用。還是早些準備，將她送去寄魂托生，過個幾年就能接回來了。」

玉溶溶也道：「外祖，你可要替我選個好看點的孕體啊，一定要長得比我現在好看！」

玉秋霄罵她：「成事不足、敗事有餘的東西，給我閉嘴！」

庚辰仙府歷史悠久，已然是眾仙道中的一個龐然大物，難免會有一些重要的優秀弟子無端隕落，後來「寄魂托生」之法就應運而生。

原本是將那些對宗門用處大、貢獻大的弟子死後的魂魄收集起來，用祕法讓他們托生在庚辰仙府的附屬家族裡，等到孩子出生，再喚醒他們的記憶，將他們接回來庚辰仙府修煉。

可是時歷已久，到如今，寄魂托生儼然成為庚辰仙府這些權勢者們用來維持、擴大家族的工具。各宮宮主、脈主，一代代將自己的血脈親人與親近弟子的神思延續，讓他們再次擁有生命。雖然寄魂托生一人只能使用一次，但這樣長久下來，也讓庚辰仙府的頂層們如同一灘渾濁的死水，日漸腐朽敗壞。

將玉溶溶的魂魄收起來後，在場的十幾個人又繼續看向中間的百盞魂燈，如今還亮著的剩下九十八盞而已，一天未完，就滅了兩盞。

「第一盞熄滅的燈……」

「不必去管，師祖在這個關頭出關，不只是我們怕，其他各派之人也害怕。他們不管做什麼都是徒勞，師祖連對我們都毫無護持之心，對待那些有異心的外派之人，就更不留情了。暫且看著吧，妖魔鬼怪，還未現行呢。」坐在正中央的老者閉著眼睛，冷哼笑道。

第二章 喜歡睡覺的選手，能有效避免各種死亡現場

廖停雁的睡眠品質向來好得一場糊塗，哪怕是來到了玄幻的世界，還目睹了兩場殺人現場，都沒影響到她晚上的睡眠品質。

大約到淩晨三點，她睡得最熟的時候，房間裡忽然響起了細細的嘶嘶聲，巨大的黑蛇無聲無息地遊走過來，圍在她的睡榻邊。

「嘶嘶——」

大黑蛇對著床上睡著的廖停雁「嘶」了半天，都沒看到她有反應。碩大的蛇腦袋越靠越近，越靠越近，尖銳的蛇牙幾乎就在她臉頰上方冒著寒光，她還是一動也不動。

大黑蛇無言：「……」不對啊，牠存在感這麼強，怎麼過了半天都沒醒過來？不可能這麼沒警惕心，所以難道是暈了嗎？

大黑蛇是隻智商不太行的蛇，牠甚至不算是妖獸。是有一年司馬焦醒過來，抓到牠這條誤入三聖山、快要死了的普通小蛇，無聊至極就讓牠喝點自己的血，才讓牠得以在這裡存活下來。

一開始黑蛇其實是隻小花蛇，只有手指那麼粗、手臂那麼長。後來有幾次司馬焦發瘋起來自

殘，黑蛇又吃了點他的血肉，慢慢就異變了，身軀變得越來越大，身上漂亮的花紋也沒了，黑成了一片伸手不見五指的墨夜色。

在這裡沒什麼吃的，雖然不會死，但牠一直都覺得很餓，今天下午嗅到廖停雁喝的竹液，就記住了，晚上悄悄地過來想討點吃的。

牠的腦子就那麼點大，半晌也沒想到什麼好辦法，只能吐出蛇信在廖停雁手上舔了舔——牠以往實在餓得狠了，就會壓下心裡的害怕，猶猶豫豫地爬到司馬焦手邊，像這樣舔舔他的手，司馬焦就會漫不經心地用手指劃一劃牠尖銳的蛇牙，刺破手指，給牠幾滴血充饑。

現在，牠又把這個方法用在了廖停雁身上。

廖停雁在睡夢中感覺到了手上的濕潤，迷迷糊糊地往旁邊一推：「大寶貝，臭狗狗別舔，走開！」

她的室友曾經養過一隻狗叫大寶貝，特別愛半夜發瘋，跳到床上就是一個泰山壓頂和旋風式舔舔洗臉。只是這次她把手推出去，推到的不是毛絨絨，而是冰涼滑溜的東西。

廖停雁睜開眼，看到自己頭頂上一張猙獰的血盆大口，黑蛇的一雙紅眼睛不帶一絲溫度地凝視著她，彷彿在考慮要不要把她從頭開始吞下。

廖停雁一下子就被嚇醒了，下意識地摀住了自己的嘴巴，免得尖叫出來。心臟跳得像擂鼓敲擊般沉重，頭皮都炸了起來，總之整個人都不好了。

大蛇則開心極了，牠一開心嘴就張得更大，廖停雁更害怕了。牙！你的牙！別再靠近了！我快不能呼吸了！

廖停雁躺在床上差點淌出眼淚來，心想，這蛇兄弟是半夜過來吃宵夜的嗎？就不能省著點吃嗎？一百個人，一天一個的話能吃三個月，要是像這樣一天吃三個，也只夠吃一個月啊！

然而她誤會大黑蛇了，大黑蛇其實不愛吃人，和司馬焦這種奉山一族的最後血脈比起來，其他人的血肉都像是石頭、木頭一樣，牠壓根就不愛吃。只是司馬焦討厭屍體隨便丟在地上，要牠收拾乾淨，牠沒辦法，只能自己充當垃圾桶處理屍體。

廖停雁還在進行生命最後的走馬燈環節，走了半天，這一輩子二十幾年都回憶完了，大蛇也還沒開吃。

所以，蛇兄弟，你到底吃不吃？

大蛇也想問，朋友，能不能給點吃的？

可牠又不會說人話，也沒有聰明到能準確表達出自己想蹭點吃喝的意思，於是一人一蛇僵持著，燈籠眼對上燈泡眼，各自炯炯有神地看了老半天，雙方都感到很憔悴、很無助。

最後，大蛇嗅到一點點味道，把廖停雁打翻在睡榻底下的一個竹筒咬了出來，放在她面前，又朝她晃了晃尾巴。

這竹筒是放竹液的，廖停雁突然間機靈了一回，試探地拿出了另一筒竹液。這東西是清谷天最普通的飲料，只要有一截清靈竹，就會源源不斷地生出竹液，因為她把這東西當奶茶喝，所以備了不少清靈竹，竹液當然也有不少存貨。

她剛把竹液拿出來，就看到蛇搖擺尾巴的頻率加快，甚至搖出了細小的風聲。

可是，蛇類表達開心的方式似乎不是搖尾巴吧？祖宗養的這條大蛇，怎麼有點像……狗？能把一條巨蛇養成狗，祖宗真不愧是祖宗。

蛇喝水是不用蛇信的，會連腦袋都直接紮進水裡。所以廖停雁貼心地替牠換了個大水盆，坐回床上看著黑蛇狂喝竹液。

天啊，好像撿回一條命了。她擦擦汗，手軟腿軟地躺回了床上。

從這天開始，連續好幾天大黑蛇都會半夜摸過來討竹液喝，廖停雁給了牠一個水盆，每天睡前就倒幾筒竹液進去。

「蛇兄，我們打個商量，晚上來了就自己喝，別叫醒我了行不行？」

蛇兄聽不懂太複雜的意思，依舊我行我素，非常懂禮貌。在晚上吃宵夜之前，都會喊醒主人，跟她打個招呼。

再一次被大黑蛇從睡夢中喚醒，廖停雁勉強睜開一隻眼睛，敷衍地「嗯」了幾聲，轉頭繼續睡。

她這幾日壓根就沒出去，每天安分地待在屋內，睡睡午覺，看看夕陽，徹底貫徹了度假的標準，也沒和其他人來往。她並不知道這短短幾日的功夫，百人女團已經出局了二十多人。

老祖宗司馬焦，是個就算別人不去招惹他，他自己心情不好也要搞事的類型。更別說百人女團裡還有些不甘寂寞的野心家，趕著去找他送死。

其中以雲汐月為首的高門宮主派，出局的人數最快也最多。雲汐月作為老大，自然是當仁不讓，首先出局。

她在廖停雁沒看到的入山第三日，帶著兩位同派系的師妹前去中心塔求見師祖。如果廖停雁看到她的行為，肯定會誇讚她勇於面對死亡。

司馬焦接見了她們。

「妳們來幹什麼？」他問。

雲汐月嬌柔而溫馴地低頭道：「弟子是來侍奉師祖起居。」

司馬焦走到她身邊。他走起路來和那條黑蛇一樣沒有聲音，寬大的袍子拖在身後，就如同蛇尾一般，目光也如同蛇目一樣冰冷。

雲汐月繃著身子，努力不表現出任何異樣。司馬焦緩緩朝她伸出手，一指虛虛地點了一下她的眉心，然後再度問道：「妳是來幹什麼的？」

雲汐月不自覺地張開了嘴，說出和剛才完全不同的回答：「我是來成為師祖侍妾的，我要得到一個有司馬家血脈的孩子，一旦奉山一族的血脈有了其他延續，就能困殺師祖，為庚辰仙府解決一個心腹大患，我們雲之一族所在的宮也能成為庚辰仙府的主人……」

她面露驚恐之色，想要停下卻毫無辦法。身體彷彿有自己的意識一般，將心底掩藏的想法一五一十地吐露了出來。

司馬焦聽著雲汐月的話，毫不意外，甚至臉色都沒變，只是又朝另一人點了點：「妳呢，來幹什麼的？」

那女子同樣是滿臉的恐懼與抗拒，可是她與雲汐月一樣，根本不能控制自己是不是說出了真話，也和雲汐月是差不多的說辭。

還有一人則是說：「我來搶奪雲汐月的機會，為莫家取得另開一宮的契機，超越雲家。」

雲汐月恨恨地瞪視她，若是她能動彈，恐怕恨不得一劍殺了這往日看起來老實的跟班。

「怎麼過了這麼多年，他們還是這個沒長進的套路？」司馬焦語帶譏誚，看著她們三人的神情，撫掌大笑了起來。

「司馬家就剩我一個人，只要我一死，庚辰仙府都完了，什麼宮主什麼脈主的，所有人、乃至整個庚辰仙府都得替我陪葬，知道嗎？」

三人瑟瑟發抖，彷彿看到了他話中那個可怕的未來。不過她們終究沒看到，因為司馬焦笑完之後，隨手將她們三人都提前超渡了。

燈閣內的命燈一下子滅了三盞，接著就在眾人沉沉的目光下，又陸續滅了好幾盞。

「這個魂魄已經散了。」說話的女人臉色不太好，她送過去的兩個弟子都死了，那可是她精心挑選培養的！

她不甘道：「師祖……司馬焦，他莫非真是毫無顧忌嗎！」

「呵，他如今還有什麼顧忌，如果不是現在他還沒完全恢復，無法從三聖山裡出來，恐怕……」老者雖未說完，但未盡之言眾人都明白，一時沉默。

廖停雁是去取水的時候發現人變少了。她們在這裡生活，當然需要用水，而這座大宮殿裡面，她發現只有一處活水，所有人都在那裡取水用。她數來數去，發現好像少了十幾個人，心裡就有些毛毛的。

除了第一天那兩個人，她之後沒再遇過任何一個殺人現場，因為她對這裡不好奇，對師祖和其他人也不好奇，只是來享受孤獨假期的。

事實證明，沒有好奇心是一件很好的事，不知不覺就鹹魚了好幾天。

「妳怎麼還沒死？」一個略為眼熟的師姊看到廖停雁來取水，很是驚訝地問。

雖然這話不中聽，但這幾天也難得有人和她說話，廖停雁還是回答了她：「慚愧，我比較低調，就沒遇上什麼危險。」

那師姊鄙夷地看了她一眼，扭頭就走，不願意與她多交談。

好吧，她們都很有上進心，當然看不上她這個落後分子。

但誰管她們呢，她還要繼續苟活下去。

然而世事無常，就算鹹魚不想翻身，也總有一些外力迫使鹹魚翻身。

這天晚上，廖停雁醒了。不是被大黑蛇吵醒，而是被肚子痛醒的。這種感覺她非常熟悉——生理痛，在現代的時候她也會生理痛，有時候痛起來要人命，如果沒有止痛藥，整個人就廢了。

她沒想到都穿越了竟然還要承受這種痛，不僅比以前更痛，還沒有止痛藥，簡直要死了。

修仙之人為什麼還會有生理期這種困擾？遇到生理期也會這麼痛的嗎？

她疼得死去活來，只覺得肚子裡有一把電鑽在鑽個不停，像在挖水井一樣。

好在疼痛只持續了一會兒，過後就好了。廖停雁滿頭虛汗地爬了起來，卻發現自己並不是生理期。

修仙女士的身體構造怎麼這麼奇怪，光是肚子痛卻不見落紅？她滿頭問號又找不到答案，甚至開始懷疑自己是不是吃壞了什麼東西。

最後她什麼都沒發現，一頭霧水地重新睡下了。

庚辰仙府與三聖山相隔不遠的一座山峰下，一人坐在樹影中等待著，可是等了許久都不見任何動靜，人影冷哼一聲：「聽到召喚竟然毫無反應，也未曾送出消息來，莫非真以為攀上庚辰仙府的師祖，就可以擺脫我們的掌控了？」

「好，且看妳還能忍受這蝕骨之毒幾回！」

對此，廖停雁毫不知曉。直到三日後的夜晚，腹部再次傳來劇痛，這一次比上次痛感更甚，她幾乎沒能堅持一會兒，就暈了過去。

暈過去之前，她想這他媽真的不是生理期了！

大黑蛇這一晚照常過來蹭喝的，卻發現廖停雁倒在地上，還口吐鮮血，昏迷不醒。

大蛇雖然不聰明，可也知道這看起來並不正常，牠用腦袋推了推氣息奄奄的人，發現毫無反應，猶豫地擺了擺蛇頭，最後將昏迷的廖停雁捆上身，爬回了中心塔。

司馬焦坐在中心塔的最高層，遙望遠方山脈中一叢叢一簇簇的星火，聽到身後有動靜，扭頭看了一眼。

「小畜生，帶了個什麼東西回來？」

8 8 8

黑蛇是隻不怎麼聰明的蛇，牠雖然心裡很怕司馬焦，也覺得他是個魔頭主人，但一遇到了難題，還是會過來找他。

牠活了這麼多年，餵牠吃過東西的除了司馬焦，就只有廖停雁了。牠還想要以後繼續去蹭好喝的水，所以才會冒著生命危險，把昏迷的人帶到了中心塔。

可司馬焦卻沒那麼好的心去救人，他的名號是慈藏道君，那是個老禿驢替他取的，可笑得很，他這輩子可從沒和「慈」這個字有過任何關係。

哪怕養了些時日的畜生大著膽子湊過來嘶嘶兩聲，他的反應也不過是抬抬手，厭煩地把那顆大蛇頭拍了出去。

大黑蛇被魔頭主人直直丟了出去，摔得結實，頓時就縮了。牠還沒那麼大的狗膽繼續在司馬焦身邊痴纏，只能默默爬到一旁的柱子上盤起來，丟下昏迷不醒的廖停雁。

沒過一會兒，廖停雁迷迷糊糊地恢復了一點意識，只覺得怪冷的，於是縮起身子拉拉旁邊的「毯子」蓋在身上，然後又沒了動靜。

司馬焦再次看了她一眼，覺得這魔域奸細的膽子是真的大，連他的袍子都敢扯到身上蓋著。

他不知道怎麼的突然來了興趣，用一根手指挑起她的臉看了看。

「過來。」這一句是對大黑蛇說的。

盤在柱子上的黑蛇屁顛屁顛地爬了過來。

「她做了什麼，你為什麼想救她？」

大黑蛇搖搖頭，不知道是聽不懂還是不知道。

「你知道她是來做什麼的？」

大黑蛇又是搖頭，彷彿只知道搖頭。司馬焦立刻露出了煩躁的神色，罵牠：「什麼都不知道還把人帶到我面前，你想死嗎？」

黑蛇瑟瑟發抖，怕他又發瘋。

司馬焦突然將廖停雁拉了起來，冰涼的手掌摸著她的肚子，一副準備要救人的模樣。

黑蛇不知道牠這個喜怒無常的主人又要搞什麼，謹慎地在一旁乖巧看著。

司馬焦並不將魔域的那點小手段看在眼裡，不過是一些控制人的東西，他要是想搞定，自然有無數種辦法解決，他選了最簡單的一種。

他捏著廖停雁的嘴，將一根冷白的手指塞進她口中，摸到她的牙齒……他動作一頓，表情莫測地收回手指，拉過旁邊的大黑蛇，用同樣的姿勢捏開蛇口，熟門熟路地摸到牠尖銳的蛇牙，用蛇牙將手指刺破一點，然後才收回去往廖停雁嘴裡隨便涮了涮。

他餵了廖停雁一滴血，之前把手指塞進她嘴裡的動作是下意識的，畢竟這麼多年，他餵蛇就是這樣的，只是一下子沒反應到人和蛇是不一樣的，沒用的人類牙齒連手指都刺不破。

廖停雁還不知道自己被這個不講道理的祖宗嫌棄了，她原本在昏迷中還覺得渾身發冷，特別是之前劇痛的肚子，不痛之後就開始散發出涼氣，彷彿肚子裡塞了沉甸甸的冰塊，涼進四肢百骸，但是口中突然像是嘗到一點甘甜之氣，接著就是一股霸道的暖意湧進了體內。

就像一隊士兵一樣，喊打喊殺地把那些涼颼颼的東西都清理掉了，並且一路打到大本營，在腹部最涼的地方彙聚，那裡原本囂張的冰冷火焰被這些灼熱的氣息壓制，只能瑟瑟發抖地不斷縮小，最後就蟄伏不動了。

廖停雁終於感覺舒服了些，渾身暖洋洋的，找回了自己絕佳的睡眠品質。

司馬焦等了一會兒，準備等人醒後問她一些問題，可等了半天也不見她醒過來。

怎麼回事，難道他的血還治不了那區區一點魔毒？她應該馬上能醒過來的。

然後他就發現，這個人確實已經沒事了，她沒醒而是直接睡了過去，睡得還……還滿沉的，仔細一聽還有細小的呼嚕聲。

司馬焦的表情變幻莫測，一旁的黑蛇腦袋一縮再縮，如果牠有耳朵，此刻可能已經變成狗狗的飛機耳了。

看來這個人不是膽子大，而是心眼大。司馬焦想到那天看到她在曬太陽睡覺，一派比他還悠哉的樣子，臉色更加古怪了。魔域要想送人進這裡可不簡單，這樣千方百計送進來的……就是這樣的品質？

莫非魔域這些年都已經敗落了，沒什麼拿得出手的奸細，連這種不思進取的人也敢用，還比不上庚辰仙府這些人積極。

只是他轉念一想，又覺得這個人定然不簡單，恐怕比那些蠢貨更加聰明。不僅沒到他面前來找死，還悄悄地籠絡了那隻蠢蛇，或許今天這一齣也是她故意安排的好戲，果真好手段。

司馬焦想明白了，點了點頭露出滿意之色：「不錯。」

這樣深沉的心機，配得上這張妖豔賤貨的臉。

而心機深沉的妖豔賤貨廖停雁，終於醒了過來，一睜眼就見到正俯視著自己的那個殺人狂魔祖宗。這一幕造成的陰影不亞於那天半夜醒過來，看到大黑蛇對著自己張開血盆大口，所以她的反應也很真實，摀住胸口倒抽一口涼氣，那口涼氣實在太大，吸氣聲也很響亮。

司馬焦看著她表演，表情似笑非笑，心道：演技著實不錯，十分真實。

廖停雁差點表演出什麼叫「當場嚇出一個鵝叫」給他看。她還完全不知道發生了什麼事，只隱約想起自己生理期，痛暈過去了，不對，好像也不是生理期，誰的生理期都沒這麼上火的，可是為什麼她會出現在老祖宗的中心塔？

她看到老祖宗身後那扇開著的大窗戶，景色很明顯地告訴她自己此刻身處何方。只是她不知道為什麼，總不可能是因為夢遊症，自己爬上來的吧？

她一緊張就死死扯著身上蓋著的被子，而被子……就是祖宗的袍子。

廖停雁覺得自己苟活不下去了，要死了。

在祖宗莫測的目光下，她放開祖宗的衣服，替他拍了拍，然後誠懇認錯：「師祖恕罪。」

司馬焦坐在那裡，像一隻欲擇人而噬的蛇——不是大黑蛇那種假威風，是真正可怕的毒蛇。他用下一刻就要暴走殺人的語氣誇獎她：「妳的膽子還真大。」

廖停雁：「……」嗯？祖宗好像已經是第二次說她膽子大了，他從哪裡看出來的？她要是真的膽子大，現在也不會有想上廁所的衝動啊！

司馬焦看著廖停雁那毫不作偽的傻蛋表情，眼神冰涼。演技不好他不喜歡，演技如此好的，他更不喜歡，便想動手超渡一番，於是他丟出死亡之問：「妳是來這裡做什麼的？」

廖停雁猶豫片刻，最終選擇了解答頁中的標準回答：「弟子是來侍奉師祖的。」

司馬焦毫不意外，抬起一根手指，在她眉心虛虛地一點，再問：「回答我，妳是來做什麼的？」

廖停雁：「來調整作息，放鬆身心。」簡而言之，來度假。

廖停雁：啊啊啊！怎麼回事！怎麼話到嘴邊就變了！肯定是這傢伙搞的鬼，玄幻世界要害我！竟然還有誠實豆沙包這種東西！

司馬焦原以為自己會聽到什麼陰謀詭計，結果等來的卻是一句毫不相關的話，他一愣，難得露出一點意外的神色。忍不住又問了一遍，結果廖停雁還是那個回答。

司馬焦很相信自己的能力，在他的血脈之力下，無人能在他面前撒謊，至少面前的這個人絕不可能，所以她說的是真話。

可是，就是這樣的真話，才格外令他無言。

她說的是人話嗎？他從前就聽說魔域的人修魔時，經常連腦子都修壞了。從前還以為是謠傳，只是因為正邪不兩立，所以才會被正道們編造出來，直到現在他真的有些相信了。

大老遠地跑到他這裡來放鬆？他這裡可是龍潭虎穴，連庚辰仙府那些老東西都害怕的地方，魔域的人要是沒病，也不會想到這裡來放鬆。

他還帶著懷疑，於是走到廖停雁身邊，捏著她的下巴湊近，讓她看著他的眼睛問：「妳不想殺我？」如果是魔域的人，身上帶著的唯一任務應該就是這個了。

廖停雁僵著一張臉，搖頭吐出兩個字：「不想。」這又是什麼令人摸不著頭腦的問題？

司馬焦更不明白了：「妳為什麼不想殺我？」

廖停雁是真的覺得這個祖宗可能腦子有病，他說的是人話嗎？

她為什麼想殺他？她不過是一隻無辜的鹹魚罷了，修為低成這個樣子，還想不開要殺他？他是不是有被害妄想症？會被關在這裡，其實是因為他修煉太多，走火入魔搞壞了腦子吧？

她腦子裡大聲嚷嚷，嘴上卻小聲喃喃，回答了司馬焦那個近乎自言自語的問題：「因為無冤無仇，無緣無故。」

為什麼不想殺他？因為無冤無仇，無緣無故。

司馬焦看著她的表情又變了，彷彿想起了什麼不好的回憶，表情隱隱有些猙獰：「這世上殺人，不需冤仇，也不需緣故。」

廖停雁：「……」該怎麼講呢？我是來自法治社會的守法公民，世界觀設定是不通用的。

司馬焦身上的殺氣都溢了出來：「比如現在，即便無緣無故，無冤無仇，我就是要殺妳，妳覺得怎麼樣？」

廖停雁的嘴巴繼續不聽使喚：「我覺得可以，畢竟我也打不過你。」

廖停雁說完這句就滿臉鬱卒，這個誠實豆沙包什麼時候才能失效，給她一個求饒的機會好嗎？萬一聽到這番話，這混帳直接給她一掌不就死翹翹了？能不死的話，她還是想爭取一下存活機會。

司馬焦手都抬起來了，又忽然慢慢放了回去：「妳要我殺，我卻不想殺了。」

啊？你中二病嗎？

這個疑似腦子有問題的祖宗，思想也非常跳躍。一下子要殺人，一下子又不殺了，不僅不殺了，他甚至對廖停雁說：「日後，妳過來伺候。」

廖停雁心裡是拒絕的，但祖宗沒人能夠拒絕，他老人家現在就是她的大老闆，為了生存，社畜妥協了。上司要她一個設計方案修改十遍，她再不願意，不還是要改嗎？祖宗要她過來幹活，她不願意，不還是要來嗎？

於是她就莫名其妙成為了大黑蛇的同事，同時也成為了百人女團裡，第一個成功靠近師祖的人。

§ § §

半個月過去，百人女團的人數銳減，眼看就只剩下一半了，其中最積極的「當師祖小老婆」派，已經只剩下了小貓三兩隻。

掌門派的「當師祖弟子籠絡他，有機會就搞他派」，仍然有十幾個人在堅挺地戰鬥著。而人數最多的是明明奉命前來侍奉師祖，卻不知道自己每天都在搞什麼的「我好迷茫，只能隨便度日派」，如今還有三十個人，抱在一起惶惶終日。

前面兩派死的人，大多都是想上門送菜，因為太過主動變成了送命，還有一部分則是無意中觸發了什麼死亡條件，被每天神出鬼沒的師祖取了性命，整座三聖山宛如一個大型的絕境求生現場，一個殺人狂魔對上一百個迷途羔羊。

如今還剩下來的這五十個人，日日看著身邊的人不斷減少，面對著巨大的死亡威脅，都顯得有些憔悴恐懼。她們誰都不知道自己會在什麼時候、什麼地點，遇到那個彷如魔頭一般的嗜殺師祖，然後死在他手裡。

她們在這裡無法動用靈力，連自保都做不到，且她們面對的人還是師祖，哪怕她們有靈力，在師祖面前，大約也只是螻蟻程度，這更增添了她們的心理壓力。

司馬焦對於人的情緒極為敏銳，恐懼、厭惡、嫉妒、貪婪……這些負面的情緒他都能輕易感知到，再加上那司馬氏獨特的能力——真言之誓，幾乎所有人在他面前都是透明的。

「我不敢去見師祖，師叔，妳放過我吧！」

木霓笙，作為一開始站出來帶領大家的人，此時表情難看，對跪在自己面前哭哭啼啼的女子道：「妳這是什麼話，來侍奉師祖，難道不是妳自己當初求來的？」

女子滿臉悔恨：「我不想了，師叔，我害怕。師祖他是不是已經入魔了？不然他為什麼會這樣殘殺我們宗門內的弟子，他既會殺幾位師叔師姊，也會殺了我的！」

她親眼看著那兩位試圖偷偷逃離三聖山的自家師姊，在寬闊潔淨的玉石平臺上被炸成兩朵血花。能在這裡這樣做的，除了師祖還能有誰？他之前就常常隨意殺人，那肯定是他，這樣殘忍的師祖，根本不是她想像中的師祖。

見她眼中驚懼，木霓笙黑著臉揮袖：「既然害怕，那就不要跟著我了。我一早就說過，我是為了師祖而來。他若一日不願意接受我，我就一日不會放棄，妳們這些膽小如鼠之徒，連這一點考驗都承受不住，怎麼有資格入得了師祖的法眼！」

木霓笙是掌門一系的晚輩，比其他人知道得多。因為天資聰穎，木霓笙從小就在掌門座下長大，得到掌門親自教導，因此她常常會見到掌門滿目思慮地遙望三聖山。她從一出生就知道三聖山中有一位師祖，他的存在關乎著庚辰仙府幾十萬年的存續，而她，就是掌門特地為了這位師祖和這一日，才養大的。

掌門希望她有朝一日能成為師祖的弟子，就算不能成為他的弟子，哪怕在他身邊侍奉也好。

「如果妳能得到師祖的看重，就能拯救庚辰仙府，若是不能，恐怕我們整個庚辰仙府都將毀在他手中。」掌門曾這麼對她說。

木霓笙從掌門口中知曉了慈藏師祖的奉山一族血脈，知道他出生的禁忌、知道他當初釀成的慘劇、知道他的性格，她有自信比這裡的任何人都要瞭解師祖。

在她看來，她也確實得到了師祖的另眼相待。這些時日裡，師祖常常會親自動手殺人，連雲汐月這個最大的對手都被殺了，只有她還好好活著。她每日都會去中心塔，在那扇不再打開的大門前等待師祖。

她曾撞見過師祖好幾次，但她不急著獻媚，而是用自己的誠心去打動師祖，想讓他看到自己的誠意。

掌門曾說過，在這位師祖面前試圖掩藏自己是沒用的，她只能用最虔誠謙卑的狀態，將自己的心思暴露給他看。

木霓笙照做了，然後她發現，師祖並不像其他人想像的那般嗜血，他並不會隨意動手殺人，他若要殺人，必是那個人做了什麼。她沒有她們那些心思，師祖即便看見她跪在塔下，也沒有對她動過手，他只是喜歡忽視一切。

動。

木霓笙越來越篤定自己的想法，並相信只要繼續堅持下來，等到最後，師祖定然會被她打動。

原本和她一同堅持的人，如今都不願意再與她一起去中心塔前等待，只因為師祖見了她們，似乎會極不耐煩，偶爾還會動手殺人。這樣一來，誰還敢再去？唯獨木霓笙，仍然日日堅持著。

這一日，她照常來到中心塔下，脊背挺直地跪在那扇緊閉的門前。

廖停雁帶著週一上班的鬱悶社畜之氣來到中心塔，就見到她們百人女團裡的班長跪在那裡，時不時還喊著：「弟子前來侍奉師祖，請師祖收下弟子。」

廖停雁：「……」真不愧是班長，她恨不得躲得遠遠地度自己的假，這位班長竟然主動要求去面對那喜怒無常的祖宗，這是何等的心理素質啊！怪不得人家能當班長，這種思想覺悟真不是蓋的。

如果能和她換一下就好了，讓她去伺候祖宗吧。

然而她也只是想想，這又不是她能決定的。祖宗要她過來，哪怕是送死她也得來。這世間的規則大概就是這樣運行的，想要的求不得，求不來的偏想要。

她的腳步聲吸引了班長的注意，班長扭頭看她，原本誠摯如火的目光變成了冷淡不屑。

「妳竟然還沒死。」

廖停雁本來還想打招呼，現在不想了。這些人不知道怎麼回事，見到她都說這句話。死？不存在的，她還能繼續苟活下去。

看她徑直往中心塔的大門走，木霓笙眼中流露出一些詫異，隨即便是嘲諷。就算這個人能苟活到現在，今日恐怕也得死在塔下了。她沒有叫住廖停雁，只是冷眼等著看她會怎麼死。

近來所有貿然靠近中心塔的人都死了，能在這麼近的地方好好待著的唯有她一人，木霓笙心中有些自傲。

廖停雁一步步走到緊閉的大門前，略感到棘手，雖然祖宗要她入職，但工作證也還沒給她，現在遇到門禁了，進不去。

她心中想了想如果現在扭頭回去睡覺，大概會有什麼樣的後果，還是舉起了手敲門。

身後傳來木霓笙的嗤笑。師祖所在的中心塔是隨便什麼人去敲門，門就會開的嗎？

但門開了。

看著廖停雁淡定地進了那扇門，木霓笙臉上高傲不屑的笑容頓時僵住。

怎麼回事？她進去了？那扇門還真的是敲一敲就會開的？不是自從雲汐月去見師祖，惹惱了師祖後，這扇門就再也不隨意開啟了嗎！剛才那個小弟子是誰，她為何能進去？

木霓笙想到只是靠近就被殺的那些人，再想想剛才就在她眼皮子底下走進去的廖停雁，整個人面容都扭曲了，豁然地站起來奔上前去。

原本以為自己是特殊的，幻想卻在突然之間被打破，她怎麼受得了。當即也想跟著廖停雁一同進入，看看她到底在搞什麼鬼。

就在她踏入中心塔那扇門的時候，口中猛地發出一聲慘叫，被炸成了一片血霧。

哇？

廖停雁毛骨悚然地回頭看了一眼，是不是剛才外面那個妹子在慘叫？可是門已經被關上，她看不到外面了。

樓梯上站著像幽靈一樣面無表情的祖宗，見到廖停雁的表情，他幽幽一笑：「外面那個人死了。」

「妳知道我為什麼殺她嗎？」他轉身往上走，廖停雁只能吞吞口水，艱難地要自己跟上去。

「我殺的其他人，心裡大多都有著貪婪愚蠢的心思，看著礙眼，所以殺了。但剛才那個不是，她什麼都沒有……一個特意培養出來的傀儡，當然什麼都沒有。比起那些一眼能看透的貪婪，我更討厭這種失去了腦子與靈魂的傀儡，連殺她都提不起興致，她今天太吵了，令我有些厭煩。」

他不知哪來的興致和廖停雁說起這些話，不只親自帶她上樓，還很健談的樣子。

廖停雁第一次來這裡的時候，爬到第五層就沒了路，可這次跟著祖宗，她一直往上，一直往上，爬了十二樓還無止境。

好累，累成狗了，這副身體虛成這樣，還好意思被稱作修仙人士嗎？

原本面對祖宗的恐懼和再次見證死人現場的噁心，在爬完十層樓梯之後，已經什麼都不剩。她只覺得很累，都快要虛脫了，待在這個塔樓裡面，好像比待在外面更難受。

前方的祖宗還是那麼悠然，連一眼都沒回頭看，廖停雁抓著欄杆學烏龜爬著，時不時看一眼祖宗的背影。他的頭髮披著，又黑又長，衣服還是原本那件。

廖停雁有點懷疑他是不是沒換過衣服，如果真是這樣，拖在地上的衣襬不就很髒？黑色的衣服果然耐髒。

司馬焦恰巧在這個時候，轉過頭來看了她一眼。

廖停雁臉上一崩，等等，他會用誠實豆沙包，但應該不會讀心術吧？她忐忑得如同當年剛畢業，準備去第一家公司面試。

「妳今日的膽子沒有昨日大，嚇成這副模樣。」

廖停雁擦了把汗，心想還好，怕還是昨天比較怕，今天會出這麼多汗不是怕，是累出來的。

「妳很怕嗎？」

廖停雁的嘴巴有自我意識地動了，回答說：「不怕，是爬樓梯太累了。」

這混帳又來豆沙包！這誠實豆沙包難道有聽到疑問語氣就強制回答的設定嗎！

司馬焦表情卻有點奇怪。

「累？」就這麼一點樓梯嗎？魔域的人也太虛了。

廖停雁清楚地在祖宗眼中看到了鄙視。這麼明顯又易懂的情緒，她還是第一次在他身上看見。

又往上爬了五層，廖停雁累癱了。她還以為自己會被不耐煩的祖宗幹掉，可是這祖宗卻好像跟她槓上了，就在一旁等著，似乎準備看看她還能再爬幾樓。

廖停雁慢吞吞地爬樓梯，這祖宗感覺就像一個看倉鼠爬樓梯，打發時間的無聊人士。

終於爬到第二十二層。這裡仍舊是個空曠的空間，而且是封閉的，室內最引人注意的就是一簇在紅蓮中燃燒的紅色火焰。那火焰燃燒著，照亮了整個空間。

8 8 8

廖停雁被那簇紅色的火焰吸引住了，那實在是很漂亮的火焰，彷彿有魔力一般。她不知不覺看得入迷，後頸突然傳來一陣涼意，整個人顫了一下才清醒過來。

司馬焦把手搭在她的脖子上，帶著像死人一樣冰涼的溫度。他按著她的脖子，微微往前帶了帶，廖停雁只能綳著脖子，被他推到了那朵紅蓮面前。

這一層唯一的中心就是一個小小的碧水池子，池子裡僅有唯一一朵紅蓮，火焰就憑空燃燒在紅蓮之上。以廖停雁那淺薄的玄幻世界認知，她也能確定這東西一定十分珍貴，司馬焦卻仍舊很隨意，將她帶到那朵紅蓮火焰前面後，毫不客氣地伸手扯了一片紅蓮花瓣下來。

廖停雁聽到了「哇」的一聲哭聲，但只哭了一下就立刻消音閉嘴了。

孩子的哭聲？一朵火焰花發出了孩子的哭聲？她懷疑自己有幻聽了。

「知道這是什麼嗎？」司馬焦動作隨意地把那片花瓣揉碎，隨手丟到地上。廖停雁又隱約聽到一聲啜泣。

廖停雁偏頭想了想：「呃，是花？」

司馬焦奇怪地看了她一眼：「什麼都不知道，他們就讓妳這樣進來了？」魔域果然是日漸敗落了。

廖停雁道：「是的，沒人和我說過什麼。」主要是和師父、師兄們不太熟，他們也不知道什麼內幕，要是早知道，就算是裝死也不會來這裡啊。

司馬焦沒想解釋，只說：「這東西，妳每日過來澆水。」

你認真的？雖然火焰底下有朵花，但這花也頂著火焰，不會把火澆滅嗎？

但是司馬焦完全不像在開玩笑，甚至說完就走了，將她一個人留在這裡。

無良老闆在新員工入職第一天，扔下了莫名其妙的任務，大搖大擺地揚長而去了！混帳老闆你沒良心！

廖停雁不敢去追，頭大地看著那朵好像長大了一些些的火焰。很快她發現並不是錯覺，隨著祖宗的身影消失，原本一小團的火焰瞬間增大兩倍，像是一隻瑟縮的弱雞恢復成正常的樣子。

驟然增大的火焰燒掉了廖停雁胸前的一小撮髮尾。

那火焰似乎很得意地搖擺著，火焰？得意？廖停雁再度懷疑自己的眼睛是不是出了什麼問題，不過她不再猶豫了，澆水就澆水。

紅蓮底下的小池子裡就有水，她從錦囊裡摸出一隻竹筒，舀了水就準備往火焰倒，誰知道那火焰猛然躍起，張開了一道宛如大嘴一般的裂口，再從裂口裡噴出一道猛火直噴廖停雁。

廖停雁迅速縮起身，同時手裡的水也澆上了火焰。只聽見「滋」的一聲，那火焰就哇哇大哭了起來。

「壞蛋！壞蛋！妳澆我！我要燒死妳！」聲音聽起來像個脾氣糟糕的小寶寶，是和祖宗不同的凶法。

廖停雁心想：玄幻世界，火焰會說話也是正常的，不要慌，穩住，我能贏的。

「噗——」那火焰好像真的怒了，開始往外吐火，非常囂張。

沒想到澆個花還要承受生命危險，廖停雁退遠了點，思考半晌後，從錦囊裡找出一個葫蘆形的灑水壺。

不好意思了，清谷天是專門種地的，作為清谷天的弟子，這具身體原本的主人也有全套的務農工具，雖然她似乎不怎麼常用，但全副身家都帶上的現任主人找到它們的用武之地了。

她灌滿了水，將葫蘆噴壺對準正在吐火的火焰一陣掃射，接著縮身躲過火焰的回擊，轉身又是一陣噴灑——澆個花活像在打遊擊戰。

小火焰從一開始的囂張憤怒，很快變成了委屈哭泣。它打不過就直接認輸，非常能屈能伸，並且用可憐兮兮的語氣說：「不要再澆我了，我好難受，嗚嗚嗚。」

邊說它還特意咳了兩聲，火焰形成的縫隙裡面噴出兩顆小火星。哇，澆多了水，這傢伙還真的吐不出火苗了。

廖停雁收起葫蘆噴壺，盤算著今天的澆花任務算不算完成了。

這個時候，火焰又和她說話：「我從來沒見過妳，我好久沒見過其他人了。妳是誰啊，怎麼會被那個人帶過來？」

說到「那個人」的時候，火焰的聲音非常小，像是生怕被誰聽見了似的。

來這裡這麼久，廖停雁都沒有跟人說過兩句話，都快罹患自閉症了，現在哪怕面前是「火焰」，她還是接了話：「我剛來這裡不久，是來侍奉師祖的。」

火焰猛然一跳：「妳是庚辰仙府的弟子！我就知道，一定會有人從那個人手裡拯救我的！好了好了，既然妳也是庚辰仙府的弟子，下次就不許再對我澆水了！」

這是什麼公司的內部傾軋，老闆給她任務，大概會損害這間公司裡其他人的利益，於是這個人站出來威脅她不能這麼做，她拿的原來是職場求生劇本嗎？

廖停雁回問：「如果不對你澆水，我怎麼應付師祖？」

火焰彷彿扠起了腰，理直氣壯地說：「妳不是他的女人嗎！跟他撒個嬌不就沒事了！」

「？」您先等等，請問這結論您是怎麼得出來的？

火焰繼續嚷嚷：「他敢帶到這裡來的，肯定都是他的人，妳是女人，就是他的女人，有什麼不對？送妳來的人沒教過妳色誘嗎？快點去色誘那個人把他搞定，我已經再也受不了這種生活了，嗚嗚嗚！」

不愧是祖宗的火，腦子也有病，聽說他們被關在這裡五百年了，這麼看來病情真的很嚴重。

廖停雁沒理會火焰的囉唆，繼續對它澆水。

比起只會噴小火花的火焰邪惡勢力，還是向更邪惡的祖宗勢力低頭更好，公司職場選陣線就是這麼殘酷。

火焰被她灑水灑得哇哇大叫，又開始罵人。

「司馬焦你這個沒良心的，你欺師滅祖！你大逆不道！你瘋了，你若把我澆滅了，你自己也要一起死！還有妳這個臭女人，竟敢澆我！有朝一日等我恢復了，我一定要把妳燒成骨灰，灑在司馬焦那個混帳眼前！」

廖停雁聽它大罵「司馬焦」，猜測這很有可能是祖宗的名字。

突然，火焰立刻沒了聲音。

廖停雁像是察覺到了什麼，扭頭去看，果然看見一身黑袍的祖宗出現在門口，他的表情暴躁，目不斜視地走上前來，一片接一片扯掉火焰下方的紅蓮花瓣。他扯掉了六片，扯一片廖停雁就能聽到低低的抽泣聲，那抽泣聲裡又帶著滿滿的疼痛感。

在祖宗的面前，囂張的火焰再也不敢像剛才那樣大聲嚷嚷了，此刻很是弱氣。

司馬焦扯完花瓣，又像紙屑一樣全都拋出去。

「嗚嗚嗚！我的花，我好不容易養出來的花。」火焰小聲哭了起來，又狠狠地對廖停雁說：「妳幫我，我給妳好處！司馬焦是個瘋子，任何人跟著他都不會有好下場的，妳就算幫他，他以後也一定會殺了妳，但是妳幫我的話，我能給妳很多寶物，看到我的紅蓮了嗎？一片花瓣就是千年修為，只要妳幫我，我就給妳二十片花瓣！」

「……」這火焰是白痴嗎？也難怪，畢竟只是火焰，火焰又沒有腦子。

她收起地上剛剛被司馬焦扯下，隨手丟棄的那六片花瓣，還有他一開始揉成一團的那片，一共七片花瓣，全都好好地收了起來。

「謝謝，我現在知道這是寶貝了。」這應該能算是薪水。

沒想到會有薪水，廖停雁頓時覺得精神振奮。不管做什麼艱難的工作，只要有足夠的薪水都好商量啊，社畜都是這麼有原則的。

火焰憤怒：「只要妳幫我，我就給妳更多！妳要知道，這世界上除了司馬焦，只有我能摘取紅蓮花瓣！」

「那不用了。」人心不足蛇吞象，況且是這樣的寶貝，說真的她還不太敢用啊！什麼提升千年修為的，一聽就很猛，但萬一隨便用了，承受不住死掉怎麼辦？小說裡這種套路很多的。

火焰繼續遊說，彷彿一個直銷人員，廖停雁掏出自製的睡眠用耳塞，塞進了耳朵裡。

澆花任務完成了，她應該能暫時先休息一下吧？隨身帶著全套床上用品和床的人，就是能這樣隨時隨地享受悠閒的休憩時光。

大黑蛇在這個時候爬了進來，牠看到了自己最近新找到的飼主，很是高興。而火焰看到大黑蛇則尖叫起來。

「垃圾蛇！滾開啊！」

大黑蛇爬到火焰旁邊，就著池子喝水，然後昂起頭，把那座碧池裡的水全都噴在了火焰上。

原來同事大黑的工作任務也是澆花，廖停雁懂了。被澆了兩次的火焰就像個被欺負的小屁孩，大喊大叫又大哭，尖叫著喊：「那個女人都澆過我了，這條傻蛇為什麼還要來澆我！」

大黑蛇又噴了它一口，等它萎了下去後，這才緩緩爬到廖停雁身邊，用大腦袋拱了拱她的手。

我說兄弟，你是蛇，真的不是狗。

她拿出大黑蛇用的水盆，替牠倒了點竹液。大黑蛇開心地喝著竹液，廖停雁問牠：「兄弟，你知不知道我什麼時候能下班？」

大黑蛇晃了晃腦袋。

廖停雁癱了回去：「算了，那再等一會兒吧，爬樓梯累死了，我先養精蓄銳再說。」

大黑蛇不知道是不是突然聽懂了，竟然吐了吐蛇信。扭頭往外爬，還轉身朝她「嘶」了幾聲。廖停雁見狀，立刻收起東西跟上去，被蛇尾巴捲起放在身上坐著。

大黑蛇經常這樣載著司馬焦，很習慣身上坐著人，廖停雁卻第一次坐這麼炫酷的「車」，心驚膽戰地摸著身下光滑的鱗片，還有點暈車。

黑蛇載著她一路往外爬，穿過一根根高高的廊柱和一扇扇大開的窗。他們在很高的地方，窗外就是那些縱橫交錯的粗大鐵鍊，還有懸浮著的封字玉牌。它們散發著令人壓抑的氣息，廖停雁毫不懷疑這些是用來囚困大魔頭師祖的，而這裡確實如她猜測的一樣，是一座監牢。

廖停雁有點恍惚，一個沒注意，就被黑蛇車拉到了一個房間裡。這房間同樣空曠，只是比其他地方多了些東西，有長桌、有書架、有床榻還有一個長方形的池子。

池子裡的水在冒著寒氣，將整個房間的溫度都降了下來，池子中間漂浮了一個人。寬大的黑色衣襬與漆黑的頭髮像海藻一樣在水中散開，過分蒼白的臉在水中顯出一種妖異的冷色，衣襟大敞，露出頸脖鎖骨與大片胸口，如同一隻能勾魂奪魄的水妖。

廖停雁甚至看到了師祖胸口的那兩點……不行，要死了！她猛然雙手抓住大黑蛇的鱗片，將牠的腦袋往後拖行。快走啊，要是被發現偷看祖宗泡澡，會死人的！你這隻心機蛇，是不是故意陷害同事啊！

大黑蛇不知道她在驚恐什麼，疑惑地「嘶嘶」兩聲。廖停雁就眼睜睜地看著泡在池子裡的祖宗被吵醒，睜開了眼睛，坐起來看著她們。

「師祖，花澆完了，您看，我能下班了嗎？」廖停雁用這輩子最溫柔的聲音問。

司馬焦盯了她一會兒，盯得她頭皮炸裂，才緩緩地「嗯」了一聲。他看著那條蠢蛇被廖停雁連拖帶拽地退出去，突然笑了起來。

第三章　都穿越了，還要揣摩老闆的心意也太慘了

大黑蛇腦袋不好，把廖停雁帶到老闆房間後又不小心看到老闆泡澡，差點就要出事了，廖停雁一度懷疑這個黑蛇同事是不是想借刀殺人，幹掉她這個新來的同事。

但是經過幾日觀察，她得出判斷：這傢伙的智力和以前室友養的狗狗大寶貝大概只在伯仲之間。職場權謀這種有技術考量的事，以牠的智商來說很難完成，於是她單方面地原諒了牠的找死行為，仍然在牠來討食的時候分牠一點竹液。

大家都知道，上班時段如果要吃零食，是必須和同事分享的。

短短三日，廖停雁就熟悉了這門新的工作，同事好相處，老闆經常不出現，工作對象雖然喜歡罵髒話又喜歡吐火，但很好解決。總結來說她沒什麼不滿的，除了上班的路途實在太艱辛，那二十多層樓梯爬得她欲生欲死。

三天後，廖停雁就受夠這樓梯了，只好想了個解決辦法——她把自己的行李一收，搬到了第二十二層，乾脆就在中心塔裡生活，這樣就不用每天上下樓了。

雖然她有點怕那個祖宗，但害怕這種情緒是可以克服和習慣的，勞累就不行了，這個克服不

了。

住進第二十二層的首日，她還擔心師祖會發怒，把自己貼在牆上當中心塔的壁畫，結果對方壓根就沒理她。

這天晚上是新月，廖停雁躺在床榻上看細細的月亮，幾乎完全隱沒的月亮掩在雲層裡，顯得朦朧曖昧。

她在這一層的一處角落替自己張羅了個住的地方，採光通風都很好，風景也棒。從一開始的緊張到現在，她已經能這樣放鬆地癱著了，她對外面的巨型鎖鏈無動於衷，還能在睡前賞月。可見人類的潛力是無限的，適應能力也是一流。

這個晚上沒有風，哪怕是開著窗子，也能感覺到窗外撲進來的熱氣，廖停雁莫名有些心緒不寧，所以即使超過往日入睡的時間，她還癱在那裡發呆。

「今天是新月。」不遠處那朵火焰突然開口說話，孩童般的嗓音裡帶著一股興奮：「五百年來，三聖山見到的第一次新月。」

從今天早上開始，火焰就一改往日滿口髒話的猖狂模樣，變得沉默下來。廖停雁對它澆水時，也發現火苗比平常還要小。現在，她被聲音吸引了目光，卻發現火焰的火苗更小了，如果用火焰的大小來比擬它的狀態，那它現在的狀態肯定很差，可它不僅不害怕，反而聽起來很是期待。

它在期待什麼？

廖停雁忽然感覺到一陣涼意，有寒冷的氣息從門外湧進來，隨即一個漆黑的身影出現在門口，隨著他的走動，剛才還讓廖停雁覺得燥熱的空氣頓時涼了下去。

師祖怎麼會在這個時候來這裡？

廖停雁從放鬆的癱著變成了緊張的癱著，甚至不自覺地憋住氣。走進來的司馬焦表情陰鬱而森然，鮮紅的嘴唇卻是往上勾著的。

廖停雁其實在之前就看過這祖宗在大半夜出現，就是之前大黑蛇來喝竹液把她吵醒的時候，她無意間往窗外看去，就見過司馬焦兩次。

那時他也是這樣一身漆黑，像遊魂一樣，獨自一人走在那片潔白的玉石之原上。

他往三聖山下走，到了一定距離就停下腳步，望著遠方，禁錮中心塔的鎖鏈在他往山下走的時候會匡啷作響，然後過上一段時間，他就會轉身走回來，隨著他走動而捲起的衣袍像是一片黑雲。

此時的司馬焦，也有那種壓抑感。他直接走到了火焰之前，伸出手，摘取了那簇火焰。

赤紅的火焰無聲無息地蔓延到他的全身，接著迅速融合進他的身體裡。

廖停雁看著這個不同尋常的場面，慢慢撈起之前踢到一旁的毯子，把自己蓋好。冷氣太強了，現在還怪冷一把的。

不知道是不是因為察覺到她的動作，司馬焦猛地看向她。

「……」看我的裝死大法。

司馬焦額上短暫地出現了一團紅色的火焰印記。就算融合了一團火焰，還是個氣質陰森，彷彿抬手就要殺人的冰冷魔頭樣。廖停雁露出一雙眼睛看著他，不敢動。

司馬焦抬起手。

卻是摘下那朵還在水池裡孤伶伶的蓮花。

「……」暴躁火花一定會哭的，等等，那潭水不會就是火花兄哭出來的眼淚吧？

司馬焦拿著那朵紅蓮，走近廖停雁，最後一屁股坐在她的床榻上。

廖停雁只感覺那朵紅蓮在她臉上一拂，一股清香鑽入鼻尖，令她瞬間神清氣爽、精神百倍，彷彿喝了三箱紅牛。

「知道這是什麼嗎？」

坐在她榻上的司馬焦搖晃著那朵漂亮的紅蓮。

廖停雁發現自己又中了這傢伙的誠實豆沙包，身不由己地老實回答：「紅色的蓮花。」

司馬焦：「不對，這是奉山血凝花。」

他又問：「妳知道這東西有什麼用嗎？」

廖停雁繼續有問必答：「知道，一片花瓣換千年修為。」

司馬焦隨意玩著手上的花：「對，一片花瓣換千年修為。不過，如果沒有我的血一起服用，哪怕只是吃了一點點，都會炸成一片血花。」

廖停雁冷汗流下來了，感謝鹹魚的本性，這東西她放在那裡都不敢用，要是用了，早就變成血花隨風飄了。

司馬焦看著她，眼中有奇異的迷惑，他又問：「妳想殺我嗎？」這個問題你好像以前問過了，難道我看起來那麼像殺人狂嗎？廖停雁癱在那裡發出鹹魚的聲音：「不想。」

司馬焦忽然大笑，將手裡那一大朵紅蓮丟給她：「給妳了。」雖然是寶貝，但我他媽又不能用！廖停雁抓著那朵花，心中扼腕。這白痴老闆，給了她一個寶箱又不給鑰匙，這不是逗她玩嗎？

司馬焦一手托著下巴，忽然問她：「妳是不是在心裡罵我？」

廖停雁：「是啊。」

啊啊啊啊！誠實豆沙包要殺我！

司馬焦沒有抬手給她一掌，他不知道哪根筋不對，坐在她旁邊哈哈笑了起來。

今晚的老闆好說話過頭了，廖停雁怕死了，縮在毯子裡暗中觀察，戰戰兢兢地問了一句：「您……這是怎麼了？」

司馬焦：「是不是覺得我今天很好說話？妳猜我為什麼這麼好說話？」

廖停雁發現誠實豆沙包失效了，她謹慎地思考片刻，試探地問：「因為我快死了？」除此之外，她不做他想。

司馬焦詭異地一笑：「妳猜對了，真是聰明。」

廖停雁：「……」哇呼。

司馬焦忽然抬起一隻手，向空中一揮。

呼呼風聲裡，虛空中有人悶哼一聲，不只是一個人，聽聲音來算彷彿有好幾個。

廖停雁見到幾道婀娜的身影憑空出現，落在殿中的另一側，恨恨地望了過來。她們的面容廖停雁都有一點印象，好像是百人女團裡的。這幾位姊妹這麼剽悍嗎？她還在祖宗的陰影下瑟瑟發抖的時候，她們已經不服到直接開幹了。

雖然現在好像是被開幹了。司馬焦坐在廖停雁鋪了軟墊的榻上沒動作，只揮了揮手而已，那幾人就狼狽退後，目中閃爍著驚愕畏懼的神色。

「怎麼會，不是說他這個時候是最虛弱的嗎？」一個年輕的姑娘忍不住說。

「不要後退，上！」領頭的妹子帶著視死如歸的氣勢衝了上來。跟在她身後的三人對視一眼，也堅定了眼神，拔出靈劍。

在廖停雁看來，這場面並不緊張，因為坐在旁邊的祖宗甚至有些神遊天外，頗無聊的捏著她的毯子搓手指。廖停雁只眨了一下眼睛，那些氣勢淩厲的妹子們就全部撞到一旁堅硬的柱子上，吐了好幾口血。

廖停雁用手裡的紅蓮花默默蓋住了眼睛。

她聽到司馬焦說：「我被困在這裡五百年了，修為被壓制，日日遭受折磨。如今這第一個新月夜，就是我最虛弱的時候。再不出來動手，過了今夜，就沒有機會了。」

第一次看到有人自動爆出弱點，要別人來殺自己的。廖停雁覺得這祖宗要不是腦子真的有問題，就是這麼囂張才欠殺。就在她暗自嘀咕的時候，猛然感覺到一股強烈的殺氣，憑空逼來，壓得讓人喘不過氣。

「師叔，得罪了。」虛空中現出一名白衣女子，她狀似恭敬地對司馬焦行一禮。

廖停雁見過這個女子，好像也是百人女團之一，她記得這個女子不怎麼起眼，進來的時候輩分不高。可她現在聽著人家對師祖稱一聲師叔，就明白這位白衣姊姊輩分真的很高，竟然和掌門同一輩。與掌門同輩的角色，修為怎麼也該是合體期以上，這樣的超級強人竟然隱藏身分，還扮成一個小弟子混進來？

好像還是為了殺司馬焦而來的，這個集團的情況真複雜。

「雖然師叔是庚辰仙府的命脈，但師叔殺我師父，此仇我不能不報，待殺了師叔，我再去與掌門請罪。」這位姊姊嘴裡說著，同時殺招陡現。

說好的在這裡無法動用靈力呢？那你們還打得這麼誇張！廖停雁因為和司馬焦靠得太近，被迫承受了壓力，無辜捲入戰場之中，心裡非常崩潰。

司馬焦揮袖，看不見的風驟然從平地而生，飛旋捲起，將刺來的千萬利劍攪碎，又將無數碎片射向四面八方。

那名姊姊一擊不中，眼中反而生出亮光，喜道：「你的修為果然已經大損！」

遂下手更加重，可司馬焦只是坐在那裡一下一下地抵擋她的攻擊，始終是那一張似笑非笑，又有些陰鬱厭世的表情。廖停雁全程安靜如雞，連叫好都不敢。

「噗——」

白衣女子飛了出去，想來是傷得太重了，再也爬不起來。到了她們這種修為，可以呼風喚雨、移山填海，但是在這裡，在這個特殊的地方，她卻受制許多，和她相比起來，司馬焦只會受制更多，然而這樣她還是連近身都不能。倒在一旁，口吐鮮血的白衣女子表情淒然憤恨，滿懷不甘。

「你……其實根本沒有元氣大傷，也沒有受到新月影響，你是故意、故意引我們這些人動手的。」白衣女子聲音沙啞地道：「我還以為你沒有發現我們，現在看來，你早就知道，你是故意的。可憐我，為別人當了馬前卒。」

「妳錯了，我確實元氣大傷，今日是我最虛弱的一日，想要殺我，確實是千載難逢的好機會，只是……」司馬焦一笑：「就算我虛弱至此，妳們對我來說還是太弱了。」

廖停雁：祖宗、老闆，您說這種酷炫臺詞的時候嘴角流血了。

廖停雁用一言難盡的眼神看著祖宗嘴邊緩緩流下的血，他這是受傷了？

司馬焦抬起手，用拇指擦了擦嘴邊的血跡，露出一個毫不在意的笑容看著那邊的白衣女子：「當年我幾乎殺光了庚辰仙府的宮主們，如今妳一人就想殺我，未免太不自量力了？」他話中明顯沒把一開始出招的那幾個不堪一擊的妹子算在內。

看來，這還是兩群不同背景的妹子。

白衣女子勉強坐了起來，從袖中抽出一支玉瓶，倒出裡面的一枚丹丸咽了下去，整個人肉眼可見地恢復，甚至比之前看起來更危險幾分，接著又抽出一把通體瑩白的長劍。

「這是我師父的劍，我們月之宮傳承的月華，今日我與你不死不休。」白衣女子一字一句，目光中的仇恨和堅毅令人動容，看起來像個將絕地反擊、狂抽反派的女主角，她深沉地說：「司馬家這腐朽的奉山一族，早就該斷絕了。」

廖停雁聽到外頭巨大的鎖鏈傳來匡啷聲，還有那些封字玉牌也發出嗡嗡輕響，整座中心塔都輕輕地震盪著。女子的攻勢比剛才更加犀利幾分，完全是不要命的打法，那瘋狂的姿態只能令人聯想到同歸於盡四字。

司馬焦似乎終於抵擋不住，在這樣的攻勢下又噴出一口血，他還站了起來，表情終於凝重了些。

整個中心塔充斥著他們爆發的靈力，廖停雁的這種修為，一旦有異動就是個死字，好在司馬焦身後比較安全，她只能苟且在安全區，等待這場戰鬥結束。

他們打得並不久，很快在一聲轟然巨響後，白衣女子全身染血，摔在遠處，整個人就剩下一口氣。而司馬焦也沒好到哪裡去，他退後了兩步，恰好倒在了廖停雁的榻上，微微垂著眼睫，同樣一副出氣多、進氣少的模樣，嘴邊的血流得更加洶湧了。

廖停雁抓了一把頭髮，發現戰場上好像就剩下自己能動了。她從軟榻另一邊的空隙裡站了起來，試著問老闆：「師祖？你還好吧？」

「廖停雁！」

喊她的不是師祖，是那邊就剩一口氣的白衣女子，她說：「我知道妳是清谷天的弟子，妳的師父要叫我一聲師叔祖。」

廖停雁：「……」什麼？姊妹，妳的輩分這麼高嗎？修仙人士活得久，都不知道是多少世同堂，輩分真的很難搞清楚。

女子一雙灼灼的眼睛帶著末路的瘋狂：「司馬焦已經沒有反抗之力了，妳快點殺了他！」

廖停雁：啊？

「只要妳能殺了他，日後我們月之宮就是妳的靠山，不論要資源還是地位，妳都能輕易獲得。」女子掙扎地說：「妳不用怕，現在妳用奉山血凝花沾上司馬焦的血服下，立即就能擁有深厚修為，再拿我的月華劍，可以剖開他的胸膛，取出心臟，放進那邊的碧潭，他就能徹底死去。」

步驟解釋得很詳細，操作很簡單的樣子，但凡是有野心的人，恐怕都會忍不住按照她的話去做。

廖停雁看了眼毫無反應的司馬焦。其實說來慚愧，剛才看到他流血，她也有那麼一瞬間想試試紅蓮花瓣沾血，看看經驗值會不會往上漲。

司馬焦睜開了眼睛，臉上帶笑，注視著她，無聲說了幾個字──「來殺我啊。」

廖停雁：「……」這祖宗說什麼？不舒服啊？他躺在那裡歪著腰，看起來確實不太舒服。

她猶豫地朝他伸手，把他用力抱起來，好好放在榻上，順便蓋上了毯子。

廖停雁：「這樣？」

司馬焦：「……」

白衣女子：「……」

白衣女子咳嗽咳得快要死掉了，嘶啞大喊：「妳做什麼？快！快殺了他啊！他是個魔頭，今日不死，有朝一日就會死更多人！」

廖停雁戴上了耳塞。她不會按照那妹子說的做，因為她只是個無辜的旁觀者，不想參與這個世界的鬥爭。別人殺人她不管，要她殺人她不敢，她二十多年的人生中，別說是殺人了，連雞都沒殺過，幾句話就想讓她殺人，不可能的，這麼多年的守法公民是白當的嗎？

哪怕她戴上耳塞，還能聽到那邊的白衣妹子在臨死前大喊著：「妳這是助紂為虐，遲早會悔不當初——」

廖停雁不認同。這個世界和她沒關係，這些人也和她沒關係，那個妹子和她無親無故，她不會聽她的，司馬焦和她無冤無仇，她也不會殺他，就是這麼簡單。

妹子似乎斷氣了，這一層都安靜了下來。廖停雁坐在榻邊，看一眼被自己安置在榻上的老闆，而他在用一種奇怪的、似笑非笑的表情看著她。

廖停雁：「您老人家沒事吧？」要是老闆有事，她還是要考慮一下以後的出路。

司馬焦吐了一口血給她看，嗓音虛弱：「妳覺得呢？」

那看起來是真的不好了，他似乎連動彈都沒辦法，只能躺著不動，連說話都費力。

「我覺得這個時候，應該要有什麼療傷聖藥之類的。」廖停雁說。

就在這一瞬間，她看見司馬焦眼中忽然出現一點亮光，猛然間，她感覺自己被一隻手用力拽下，整個人撞進司馬焦的懷中。接著，她眼前一花，再睜開眼，她已經被司馬焦抱著，飄浮在窗外，而他們剛才待的地方，連牆帶榻全都被炸得粉碎。

廖停雁：「什麼鬼？」

剛才還氣息奄奄，好像要死了的司馬焦現在一改虛弱疲態，穩穩地飄浮在中心塔外的空中，從他抱著自己的手臂力道來看，剛才這傢伙的虛弱絕對是裝的。廖停雁僵著一張臉，抱著司馬焦的腰，只求不要摔下去，她現在腳下可是空的。

司馬焦手中出現一團火焰，那片火焰驟然化作一片火海，瞬息間鋪滿了整座中心塔與周邊百米的天空。

廖停雁看到天空中浮現出數十條人影，這些人影有男有女，有老有少，都帶著一種危險的氣息，將司馬焦團團圍了起來。雖說他們人多勢眾，司馬焦只有一個人，但廖停雁發現他們所有人的表情都特別凝重難看。

與他們的如臨大敵相比，孤身一人的司馬焦就顯得張狂而從容。廖停雁自覺地把自己當成配件，安靜地掛在他身上。在這種場合她就是白痴也知道，今夜這裡是個危險的戰場，如果剛才這祖宗沒順手護她一把，她現在就死翹翹了。

在場十幾人，面上難看，心裡也是直直發虛。說實在話，他們這些人也並不是鐵打的聯盟，而是各有心思，庚辰仙府延續了這麼多年，又是這麼大的勢力，哪怕是小小一個支脈都有不同的聲音，更何況整個庚辰仙府？對於司馬焦，知情或不知情者的各宮各脈都有不同的想法。

有的人因為五百年前的仇恨，主張殺死司馬焦；有的人垂涎奉山族人的血肉，想分一杯羹；還有人想要庚辰仙府像從前一樣維續下去，又忌憚司馬焦的不安分與修為，所以希望控制住司馬焦。

今夜是新月，他們這些知曉司馬氏祕密的人悄悄地潛入這裡後，已經看了許久。方才那名白衣女子，確實就是個馬前卒而已。

直到剛才，仍有許多人猶豫不決，但他們之中有部分人士與司馬焦有殺親之仇，所以迫不及待地出手，誰知道司馬焦那虛弱的姿態竟然是偽裝出來的，反而是他們被他反將一軍，現在身陷火海。其他人都不免暗罵那沉不住氣，動手的老者。

這火焰與其他火焰也不同，就算是修為最高的人也不敢輕舉妄動。所以現在看似是他們包圍了司馬焦，實則是他們被司馬焦的火海阻隔在內。

「慈藏道君，這恐怕是一個誤會，我們並無惡意。」一個高挑瘦削的男子首先說道：「至少我們天之宮，並無對您不敬的意思。」

司馬焦的目光放到一名氣質陰鷙的老者身上：「你是哪個宮的老垃圾？被你們關了五百年，我都不記得了。」

廖停雁：「……」都這個時候了還要拉仇恨值？不愧是祖宗，我真的佩服了。

老頭鼻子都氣歪了，顯然剛才那一下是他出的手，現在他仍是仇恨地瞪著司馬焦，卻沒有和他說話的意思，而是看向其他人，煽動道：「你們可不要被他騙了，他分明已是強弩之末，今夜我們聯手，定然能解決他！若是今夜不殺他，日後我們誰能逃得掉！」

有人意動，眼神閃爍，也有人退後低頭，表示不願參與。最後退卻的有一半，他們都曾見過五百年前司馬焦發狂的模樣，心有餘悸，不敢輕舉妄動，其餘的則因為貪婪與仇恨，或者只是單純的立場不同，最終還是選擇對司馬焦動手。

廖停雁忍不住更緊緊抱住了司馬焦的腰，一下子身處戰局中心，她真的慌了。這好像不應該是她的戲分，祖宗非要帶她一起，真的壓力好大。

「怕什麼？」

廖停雁後知後覺地抬頭，發現這句話是師祖和她說的。這個人垂頭看了她一眼：「我不想讓妳死，妳就死不了。我不是說了，就算我虛弱至此，他們對我來說還是太弱了。」

猛。

接下來的場面，讓廖停雁明白了什麼叫做真的猛。司馬焦，以一人之力，弄死了七個庚辰仙府內數得上名號的大師。這讓廖停雁意識到之前在塔裡時，面對那個白衣女子，他可能真的是在演戲。

真是好一個戲精，他沒事閒得發慌嗎？還吐血，搞得像真的一樣，如果她在那個時候聽了妹子的話，現在大概已經變成一把骨灰了。

在那七個人被燒成人形乾屍的時候，圍觀的其餘七人都忍不住用驚恐的目光看向司馬焦。他們本以為被鎮壓在這裡這麼多年，司馬焦只會更虛弱，沒想到他竟然還是這麼可怕，莫非奉山一族真的如此強大，竟連這般重重的陣法和一層層的禁錮都奈何不了他？

「慈藏道君，這些人對道君不敬，理應受到懲罰，我等回去之後，會好好處置這些人的所屬支脈。」說話的人顯然更加小心翼翼了。

但司馬焦沒有讓他們離開的意思，他的目光掠過場上還活著的九人，突然笑道：「我還需要一個人留下來。」

所有人一愣。

先說話的那個人猛然發出慘叫，整個人瞬間燒成一個火人，都沒能反抗。其餘人臉色難看，一位面貌憨厚的老者猛然睜大眼睛，低呼：「不好！難道是……」

話未說完，只見塔中那個白衣女子的屍體飛了出來，一共九具屍體在中心塔各處。這九人，正好有著五百年前庚辰仙府的八大宮與掌門一脈血脈。當年就是這九道血脈的祖宗在這裡布下囚困大陣。

「我忍這些礙眼的封印已經很久了。」

司馬焦此話一出，九具屍體飛快地墜落，落進特定方位後，瞬間地動山搖，中心塔那些巨大鎖鏈的互相撞擊著，正不斷發出震耳巨響，隨即齊齊斷裂，轟然砸向底下的宮殿，將這座宮殿在瞬息之間變為廢墟。

在一片驚呼與巨響中，廖停雁聽到司馬焦發出一聲輕笑，是非常開心的那種笑聲。

經歷了這一連串的事之後，廖停雁滿臉呆然，腦子都空了，只覺得——這祖宗的腰真細。

司馬焦暢快地看著眼前的一切，發現自己一手抱著的奇怪魔域奸細都被嚇傻了，他非常好心情地抬起她的下巴，問：「看看這些人，他們每一個人站出去都是令人畏懼的宗師，但現在他們的樣子多可笑，妳可有什麼感想？」

廖停雁：「你的腰好細。」誠實豆沙包又要殺我，這個人沒事老用豆沙包幹什麼！

司馬焦六親不認的笑容一頓，懷疑自己是不是聽錯了。

§　§　§

三聖山上靈力無法凝聚，長久待在這裡對於修士來說，是非常壓抑痛苦的一件事，就彷彿將一條大魚困在淺可見底的水坑裡。司馬焦在這裡待了五百年，此時此刻，他終於徹徹底底地逃脫了這個囚籠。

隨著那些鐵鍊的斷裂和封字玉牌的破碎，沖天靈力從下方一片狼藉的廢墟裡湧出，濃郁成實質的靈氣如霧一般，籠罩了整座三聖山，頃刻間匯聚成一片雲海。

這麼豐沛的靈氣，哪怕是廖停雁這種不知道修煉為何物的菜雞，也下意識地自行開始吸收湧進身體裡的靈氣，比上次感覺還舒爽。

場中還活著的幾位師祖被這股靈氣一沖，臉色五彩繽紛，精彩極了。

三聖山原本就是一座靈山，靈氣最是濃郁純粹，當初為了囚困司馬焦，費盡心思地用這個大陣將此地地脈靈氣隔絕，那些靈氣就藉由地下分流到了庚辰仙府的其他地方，享受著這些地方的是誰，不言而喻。如今司馬焦弄出這一齣，不知道要毀掉庚辰仙府裡多少人的利益。

然而這並不是最嚴重的事情，最嚴重的是，司馬焦已經徹底脫困了，就像他從前所說的，肯定不會放過他們。

可笑的是，許多人當初心中都想著司馬焦在這裡待了五百年，又是那種瘋癲的樣子，說不定等他出來時已經虛弱不堪了，到時候他們眾人一起動手，不怕制服不了他。

大半個月之前，掌門為了暫時安撫他，送了許多心思各異的人進來試探，有不少人還不以為意，覺得這多年前的心腹大患如今不足為懼，可現在看來，這哪是不足為懼，分明是大事不妙了。

「慈藏道君，您看這三聖山如今被毀成這個樣子，不如您先遷往白鹿崖暫居，等到這三聖山修繕完畢後，再請您回來？」一個看起來年紀輕輕的青年彷彿一切都沒發生過，如此說道。

其餘的人在心中暗暗罵他不要臉，此人是掌門一脈，是主張安撫好司馬焦的，此時他站出來，就是為了表明自己的立場，把自己劃分出來，免得面前這位祖宗一個不高興，還要再殺幾個人，他完全做得出來這種事。

要殺要剮，總得有個反應，可是司馬焦壓根沒理會他們。他面無表情地盯著自己懷裡抱著的廖停雁。

其實，他們之前就注意到了師祖懷裡的那個女子，只是生死大事當前，沒有太多心力注意。那麼低微的修為，在他們這些人眼裡，大概也只是隻螞蟻，祖宗手上抓著一隻螞蟻，能引起注意才奇怪。

只是現在，因為司馬焦古怪的沉默，其他人都不自覺地把目光拋向那名女子。

好像……是之前送進來的一百位女弟子中的其中一位，是誰來著？這一百人，說是在所有支脈裡挑選，但實際上早都被各宮內定了名額，她能進來，絕對是哪一宮的大人物安排的，肯定有什麼不一樣的地方。只是在場幾人，都不知道這個人是哪方勢力送進來的，竟然能好好活到了現在。

他們看了一眼腳下的廢墟，此時送進來的那一百人，大約就剩下這一個活口了。這個人有何能耐，竟然能讓那個又瘋又嗜殺的祖宗帶在身邊護著，莫非，是這祖宗看上了這女弟子？

不可能不可能，想到當初發生的那些事，他們在心裡否認了這個猜測。

要是哪天司馬焦能看上什麼女人，那可真是太陽從西邊出來了，修真界要和這祖宗聯姻，絕對不可能。

廖停雁感覺到好幾道灼灼的目光，假裝自己沒感受到，僵硬地抱著祖宗的腰，彷彿被按下了暫停鍵，一動也不動。

「我的腰……細？」良久，司馬焦才重複了這一句。

這是個問句，所以裝死的廖停雁被誠實豆沙包逼迫開口：「對，我覺得可能是被關太久了，才會餓成這樣的。」

三聖山什麼吃的都沒有，不就是被餓出來的嗎？她沒事的時候會腦補這祖宗坐牢沒人送飯，忍饑挨餓，才會日漸變態成這樣。

雖然腦補是腦補，但她清楚，這種事不能說出口，否則會死。清楚歸清楚，現在情勢不由人，誠實豆沙包這祖宗說開就開，隨時隨地被迫啟動，根本讓人無法好好交流。她想好的冷漠老闆員工情鄉土劇一下子就變了調。

「妳說得對。」司馬焦說：「我遭受的痛苦，應該一一討回來。」

廖停雁：「？」不是，我什麼時候說過這種話了？

司馬焦看向那邊幾個倖存人士。幾個人都非泛泛之輩，見他神情不善，下意識要遁逃，然而天地之間的靈氣已經重新匯聚，司馬焦此時更是凶殘。片刻後，在場活著的人，只剩下司馬焦和廖停雁兩個。

不管是哪一方勢力，也不管他們對司馬焦有沒有惡意，對於司馬焦來說都沒有任何不同，只要他想，就會殺。這個世界上，沒有人會真正對他抱有善意，特別是庚辰仙府這些知道他所有祕密和過去，又造就了他現在的人。

廖停雁目睹這一切，整個人下意識一顫，把臉埋在司馬焦胸口之間，做了這個動作後她才反應過來，造成她恐懼的就是她現在抱著的人。講真的，要不是現在還在半空中，她早就放手了。她沒放手，司馬焦反而將她往上抱了抱，另一隻手從她的後背緩緩撫上去，一直到後頸。廖停雁不知道他要搞什麼，但感覺到了一股危機感，她發誓祖宗正在考慮要不要捏斷她的脖子。如果她身上有毛，肯定會因為這一摸全部炸起來。

司馬焦垂眸望著她，確實是在思考什麼的模樣，有些走神，手下不由得再次撫了撫廖停雁的背。他這又輕又緩又危險的動作，讓廖停雁整個人都隨著他的動作提心吊膽，也跟著他的動作炸毛。

在司馬焦眼裡，他摸一下，廖停雁就提起一口氣，他放手，廖停雁就緩下一口氣。這樣來回三次後，廖停雁沒反應了。

你媽的，要殺就殺吧，這樣反反覆覆地太累了。

司馬焦沒殺她，抱著她回到那塌了一小部分的中心塔。終於踩到實地，廖停雁還感覺腳下軟綿綿的，整個人都虛得慌，立刻從錦囊裡掏出一把椅子放好，坐了上去。

司馬焦走過她身邊，一步步走進紅蓮生長的碧潭。他走進去後，撕開了自己的手腕。絲絲縷縷的紅色溢進水中，凝而不散，聚在中心。

廖停雁坐在那裡看了很久，看到天都亮了，司馬焦也沒有任何反應。她看到大黑蛇在黎明的曦光中探頭探腦。這裡就剩下他們這三個活口，廖停雁朝黑蛇招招手，但是黑蛇顫顫地，不敢靠近，還把腦袋縮了回去。

好吧。廖停雁一整晚沒睡，睏得要命，可惜她的榻被炸了，現在沒地方能休息，想了想後就找出布和繩子，臨時加工一下，做了個吊床，吊在兩根柱子中間，自己躺進去。

在入睡之前，廖停雁看到碧潭中司馬焦的血變成一朵紅蓮從水中長了出來，依稀有簇火焰浮現在上面。

原來那朵寶貝蓮花是這樣長出來的，這麼一想，這祖宗不就是最大的寶貝了？別人升級需要天材地寶，他自己本身就是個天材地寶，難怪這麼傲嬌。

廖停雁睡著了，在她睡著後不久，太陽完全冒了出來，碧潭中的紅蓮與火焰恢復了往日的樣子，司馬焦滿身濕意從碧潭裡走出去，每走出一步，身上的水跡就憑空蒸發，走到廖停雁身邊的時候只剩下微微的濕氣。

司馬焦的唇色十分蒼白，少了往日的凶戾之氣，整個人只有黑白兩色，更加令人心驚。他俯身湊到廖停雁身邊，躺了下去。

廖停雁補完眠醒來，感覺有些不對。吊床她做得滿大的，但現在有點擠。殺人狂師祖躺在她旁邊，閉著眼睛似乎是睡著了？他的腦袋抵在她頸窩，輕輕呼吸就噴在她的脖子和鎖骨處。她睡著時拉著蓋在身上的，是這祖宗的長袍和袖子，因為吊床會把人往中心聚，所以她整個人都在司馬焦的懷裡，他長長的黑髮都有幾縷搭在她胸口處。

廖停雁：不行，我要窒息了。怎麼回事？只是補個眠而已，怎麼就被睡了？

她的眼神往外瞟，看到大黑蛇盤在吊床下面，捲成了一個大捲，也睡著了。

外面陽光燦爛，一直盤旋在中心塔上空的陰雲好像隨著破碎的封印一同散去了，溫暖的陽光直接照進廢墟，還有白色霧狀的靈氣在空氣裡輕輕浮動。她扭頭看向不遠處的碧潭，那裡靜靜地開著一朵更美麗的紅蓮，滿口髒話的火焰安靜如雞。

非常安靜，廖停雁一動也不敢動，就這麼躺了一會兒，不知不覺間再次睡著了。

沒有什麼事是不能面對的，如果有，就睡一覺再說。

৪ ৪ ৪

三聖山上傳來的動靜，引起了庚辰仙府所有大師的注意。連那些閉關的，多年不管事只想著衝破屏障飛升的，幾乎全都跑出來了。

庚辰仙府內數得上名號的家族有幾百個之多，頂尖的幾個家族一直都是把持著幾個宮與實力雄厚的支脈，他們底下又有附屬的家族。

就用掌門師千縷的師姓一脈來說，本家就有為數上萬的師姓弟子，若是加上所有支脈和外姓門生，人數多達幾十萬。家族的勢力之龐大，已經比得上外面一個中型門派，而這麼多複雜勢力交織組成的庚辰仙府中有多少種不同的聲音，可想而知。

關於奉山一族的最後血脈，這是多年來的難題，至今仍是無法統一處置方法，此次三聖山發生的事，令這些人又生出了不知多少複雜心思。

上百盞的弟子魂燈在一夜之間幾乎完全熄滅，只剩下了孤零零的一盞仍在燃燒。還有前去監視和查探消息的那些人，十幾位各家天之驕子與厲害人物，竟然同樣全數覆滅。

掌門師千縷聚起一個男人的魂魄，神情平靜地問道：「格言，你們在三聖山中究竟發生了什麼事？」

師格言正是之前在三聖山出來說好話、表明立場的年輕男子，此刻他魂魄浮現，露出一個苦笑：「叔公，那位慈藏道君果然如同您所說，殘酷嗜殺，我們這些過去打探消息的人，不管對他有沒有威脅，竟然全數被他滅殺了。好在沒有趕盡殺絕，留了我一條魂魄在。」

師千縷沒有任何意外，只是沉吟片刻便道：「還有一盞弟子的命燈沒有熄滅，你可知道是怎麼回事？」

師格言：「其實我也很意外，有一名女弟子彷彿很得慈藏道君喜愛，被他護在身邊。」

師千縷終於露出一些訝異神色：「當真？」

師格言：「確實如此，不只是我，其他人也看見了。」

「竟有此事。」師千縷沉思片刻，眼中出現一抹笑意：「或許，這是我們的一個契機也不一定。」

庚辰仙府，除了幾乎代代由奉山一族統領的掌門一脈，還有天、地、陰、陽、日、月、星、四時，一共八大宮，每一宮有幾支主脈，另外還有幾十到上百條支脈，以及數不清的小支脈。廖停雁就是四時之宮紅楓主脈下的一條小支脈，清谷天的弟子。

紅楓一脈近千年都掌握在蕭氏家族手中，在三聖山挑釁司馬焦被殺的老者，就是紅楓一脈中資歷比較老的一位長老，也是蕭氏上任家主的親子。

「太爺爺，您總算出關了，您可千萬要替爺爺討回公道啊！」蕭花影滿臉悲傷，跪坐在閉目養神的中年男子身側。

中年男子便是蕭氏上任家主蕭長樓，光看樣貌，他比一些兒子，甚至孫子都要年輕，他已閉關三百年衝擊大乘境界，然而仍未成功。

「討回公道？」蕭長樓面對著自己直系的曾孫女，仍是一副平淡口吻。如他這種家族龐大，祖孫數都數不清的宗室，若要他每一個子孫後代都關心，根本不可能。像他眼前的蕭花影，在三百年前他閉關前才十幾歲，在他這裡侍候過一段時間，這才讓他有了些印象。

「是啊！」蕭花影仰頭看他：「那慈藏道君雖說是師祖，可也不能如此欺辱我們紅楓一脈。爺爺不過是去三聖山查探情況，怎麼就被他隨手滅殺了，這不是狠狠打我們蕭氏的臉嗎？而且爺爺從前就用了一次寄魂托生，如今死了，便是真的離我們而去了！」

蕭長樓巍然不動，淡淡道：「打蕭家的臉又怎麼樣，就憑他姓司馬，想殺誰都可以。」他看了眼這個年輕的孩子，心中一笑。

司馬氏，只剩一人的奉山一族真的是沒落了。從庚辰仙府的主人到如今的……末路囚徒。

蕭花影似乎是沒想到他會這麼說，一愣之後，神情略顯倉惶道：「可是太爺爺，爺爺的死，難道就這麼算了嗎？」

「我早就說過，他要是一直惦記著五百年前被司馬焦發瘋殺死的蕭家人，遲早也會死在他手裡。」蕭長樓揮揮手：「行了，下去吧。」

蕭花影雖然仍舊內心悲痛不甘，卻不敢多說，委屈地下去了。

她出了門，臉上立即一掃委屈之色，變成了憤恨。

她從小聽著庚辰仙府的起源傳說，司馬氏幾乎就是伴隨著庚辰仙府的興盛，她確實對這曾經的強大氏族感到嚮往畏懼，但她畢竟沒有經歷過前幾代人被司馬氏支配的恐懼，完全無法理解太爺爺他們的容忍心態。

在她看來，一個再厲害的師祖又怎麼樣？還不是獨木難支，對上一個大家族，總會落在下風的。

「走，去清谷天！」蕭花影狠狠擰眉，帶著自己的侍從弟子前往清谷天。

她對付不了那個慈藏道君，總能找到別的什麼人出氣。像他們這些消息靈通的人，距離三聖山之事不過半日，就已經知道了三聖山上發生的事。對於那唯一一個能在師祖手裡倖存下來的弟子廖停雁，自然也搞清楚了身分來歷。

如今掌門與幾大宮有些身分的人，都知道那無法捉摸的凶殘師祖疑似看上了一個女弟子。那女弟子修為低微，輩分更是低，只是清谷天的一個普通弟子，他們不敢去見剛發過飆的司馬焦，便不約而同地前往清谷天。

蕭花影才到清谷天，就發現這小小支脈一改往日冷清，顯得非常熱鬧，人來人往的。她甚至見到了掌門一脈的師真緒，如定海神針般鎮在清谷天。對方論輩分比她還高上一輩，見有他在，蕭花影暗罵一聲，知道自己今日恐怕是做不了什麼。

這師姓掌門一脈也真是可笑，偌大的家族，竟然甘心侍奉著司馬氏，到如今還擺出一副忠狗架勢。蕭花影腹誹著。

如今的掌門一脈其實上位並不久，他們一開始不過是作為司馬氏侍奉者的身分。後來司馬氏人的越來越少，還為了維持血脈的純淨，搞到剩下一個人了，原本由司馬氏統領的掌門一脈才漸漸被師氏所取代。

師真緒面容和藹可親，但沒人覺得這一位大師對任何人都是這個態度，清谷天的脈主洞陽真人一早陪坐在師真緒下首，心中的驚濤駭浪久久沒有平息。

他的消息不靈通，還是師真緒告訴了他如今的情況，他收的那位弟子得慈藏道君青眼，留在了身邊。正所謂一人得道，雞犬升天，這短短半日時間，不知多少人送來了禮物，平日他們這裡可是乏人問津的清靜之地，儼然已經成為了最矚目的地方。

洞陽真人並沒有太大的野心，心中的喜悅遠遠比不上惶恐。烈火烹油、鮮花著錦，可過猶不及能有什麼好下場？

「洞陽不必擔憂，你教導出來的弟子有這等能耐，是件好事，日後若她仍能一直伴在師祖身側，清谷天便無後顧之憂，或能使清谷天直接成為一支主脈也不一定。」師真緒笑道：「如今師祖還在三聖山，近日不敢前去打擾，或許過段時間掌門會帶你一同去探望那名弟子，你可要做好準備。」

他這話中含有掌門一脈的護持拉攏之意，洞陽真人自然聽得懂，他也恭敬道：「是，師叔，洞陽明白了。」心裡卻實在是發愁。

隸屬四時之宮苑梅一脈，袁家主最疼愛的十八子袁觴，此時神情複雜地坐在暗室內，從探聽到三聖山的消息後，他就坐在這裡沉思了許久。他怎麼都沒想到自己之前安插進三聖山的那個探子，竟然會有這樣的造化。

庚辰仙府裡那麼多勢力，安排了那麼多人進去，最後竟然只留下了他安排進去的廖停雁，這實在太可笑了。

袁觴聽到掌門一脈與其他宮的一些動作，他知道那些人在想些什麼，不管是表面上保司馬焦的，還是暗地裡想殺司馬焦的，無非都只有一個目的，那就是想得到司馬氏身上的好處。可他不同，他唯一的目的就是毀滅庚辰仙府。

要毀滅庚辰仙府最直接的辦法，就是毀滅司馬焦。他如今手裡掌握著的，是所有人都沒有的優勢——一個讓司馬焦另眼相待的女人。

廖停雁身上的蝕骨之毒一日未解，她就只能聽從他的控制，哪怕是司馬焦也救不了她。

8 8 8

廖停雁一覺睡到黃昏，直接把一天睡了過去，外面的爾虞我詐、恩怨糾葛都和她沒關係。和她有關係的，是那個殺人像在捏花生一樣的師祖司馬焦。

他不在她的吊床上了，這讓廖停雁放鬆了很多。就說再睡一覺，所有事情都會解決的，這不就沒事了。

她爬起來感受了一下自己體內充沛的靈氣，覺得自己美得冒泡，鹹魚泡了水，有點膨脹了。現在的三聖山仙氣飄飄，雖然很多地方都變成廢墟，但莫名透出一股頹敗的美感，估計是這靈霧造成的濾鏡，所有的一切都有種朦朧美。

沒見到大黑蛇，也沒見到司馬焦，只有恢復了神氣的火苗在那裡扠腰大罵：「沒用的傢伙！庚辰仙府裡那些沒用的龜孫子們，昨天的大好機會都搞不死司馬焦！」

廖停雁有時候真搞不懂這火苗到底是什麼立場，一下子說自己出事的話，司馬焦也好不了，兩方有共生關係，一下子又恨不得立刻有人來搞死司馬焦。

中心塔塌了一半，廖停雁走到缺口處往下看了看，因為太高，不敢站太近。就這麼一晃眼的功夫，她看見底下的一圈花圃旁邊站了個黑影，還有一條黑蛇在辛辛苦苦地用身體把那些砸在花圃旁邊的碎石頂開。

那是日月幽曇，三聖山上唯一的植物，而火焰紅蓮，應該不算是植物吧？她想起自己放在錦囊裡的一朵寶貝紅蓮，心裡對底下的日月幽曇也有了一點好奇心。當初那些妹子們看到這花就古古怪怪的，她到現在還沒搞清楚有什麼內幕。

花圃旁邊的司馬焦忽然轉頭朝中心塔這邊看來，他動了動手，是一個「過來」的手勢。

修士的眼睛就是這麼厲害，廖停雁想假裝看不到都不行，因此縮了縮腦袋，轉身往樓梯走過去。她下了二十多層樓梯，披著淡紫色的雲霞走到花圃邊。可是之前站在這裡的司馬焦已經不見了，只有黑蛇還在做搬磚工。

她扭頭張望了一下，耳邊忽然響起一個聲音，「為什麼這麼慢才過來？」

像幽靈一樣的祖宗出現在她身後，好險沒把她嚇得撲進日月幽曇花叢裡。她還記得那些妹子一般沒事都不會隨便靠近這種花，這其中肯定有原因，所以她迅速往旁邊閃——撞進了司馬焦懷裡。

廖停雁：……這樣，看起來是不是有點像投懷送抱？

她考慮著這個問題，又覺得這不是個問題，反正祖宗來個誠實豆沙包問一句：「女人，妳是不是在投懷送抱」，她就能完全證明自己的清白。

但是司馬焦沒問，他用一種「色誘這種事我見多了，妳省省吧」的表情睨了她一眼。

廖停雁：你媽的！用豆沙包啊！快用啊！讓我告訴你實話！

「妳知道這是什麼嗎？」司馬焦看著那些花問，依舊沒使用豆沙包。

廖停雁：「……日月幽曇。」媽的好氣喔。

司馬焦抬手撫過那些逐漸改變了顏色的花。這花在白日裡是白花黑葉，現在太陽正在西落，慢慢就變成了黑花白葉，在廖停雁看來，就像是司馬焦撫摸過的花都在一瞬間變成了黑色。手動染色，很強。

「妳知道這花是怎麼來的嗎？」

廖停雁：「不知道。」

司馬焦好像特別喜歡辣手摧花，特別愛手賤，摘下別人長得好好的花瓣，他摘下一片黑色的花瓣丟在一邊，語氣毫無起伏地說：「日月幽曇的種子很特殊，是司馬氏一族死後身體裡留下來的一顆珠子，一顆珠子能種出一株日月幽曇。」

廖停雁看看這大片的日月幽曇，背後一涼。那這……不就是墳地了？這麼多的日月幽曇，這裡該死了多少人。

司馬焦：「司馬氏的人死後身體留不下來，能留下的只有一顆珠子，以前有很多珠子留存，後來全被我灑在了這裡，長出了這些花。」

「好不好看？」

老實說，雖然驚悚了點，但還滿浪漫的。廖停雁點點頭，老實地說：「好看。」

司馬焦：「那送妳一朵，妳自己選。」他指指大片搖曳的黑色花朵。

廖停雁直覺其中有問題，但司馬焦還在盯著呢，沉著臉催促她：「摘一朵。」

廖停雁抬手就「啪嚓」折了一朵。

司馬焦這才說：「日月幽曇最奇特的地方在於，它可能是能祛除任何毒的靈藥，也有可能是無藥可解的劇毒。據說司馬氏中人，惡人死後骨珠種出的日月幽曇是劇毒，善人骨珠種出的則是靈藥。但它們模樣完全相同，無人能分辨出來。」

廖停雁：「……嘶。」聽起來好繞口，所以說可解任何毒的靈藥，能解那個無藥可解的劇毒嗎？

司馬焦：「看妳還能站在這裡，大概是選到了靈藥，運氣不錯。」

他才剛說完，廖停雁就倒了。

第四章　在公司的勢力傾軋之中，跟對上司是很重要的

廖停雁以為自己會當場死亡，但是沒有。她帶著愕然和滿心的髒話暈過去之後，看到了幾段零散的回憶。

畫面的主角是個天真爛漫的姑娘，叫司馬萼，她與她的雙生哥哥，是原先偌大的司馬氏族中最後的兩個人。他們一族已經走到了滅亡的邊緣，然而，司馬一族不能滅亡，他們必須延續血脈，於是司馬萼從一出生就待在一個畸形的環境中，註定要與自己的兄長結合，誕下子嗣。

司馬氏為了維持奉山一族的純淨血脈，從來不與外人結合，玷汙奉山血脈對於他們來說是罪惡且不可饒恕的，相反的，在司馬一族中，近親結合並不罕見，他們的一切都只為了最純淨的血脈。只有純淨的奉山血脈，才能蘊養靈山之火。

廖停雁看到那靈山之火像一叢小小的火炬，在碗口大的紅蓮上燃燒。比她見到的那個髒話娃娃音小火苗旺盛許多。

總之這好像是很重要的大寶貝，而司馬萼就是這一代奉養靈山之火的人。她從小就在三聖山中長大，雖然有無數侍從弟子服侍，吃穿用度都是最珍貴的，在廖停雁看來算是世界第一的公主

殿下，但說實話，她真的太慘了。

司馬萼喜歡靈火，喔，在這段記憶裡，那個火苗不是個奶娃娃音，是個暴脾氣的男人。不管是誰來侍奉他，都會被他罵得狗血淋頭，而司馬姑娘是他唯一不會罵的人。

可惜喜歡歸喜歡，司馬萼萬萬不可能和這朵寶貴的火苗在一起，畢竟有生殖系統的隔閡，他們的關係只能用「愛的供養」四個字來形容。等姑娘到了可以生孩子的年紀，她被要求和哥哥通房。

廖停雁看到了這段記憶中的三聖山，宮殿華美，擺設精緻，僕從如雲，各個恍若神仙妃子，最讓她印象深刻的就是碧潭火苗那一層，掛著超大的伏羲女媧圖。司馬萼每日都要祭拜，估計是司馬氏什麼信仰之類的。年紀輕輕的姑娘雖然不願意，但她背負著一族的興衰壓力，最終還是痛苦地妥協了。

她和她的哥哥生下一名男孩，取名為司馬焦。

聽到這個名字，廖停雁反應過來，喔，竟然是祖宗媽媽的故事。

生了個男孩還不夠，他們還需要她生下一個女孩，才能保證下一代的純淨血脈，可是司馬萼遲遲未能生下第二個孩子，更慘的是，她的哥哥突然發瘋，燒掉了大半個三聖山，自殺而亡。這些記憶並不清楚，非常跳躍，是廖停雁自己根據上下文推測出來的。

畫面一轉，憔悴的司馬萼姑娘好像被這一切逼瘋了。她年紀尚小，縱使天賦過人，也來不及成長。庚辰仙府早就不是司馬氏的天下了，主弱臣強，有許多人要求她好好地奉養靈山之火，然後等待她的孩子長大，再與之生下其他的孩子。

看到這裡的時候，廖停雁滿頭問號。這個時候司馬焦才只是個幾歲的小寶寶，這些做決定的人，你們有這麼急嗎？

顯然，已經有點瘋癲的司馬萼無法接受，廖停雁看到她在一個月黑風高的夜晚，準備掐死自己的孩子。

廖停雁：……這仙府，我嘆為觀止，貶意方面的。

後面沒什麼故事了，最後一段就是司馬萼在碧潭裡自殺，碧綠的潭水都被她染成血紅色，長出了一朵非常大的紅蓮，熊熊燃燒起來的火焰安靜地將她包裹起來後，燒成了一片灰燼。

被迫知道了這種隱私，廖停雁醒來的時候覺得自己不太好，知道太多不是好事，畢竟知道越多，扯上的事就越大。她看到了很多醜惡嘴臉，差不多明白了這些牛鬼蛇神都是些什麼來歷，越發覺得頭大。

這個副本太重口味了，她玩不起。

等她從那些慘劇裡回神，發現自己現在的處境，頓時覺得更加不好，因為她此刻躺在一個漆黑的長方形盒子裡。

廖停雁：啊啊啊我被埋了嗎？都不能再搶救一下嗎？是哪個混帳埋我的！

她只覺得自己渾身無力，腰酸背疼腿抽筋，胸口還沉甸甸悶得發慌，沒力氣推開這個棺材蓋爬出去。

「來人啊……救命啊……我還沒死……我死了……我又活了……」

「祖宗？蛇蛇？小火苗？回個話啊……」

「我為公司出過力，我為老闆流過血……」

在這個棺材裡面喊了一大堆胡話後，廖停雁感覺到自己終於積蓄了一點力氣，抬腳用力往上一腳踹開，於此同時，她把棺材蓋踹出了一條小小縫隙。還好，還沒釘上棺材釘，要不然怕是得在這裡永久居住了。

她抬手摸索那條縫隙，使出吃奶的力氣一點一點往旁邊推，推了好一會兒才重見天日……和祖宗。

那一身烏漆墨黑的小白臉祖宗就站在棺材旁邊，靠在那裡看著揭棺而起的她說了一句：「醒了？」然後用一根手指，隨隨便便就把她推到一半的那個棺材蓋掀了出去。

你媽的你剛才幹嘛去了，看別人推棺材蓋很好玩是不是？不知道為什麼，廖停雁在這一刻非常想罵他，可是那一瞬間她又想起回憶裡看到的，那個被親媽掐得像棵小白菜一樣的寶寶，一腔怒火被噗滋噗滋的小水槍澆滅了。算了，不想罵他了。

司馬焦覷到的她臉色，問：「妳是不是想罵我？」

誠實豆沙包，開啟！

廖停雁身不由己：「是。」

司馬焦神情莫測，眼神變態變態地說：「妳罵幾句來聽聽？」

「臭混帳，我去你的！我去你的聽到了嗎！」廖停雁還活著，但她的眼神已經死了。她覺得這個好不容易推開的棺材蓋可能會重新蓋回來，大概真的要入土為安了吧。

然而她註定搞不懂神經病的腦迴路，那個被她罵了的祖宗突然大笑起來。不是那種「等我笑完就殺妳」的笑，而是「這太他媽的好笑了」的那種真笑。他靠在棺材旁邊，笑到整個棺材都在抖。

廖停雁：還好嗎，氣瘋了嗎兄弟？

就在她裝死的時候，笑夠了的司馬焦抬起手，將她抱了出來。

她剛才躺的地方確實是個棺材，還是個看起來特別華麗的棺材，好像還是在中心塔，只是不知道在第幾層了，周圍燃燒著明亮又造型奇異的龍形燭火，厚重棺材就放在中央，她還看到了前方的牆壁上雕刻著伏羲女媧圖。

司馬焦抱著她大步走了出去，大袖子帶起的風把路邊那些擺放的蠟燭吹得搖曳不停。

廖停雁以為自己大概只睡了一天，但其實，她已經躺了半個月。出了中心塔的門，她發現外面的廢墟全部消失了，只剩下一望無際的平地，曾經那個空蕩蕩如迷宮般的建築全部不見了，只剩下一座半塌的中心塔。

這大概就是，睡一覺醒來發現天翻地覆的情況。

大黑蛇在外面等，見他們出來了就扭動著碩大的身軀湊過來，司馬焦抬腳踩著牠的尾巴走上去：「走。」

廖停雁：不是，走去哪裡啊？我怎麼跟不上思維了？

她連被司馬焦抱著都沒心思去想了，扭頭看了一眼那中心塔和下面一圈搖曳著的日月幽曇：「師祖，我們要去哪裡？」

司馬焦心情不錯：「當然是出山，在這裡待夠了。」

他抱起癱著的廖停雁說：「妳怕什麼？我要是想殺妳，在哪裡妳都會死，要是不想殺妳，就是死了也會讓妳活過來。喔，那朵花的毒已經替妳解掉了。」

廖停雁：「那是朵有毒的花？」

司馬焦：「不然妳為什麼會躺在那裡大半個月？」

廖停雁不太相信，不是不相信自己躺了那麼久，而是不相信那一朵花是毒花。按照司馬焦所說，惡人開毒花，善人開靈花，那朵好像是司馬焦媽媽的骨珠長出來的靈花，怎麼看也不算是個惡人啊？她從來沒殺過一個人，能稱得上一句天真善良。

「真是毒花？不是說惡人才開毒花？」廖停雁想不通。

司馬焦嗤笑一聲：「我騙妳的，妳竟然這些都信。一個人怎可能非黑即白，區區一朵花就能定善惡嗎？」

廖停雁覺得他好像很好說話的樣子，忍不住追問：「那是怎麼樣？」

司馬焦還真的替她解釋了：「死前心情平靜愉悅，骨珠結靈花，死前怨恨痛苦，結毒花。」

廖停雁想到那個溢滿了鮮血的池子，還有全身染血，奄奄一息地被火焰吞沒的司馬萼，頓時沉默了。老實說，她死前的痛苦，也感染了她一點點，所以現在還覺得頭疼。

「怎麼，聽妳的語氣，妳看到那朵花的前身主人是誰了？」司馬焦隨意問道。

他似乎並不知道那朵花是他母親骨珠結出來的，廖停雁若有所思。他當時站著的那片花叢，是從前有個妹子想摘花，被他拔了腦袋的那片花叢。她還以為他之所以會站在那裡，是司馬焦知道那裡有母親骨珠開的花呢。

既然他不問，廖停雁也沒說，只好避開了這件事：「不是說毒花無解嗎？」

「不是還有可解百毒的花？」司馬焦理所當然。

廖停雁心想，原來不是矛盾大對決，是刪去法。

司馬焦當初看著倒下去的廖停雁，蹲在旁邊思考半日，還是決定救她，於是在那裡摘了花自己試。他不怕那些花，因為那種花對司馬氏族人無效，別人分不出是藥是毒，但他有靈山之火，嘗嘗看那花是什麼味道就知道了，苦的是靈藥，甜的是毒藥，隨便找個苦的餵下去就行了。只是他沒想到，她還是沉睡了半個月之久。

因為這半個月裡又有人來三聖山，司馬焦和人打得激烈，把所有建築打得灰飛煙滅，也不好讓她躺在原地，就放到中心塔底的那口棺材裡了。他以前就在那裡睡了幾百年，算是他放東西的地方。

廖停雁雖然不知道司馬焦做了些什麼，但也知道這回是他救了自己，有些感激……不對，感激個屁啊，中毒不也是他害的嗎？混帳！這個混帳！

她撫了撫胸口，發覺不對。她的胸怎麼好像比從前大了兩個尺寸？現在這種沉甸甸的感覺真充實，難怪躺著會覺得胸悶。

她很久沒說話，表情陰沉，讓司馬焦的表情也沉了下來，有些煩躁：「妳在想什麼？」

廖停雁：「我的胸好像突然長大了？」腿好像也變長了，手上的皮膚似乎也更加瑩白透亮，就像開了美顏濾鏡一樣。

司馬焦：「胸？」他第一次正眼看了一下廖停雁的胸。

廖停雁低頭盯著自己的胸部，蠢蠢欲動地想著是不是該摸一下，不過顧忌著現在還被男人抱著，不太好意思上手。正強忍著，就看到司馬焦滿臉冷淡地一手摟過她的腰，一手伸過來非常自然地摸了一把。

廖停雁：你的手在幹嘛？你在摸哪裡？

司馬焦：「不就是兩坨肉，長這麼大有什麼用？」

看到他臉上那嫌棄和不以為然的表情，廖停雁朝他露出一個假笑：「您把手放下再說這種話吧。」

廖停雁的求生欲還是很強的，同時她對危險也很敏感，所以每次看到司馬焦這個師祖，她都是戰戰兢兢的，儘量少說話，把對方當成真的祖宗，謹慎地使用禮貌用語。

但是現在，當這祖宗像秤豬肉一樣秤著她的胸時，她的理智瞬間下線，惡向膽邊生，垂手摸到司馬焦的屁股就捏了一下。

司馬焦：「……」

老虎的屁股不能摸，廖停雁看著對方的表情，忽然想到了這句話。她慢慢放開了自己的手，感覺見底的求生欲開始回滿，於是她的表情從憤怒變成平靜，再變成迷茫中帶著一點怕。她靠在司馬焦的懷裡，乖巧地抱著自己胡來的左手，扭頭望向天邊翻湧的雲霧。

我看著蒼天，我看著大地，就是不看你。

廖停雁在等著這壞脾氣的祖宗把自己反手丟下行駛中的蛇車，還想了想跳車該注意的事項，卻等了好一會兒都沒等到。

她斜眼偷瞄了一眼，撞上了司馬焦的眼睛。他的眼睛很冷，涼颼颼的，刺得人腦子疼。他這個人滿身陰鬱、臉色暴躁的時候令人害怕，變態笑起來的時候令人害怕，這樣面無表情還是令人害怕。

廖停雁：喔不，我怎麼就管不住我的手呢？

司馬焦握住了她那隻捏他屁股的手，她的手腕纖細白皙，在他白到過分的手中，彷彿一折就會斷掉。他的動作很親昵，寬大的手掌裹著她的手，纖長的手指慢慢撫在她的手腕處，只要稍稍用力——

廖停雁用自己突然變長的大長腿發誓，這個祖宗現在是準備捏斷她的手腕，想要給她一個教訓。情況緊急，廖停雁的行動比腦子更快，下意識就順著司馬焦的動作，一把抓住他的手，堅定地按上自己的胸口：「冷靜，您請摸胸，隨便摸。」

她猜對了，司馬焦這變態心情說變就變，被別人動了一根手指頭他都想殺人，更別說是被人捏屁股了。他一開始驚呆了，畢竟這世上有敢殺他的人，卻沒有敢摸他屁股的人，他反應過來這件事之後，唯一一個念頭就是給她一個教訓——這還是看在他對這個人沒有厭惡感，以及有些興趣的份上。但死罪可免，活罪難逃。

可是他沒想到她會來這一招，他想要用力的手突然被按在軟綿綿的地方，就像是捏著一團棉花，完全被卸了力。

廖停雁按著他的手，神情正直，像個推銷員，完全不把胸部當成自己的：「您試試，手感特別好。」又香又軟的少女酥胸，誰會不喜歡呢？男人女人都喜歡，連貓這種傲慢生物都喜歡，踩奶不用太開心，要折服區區一個殺人狂，完全沒問題。

司馬焦做什麼事都是因為心裡突生的衝動，大約是因為他的血緣親人都是瘋子，他自己也是瘋子，易怒且嗜殺，當他覺得不愉快時，就會想要一個發洩的管道，這個管道自然是殺人。誰讓他不愉快了，他就想殺誰。

眼前這個人很特別，她在他手底下苟活很多次，能讓他接二連三地打消殺意，也只有這麼一個人了。其他人往往是在他第一次出現殺意的時候就原地去世，可是她卻莫名其妙地讓他一次次平息了心中的躁怒和殺意，就像現在，剛才那股要捏碎她手腕的衝動都沒有了。

既然沒有了，他也就恢復冷靜。

「呼——」廖停雁冷汗涔涔，發現自己還緊緊按著祖宗那冷冰冰的手，連忙緩緩撤退。才撤到一半，司馬焦卻反手握住了她的手。

她現在是靠在司馬焦的懷裡，被他一隻手圈抱著，另一隻手又被他握住，姿勢顯得非常不端莊，完全是狗男女在光天化日之下秀恩愛的姿勢。

雖然廖停雁自覺自己只是個配件，但在別人眼裡看來，就不是這樣的了。

就在廖停雁和司馬焦解決一個因為胸部引發的血案時，大黑蛇司機已經把車開到了山下，出了三聖山的地界。在那裡等著的掌門眾人看到的，就是一身黑袍的師祖抱著一個如禍水一樣的妖豔賤貨，腳下踩著一條猙獰的大黑蛇，即將興風作浪的出場，這配置活脫脫就是個反派大魔王與寵姬和走狗。

這樣看來，是冷酷殘忍的大魔頭和惡毒女人以及助紂為虐的大黑蛇，顯然，掌門身後很多人都是這麼想的。

在廖停雁登出的期間，庚辰仙府到處都在議論這個出關的師祖。大部分年輕的弟子都沒見過他，再有美好的幻想，在聽到這位祖宗一次又一次毫不顧忌地殺人時，也會改變的。從一開始的憧憬到現在的畏懼，還有不少人私底下咒罵他肯定是個入魔的魔頭。要不是他輩分太高，大概早就有一堆人要來清理門戶了。

而知道內幕的人各有心思，一開始是想殺或控制司馬焦的人居多，這些人搞不清楚狀況，還帶著兩群人去三聖山送菜，全都沒能回來，最後還是掌門師千縷力排眾議，壓下了所有其他的聲音，決定恭恭敬敬地把司馬焦這個大祖宗請下山。

反正他的宗旨就是，隨便他怎麼搞，就算他殺他師家的人也無所謂。掌門師千縷覺得，司馬焦還會給他一點點面子，或許是因為自己的師父。當初他也是三聖山中負責照顧司馬焦的人之一，還曾經阻止了他的親生母親殺他，就這麼一點情誼，既淺薄又靠不住。他只能小心謹慎地照顧著，避免司馬焦發狂殺人，要殺人也行，但要少殺一點輩分高的菁英弟子。

司馬焦駕著蛇、抱著美人從三聖山出來後，誰都沒理會，被掌門小心地送進了白鹿崖暫居。這白鹿崖是庚辰仙府內除了三聖山外，靈氣最旺盛的地方。有一處漂亮的景致名為白鹿雲崖，是觀星的好去處，此處宮殿建築大氣精緻，特別是最中間那一座重閣尤其氣派。

廖停雁看到這個地方，腦子裡瞬間就冒出滕王閣序，什麼飛閣流丹，什麼桂殿蘭宮，反正她從沒見過這麼好看的地方，雖然三聖山也氣派，但那荒廢很久了，哪像這裡，花木扶疏，一派生機勃勃，山間雲鶴翩飛，山道上竟然還有通體雪白的白鹿群，簡直就是仙境，絕對是超棒的度假勝地。

「喜歡這裡？」司馬焦突然問。

廖停雁：「喜歡！」

掌門與幾個特地挑選出來的弟子陪在一邊，臉上帶笑，心想師祖果然是看上了這個女弟子，聽聽這平靜的聲音與和諧的談話，掌門心中大感放心。能和司馬焦正常對話的人多麼難得啊！他的思路是對的。

「師叔與這位……夫人，大可在這裡住下，一切事物都已經準備妥當，若有不周，只管吩咐弟子們，定會滿足師叔一切需求。」掌門很是體貼周到。

廖停雁：「……」夫人？

司馬焦卻沒在意這個稱呼，不耐煩地揮了揮手打發他：「滾吧。」

看到在司馬焦面前很是恭敬的掌門，廖停雁想起之前自己第一次見到掌門的樣子。高高在上，大師氣派。而現在，活像個大內總管，司馬焦就是暴君，脾氣奇差，彷彿時刻都在忍耐著什麼，聽到人說話都覺得煩，直接把人趕走了。

她就多看了兩眼掌門的背影，就被司馬焦發現了，他盯著她扯了扯唇角，像是看穿了她在想什麼，似笑非笑：「可憐師千縷那老東西？不要以為他態度好，就真把他當做個好人。他啊……呵，可是這庚辰仙府裡最『有趣』的人。」

廖停雁覺得司馬焦這話中有深意，但他沒有多說，冷笑著往宮殿裡走去。宮殿裡負責伺候的並不是人，而是傀儡，沒有情緒，只會聽從命令、伺候人的傀儡。

廖停雁跟上去，發現司馬焦走進了正殿，找了個地方坐下，一臉冷漠地望著窗外，完全沒有理會她的意思。

廖停雁大喜，見他沒有要把自己當配件隨身攜帶，連忙溜進偏殿找到替自己準備的房間，拿出鏡子照照自己現在的樣子。這一看，她的求生欲達到了有史以來的最高點。

這是怎樣一個仙子啊？以前就很漂亮了，現在更是脫胎換骨，美成這樣，只是這樣看著都快自戀了。廖停雁摸著自己的大胸翹臀，覺得為了這具身體，自己還能再活一百年。試問哪個妹子不想變成大美人？嘗試一下這樣早上起來，照照鏡子就能起生理反應的快感。

同時，廖停雁想起剛才司馬焦的種種表現，覺得這傢伙不是那裡不行就是性向不對，面對這樣的大美人，他竟然沒有半點沉迷女色的意思，搞什麼？她一個女人都快沉迷了。

長得這麼漂亮，應該換件更漂亮的衣裙，梳個美美的髮髻。廖停雁發現站在角落的傀儡人特別聰明，她只是嘀咕了一句沒好看的衣服，它就默默送來了很多套。

是真正的仙裙，也不知道是什麼材質做的，輕盈得像雲一樣，穿在身上毫無束縛感，還顯得人飄逸如仙。這樣的衣裙有各種顏色、樣式，拿了很多套來，還有各色首飾、配飾、鞋子等，皆是源源不斷地送過來，擺滿了她的屋子。

這是什麼神仙日子！廖停雁瞬間忘記那個難搞的祖宗，開始了快樂的換裝遊戲時間，玩真人換裝遊戲玩得興致勃勃，忘卻一切凡塵俗事。

她正準備試一套紅色的紗裙，剛脫下衣服還沒把衣服往身上套，門就被人踹開了。

那個剛才還一副不想要理會別人，想要自閉的司馬焦非常暴躁地走進來，冷著臉問：「妳在幹什麼，誰讓妳到處亂跑的？」

廖停雁下意識遮了一下身體，可是看到司馬焦那表情，她又覺得遮個屁，這混帳好像對女人沒意思，簡直像沒看到她這美妙的前凸後翹，還煩躁地抬腳踢飛了旁邊的漂亮衣服和首飾：「跟我走。」

廖停雁一邊翻白眼，一邊默默把那身紅紗裙穿上。

「您要去哪裡？」

司馬焦冷冷一笑：「我不是說了，待我出來，所有人都要死，現在當然是去殺人。」

廖停雁：打擾了，告辭。

司馬焦看她神色：「妳不想去？」

廖停雁暗罵一句，去你的，又來誠實豆沙包，嘴裡已經身不由己地說道：「不想去。」

司馬焦面色一沉：「不去就先殺了妳。」

廖停雁：「我好了，現在就走。」

司馬焦好像被她堵了一下，又用那種複雜的眼神看她：「為什麼不想去？」

廖停雁：「怕看到死人。」

如果沒開誠實豆沙包，司馬焦是不會相信的，一個魔域送來的人會怕死人？魔域的死人可比活人多。魔域的人只有比修士更殘忍的，她這樣的人怎麼能當奸細？

他古怪地問：「妳該不會沒殺過人？」

廖停雁：「沒殺過。」

司馬焦沉默了，他現在是真的不太懂魔域的人是怎麼樣，送這樣的人過來，他們是真的想在庚辰仙府搞事嗎？連庚辰仙府裡的這些人自己搞自己都比他們魔域還認真。

廖停雁不知道為什麼司馬焦剛才下三聖山的時候不直接動手，反而被人請到這間豪宅裡休息後，突然又心血來潮要帶配件出門搞事。但她想，這樣腦子不太清楚的老祖宗，想法豈是她這種智商平平的凡人可以理解的，所以她當即老實地穿上漂亮裙子，跟他出門。

她開始慶幸自己沒有吃飽，不然萬一等一下看到什麼畫面，當場吐出來的話，怕是會被司馬焦順手弄死。

慶幸完她又覺得不太好，因為她修為還在可憐的煉氣期，是不能絕食的。在三聖山上的日子全靠帶過去的靈植，隨便拿一些有靈氣的食物填飽肚子，那些雖然比一般的食物更容易飽，但是她也好久沒正正經經地吃過一頓飯了。

坐在黑蛇大車上被司馬焦帶著，往其他地方走的時候，廖停雁開始覺得餓了。

餓的人是這樣的，沒注意到的時候就沒什麼，注意到了就開始難受，要是這個時候聞到了飯菜香味就更加難受了。

現在的廖停雁就是這樣，他們剛下了白鹿崖，途中路過旁邊一片繁花林，聞到了美味的食物香。那肉味實在太香，廖停雁好久沒吃肉了，嘴裡總是索然無味，口水一下子就流了下來。

大概是她吞口水的聲音太大，司馬焦看了她好幾眼，看到她裝模作樣地按了按嘴角。

他屈指敲了敲蛇頭：「去那邊。」他指了個香味傳來的方向。

廖停雁試著開口問他：「師祖，我們要去哪裡？」

司馬焦：「殺人啊。」

廖停雁：「呃，就這樣去，然後直接殺？」

司馬焦：「不然呢？」

那您可真是做事乾脆的殺人狂。廖停雁在心裡哀嘆一聲，眼見過了繁花叢，一大片瀑布下的石潭邊正在舉辦仙二代派對。旁邊擺放了許多美味佳餚，坐了幾十個衣袂飄飄，容貌出眾的年輕人縱情享樂著。

他們顯然都是地位很高的弟子，因為這裡靈氣充足，景致優美，飯菜食物也很講究，每個人都高貴優雅的，還有童子為他們彈琴助興。

突然冒出來的大黑蛇、司馬焦以及廖停雁和這裡格格不入。

廖停雁是沒做過這種隨便闖入人家宴會的事，但師祖對這種燒殺搶掠的壞事得心應手，毫無心理壓力。

他們一出現，就有個坐在末席的弟子皺眉罵道：「你們是哪一宮弟子？怎麼敢這樣隨意闖入天師兄的花宴，還不快滾出去！」

廖停雁抽了一口涼氣，只差沒摀住自己的眼睛。祖宗本來就是來殺人的，現在這麼個不怕死的用這種輕蔑的眼神和不耐煩的語氣對他說話，這不是趕鴨子上架，嫌命長了嗎？

她以為三秒鐘之內，就會看到那個說話的弟子炸成一朵血花，然而並沒有，她身邊的司馬焦抬腳下了大蛇車，看著周圍的東西，彷彿沒有聽見那弟子的話。

廖停雁看著他踩在那些鋪滿地面的彩緞上，隨手拿起旁邊一個飲宴弟子桌案上的酒壺看了看，又聞了聞，大概是不喜歡那味道，隨手就丟了，酒液在華美的彩緞上暈出一片痕跡。

他的動作太自然了，態度也非常傲慢，全然沒把這些人看在眼中，一開始說話的那個弟子怒氣沖沖地站起來道：「你……」

他才說了一個字，司馬焦就出現在他的身前，抬手一把掐住他的脖子，拖著他往潭邊去，然後在眾目睽睽之下將他的腦袋踩進了水裡。

這下子同時有好幾人站了起來，臉上全都帶著怒意，其中居首位的帥哥站得最急，廖停雁看見他好像還絆了一下，只有他臉上的神情與其他人不同，不是憤怒，而是惶恐與畏懼。

這種神情廖停雁很熟悉，這位大概見過師祖，剛才愣了一會兒可能是不敢認，畢竟司馬焦是什麼身分，掌門在他面前都是那個樣子，更別說是其他人，就算有些弟子敢私下抱怨他，當面見到了，那也是怕到不行。

現在知道司馬焦長什麼樣子的人不多，能認出來的，基本上都有點身分，在場認出他的只有一個人，那位往前急走幾步，到了距離司馬焦五步的範圍內就腳步沉重，不太敢繼續上前，直接往前一撲，行了個標準的大禮，低著頭喊：「慈藏道君。」

這一下，炸得宴會上所有人全都傻掉了，大約三秒鐘後，跪了一地，所有人都很慌張，被司馬焦踩在水潭裡用力掙扎的那傢伙尤其慌張，他像是被雷劈到，僵在那裡不敢動。修仙人士當然不可能因為被按在水裡，就這麼普通地直接淹死了，他是嚇到的。

司馬焦見他不掙扎了，說了句：「繼續掙扎啊。」

那名弟子動作僵硬，慢慢試著掙扎起來，動作像一隻大烏龜。

廖停雁一個沒忍住，噗哧笑出來了。現場安靜得連風聲都消失了，廖停雁這一笑特別明顯，司馬焦扭頭看她，她還沒來得及控制表情，就見到他忽然也笑了一下。

他放開了那個弟子的後頸，任由他趴在水裡裝死，也沒管其他人，自己走到首位上，直接坐在了那張桌案上，朝廖停雁招手。

「過來。」

廖停雁過去，聽到那個說要出門殺人的祖宗對她說：「想吃什麼就吃吧。」

你不是說要來殺人？

廖停雁一時沒反應過來。這祖宗，莫非是聽到她剛才咽口水，知道她餓了，才特地帶她過來吃東西的？不……不會吧，他在她這裡的人設可沒有這麼體貼細心！

司馬焦也不管她怎麼想，說完這句話就拿起桌上一串紅通通的靈果，摘一顆，在手裡捏碎，紅色的汁水四溢，染紅了他的手指。他就那麼坐在那裡，面無表情一顆顆地捏果子來玩，也不理會其他人。

廖停雁莫名覺得他捏果子的姿勢，和捏別人腦袋的動作特別像。

其他人跪著，冷汗涔涔，廖停雁就坐在一邊，開始低頭吃肉。也不知道是什麼動物的肉，料理起來特別爽口，咬在嘴裡，那股肉汁噴發出來，鮮美的味道瞬間就撫平了廖停雁在這種緊繃環境下的緊張心情。

她從來沒吃過這麼好吃的肉，甚至開始可惜沒有配飯，她已經開吃一陣子了，大黑蛇也爬過來，在旁邊用腦袋撞了撞她的手。

廖停雁還記得他們三個相依為命、沒吃沒喝的日子，拿了個大盤子，端過那幾壺酒水，一一讓大黑蛇聞味道，要牠自己選。畢竟這裡的飲品怎麼看都比她喝的竹液要好，難得老闆會帶兩個員工來聚餐，當然得吃好的。

大黑蛇選了其中一個，廖停雁替牠倒了滿滿一大盆，讓牠自己喝。

她做這件事的時候，司馬焦扭頭看了她一眼，廖停雁總是不知道這祖宗的眼神究竟是什麼意思，她又沒有讀心術，只能當做沒看到，吃自己的。

她把這餐當自助餐吃，很開心地吃著。大黑蛇顯然也很開心，尾巴甩來甩去，大概是頻率太大，惹到祖宗了，司馬焦丟了個果子砸在大黑蛇尾巴上，大黑蛇立刻僵直尾巴。

廖停雁心道，還好自己吃東西不發出聲音，不然吵到祖宗，肯定也會被丟。

吃點肉，吃點菜，喝點果汁，最後吃點餐後水果。

司馬焦捏完了最後一顆果子，用身邊的一壺雲茶洗洗手，站了起來。

大黑蛇再次載上他和廖停雁，開開心心地離開這裡，轉而去司馬焦一開始要去的地方。

等他們走了，場上仍然很久沒動靜，那位身分最高的天師兄猛然跳起來，臉色非常複雜，其他人也站了起來，面面相覷。

「那真的是慈藏道君……師祖嗎？」有人聲音低低地問道。

「他剛剛沒殺人，不是說……」

「好了，可別說這個，吳師弟沒事吧？」

腦袋浸在水潭的裡的吳師弟滿臉是水地爬起來，整個人還在顫抖，看向天師兄：「天師兄，師祖……」

天師兄一句話也沒說，腳步匆匆就走了。他現在要去見自家爺爺，趕緊把這件事告訴他，哪還顧得上這些來赴宴的師弟師妹們。

另一邊，掌門也收到了司馬焦離開白鹿崖的事，立刻警惕了起來。司馬焦這個人行為無可推算，誰都不知道他會做出什麼事。他倒是想派人跟著司馬焦，好時時知道他的動向，但司馬焦這個人根本不可能容忍他人窺探，他只能派人多注意一些，消息難免會滯後一些。

趕往靈岩山臺的路上，掌門聽天無垠說起司馬焦突然闖進他花宴的行為。

「弟子當時看得清楚，慈藏道君對那名女弟子確實寵愛有加，他根本未曾理會我們這些弟子，只等那女子吃完就離開了。」天無垠道：「聽爺爺說過，那慈藏道君被困多年，對我們八大宮多有怨恨，此前踏足三聖山的前輩長老們都丟了性命，可這回看起來，他卻沒有那麼嗜殺，在場之人，哪怕一開始有對他出言不遜的，也未曾有事。」

掌門淡笑，語氣意味深長：「這個司馬氏的最後一人，連我都未曾摸透他的底細。他的想法，更是無人知曉了。」

司馬焦去了靈岩山臺，這裡是庚辰仙府中心山脈裡最大的一處武鬥臺，大多時候都是八大宮與掌門各脈的菁英弟子在這裡切磋比試，因為地方大，容納了幾千人後仍顯開闊。他一出場，原本熱鬧的靈岩山臺變成一片寂靜。

廖停雁發現了，祖宗到哪裡，哪裡就是一片死寂。他的惡名早就傳了出來，把這些弟子們嚇到各個面色煞白。廖停雁一看就明白了，祖宗估計是要搞一波大的，把下一代的生力軍全部收割，這太狠了。不知道他是準備一個一個來、還是一群一群來？她有點後悔自己剛才吃那麼多。

司馬焦隨意坐在高高的臺階上，指了兩個弟子，「你們二人，哪一脈的？」

兩名弟子走出來，大約也是有些能力的，回過神來後好歹是保住了風度，不卑不亢地報了脈系出身與姓名。

司馬焦：「你們上臺去，來一場生死鬥。」

那兩名弟子對視一眼，臉色都有一點難看。他們雖說隸屬於不同的宮，但兩宮關係並不差，要他們生死鬥，哪一個出事都不好交代。可是司馬焦這個師祖既然說了，他們這些晚輩總不能忤逆——主要是他們也打不過上頭那個師祖。

兩人只好上了臺，他們想多少拖延一下時間，等到上頭能做主的長輩來了，或許事情還有轉機。他們打了一會兒，都沒有動真本事，司馬焦早就料到，並未生氣，只是又說了句：「一炷香內分出勝負，若仍是平局，你們二人都要死。」

廖停雁覺得他好像不是來殺人，而是來看戲的。

場上千數菁英弟子，哪個不是庚辰仙府內大家族的子弟，從一出生就比普通人擁有更好的天賦和資源，這些走在人生起點的贏家，哪一位出去，都是外面那些小門派不能高攀的人物，信手一揮就能斷送無數人生死，然而今日，在慈藏道君面前，他們也成為了螻蟻，彷彿身分調換一般。

司馬焦只是隨意坐在玉階之上，看起來就像一個略微陰沉的年輕人，可是經過了之前無數次血的教訓，沒人敢不把他當作一回事。越是有能力心計、有身分的人，就越是不敢光明正大地得罪他，因為他們比一般弟子知曉更多祕事，於是對於司馬焦這個人就更加畏懼。

臺上本來兩個打得收斂的弟子，聽到司馬焦的這句話，心裡都盤算起來。他們知道這個慈藏道君能隨意殺人，並不像其他大能那般在意派系與他們的價值，他不顧忌這些，只是個強大的瘋子，所以他說要殺，就是真的會殺。

其中一人眼神變了，看向對面的弟子，再次出招後，已然帶上了殺氣。他想通了，恐怕就算是一會兒家中長輩來了，也不可能阻止這場相殺，畢竟他家中有一位長輩，之前可是在三聖山被殺了，慈藏道君不還是好端端地站在這裡。

他這一改招，對面那名弟子也察覺到了，兩方雖說有點人情，可也比不上自己的性命。一時間，兩人就認真打了起來，殺招頻出。這兩人修為不錯，顯然都是被好好栽培過的，如今生死相搏，場面堪稱精彩，圍觀的眾弟子都忍不住細看，而這場比鬥的發起人司馬焦，卻坐在上面無動於衷，又在人群裡選著下一場比試的人。

廖停雁坐在他身旁，大黑蛇圍在他們兩個旁邊，都對這打來打去的事沒什麼興趣。廖停雁一直不愛看武打片，更不想看死人。

太陽略大，她學著司馬焦的樣子往後靠在大黑蛇冰涼涼的鱗片上，覺得舒服了不少，她扭頭看著遠處飛在山頭上的鶴群，數那些飛來飛去的鶴有多少隻打發時間。

掌門和其他人趕到靈岩山臺時，勝負剛分，一人重傷，一人死亡。

來的不只是掌門，其他八大宮的宮主都來了，還有消息靈通的各大小家族中人，全都一起到了。這些平時從不輕易出來的大師們結伴趕過來，都是因為怕司馬焦突然發瘋，把這一堆菁英苗子都折斷了。

「慈藏道君。」眾人對司馬焦行禮，幾位宮主表面上看不出喜怒，只有那些家中剛死了優秀弟子，實在心疼的人會露出一點怨憤來，卻也不敢表現得太明顯。

掌門是一貫的好態度，上前道：「師祖，怎麼有興致來看這些年輕弟子們比試？」

司馬焦靠在自己的黑蛇身上，看著這一群衣冠楚楚，仙氣飄飄的人道：「無聊得慌，剛才才看了一場，繼續吧，再選兩人出來，仍然是死鬥。」

掌門有定力，有些人可就沒有這樣的定力了，家中子弟一多，難免有幾個最疼愛的，哪捨得讓人在這裡輕易折斷？當下就有脈主硬著頭皮出來勸：「慈藏道君，不過是比試，不如將死鬥改一改……」

司馬焦：「可我就想看到有人死。」

他一一看過所有人的臉色，忽然道：「我曾聽聞，許多年前，仙府內弟子們時常死鬥，在生死之間提升自己，因此也人才輩出，今日看來，我們庚辰仙府是沒落了。」

他說到這裡，話音一轉：「今日在場的弟子，若有一人能贏二十場死鬥，可得一片奉山血凝花。」

廖停雁知道，這種花一片花瓣值千年修為，但她知道的仍不是全部，這花的神奇之處在於不管服用者資質如何，都能直接增加修為，且資質越差，效果越好，譬如若是有人修為在煉氣期，甚至能一下子昇華到元嬰期，其中築基、結丹的兩道難關能全部無視，連雷劫都免了。

而若是修為高深，這一千年的修為能直接讓人度過瓶頸，並且絕無後遺症；若是年事已高者，修為卻在臨界點無法增長，用了這種花會驟然多出千年修為，萬一恰好度過這一關，到達下一層境界，便等於多了一條命。

司馬焦此話一出，掌門脈主們，連帶底下不少的弟子們全都安靜了。每個人的神情在司馬焦這裡都看得清清楚楚，他那過分敏銳的感知令他此刻宛如站在一片貪婪的海洋裡，幾乎窒息。

廖停雁在一旁當花瓶時，忽然被司馬焦拉過去。她看了眼司馬焦皺起的眉和煩躁的神情，哪怕被他埋在背上吸了一口，也不敢動。

您這是在吸貓嗎？廖停雁心想，我這絕色寵姬的角色，今天算是被公開了。

司馬焦緩了緩，再開口時聲音已經陰沉了很多：「開始吧。」

這一回沒人阻攔了，也有弟子主動站了出來。二十場死鬥，殺二十個人。這並不算難，畢竟大家在一起，難免有厲害的和沒那麼厲害的，難的是那些人背後的脈系勢力糾葛，要殺哪些人才能最低限度地減少麻煩，是所有人都在考慮的事情。

他們不願意平白無故得罪人，可利益當前，還是無法拒絕的利益，又有多少人能不動心思。事情發展到現在，已經不是司馬焦的事，而是那一群逐利者的取捨。在他們看來，沒有誰是不能捨棄的，如果不能捨棄，則只是因為利益不夠動人心。

這一日，死在這裡的弟子有上百人，司馬焦漠然地看著他們廝殺，直到日暮西山才回白鹿崖。廖停雁跟在司馬焦身後，看著他修長的背影和漆黑的頭髮，問：「師祖，明日可還要去？」

「怎麼，妳又不想去？」司馬焦淡淡道。

廖停雁：「如果明日還要去，我就準備架傘和墊子。」白白曬了一天，要不是因為天生麗質，這皮膚八成會立刻黑一個色階，還在臺上坐了一天，以為她屁股不會痛嗎？

司馬焦腳步一頓，扭頭看她，忽然瘋狂大笑。

又來了，老闆又發瘋了。

「妳不是怕死人嗎，現在不怕了？」司馬焦問。

廖停雁難得跟他講話沒有用豆沙包，斟酌著回答：「怕是怕，所以今天我都沒往他們打架那邊看。」一會兒扭左邊看山和鳥，一會兒扭右邊看一群大師，做了整個下午的頸椎體操。

「喔，倒是委屈妳了。」司馬焦說。

廖停雁聽不太出來他這句話是不是反話，按照他不會說話的性格，她猜這應該是反諷。見他的心情似乎比較平和，廖停雁就忍不住問他：「今日那些紅蓮花瓣，他們似乎都很想要，可是您不是說需要您的血才能用嗎？」

「不是我的血，是奉山一族的血。」司馬焦走在山間，袖子拂過旁邊的花樹，落了一地的粉色花瓣。

「我不是說過，司馬氏族人死後屍體留不下來，只有一顆骨珠。那些屍體之所以留不下來，是因為他們的血肉都是靈藥，會被庚辰仙府裡的這些家族分割，雖然現在只剩我一個，但以前還是有些人的，他們多年積累，手中當然留存著一些能用的血肉。」

廖停雁猝不及防地聽到這種真相，有點噁心，乾嘔了一聲。

司馬焦又被她的反應逗笑了，隨手折下旁邊一朵花，掃了一下她的臉：「這就受不了了？不過就是吃人而已，這世間，何處不是人吃人？」看廖停雁的表情，感受到她的情緒，司馬焦越發覺得這個魔域奸細奇怪，看起來比他們這些人正派多了，她真的是魔域人？

司馬焦遲疑道：「妳真的是魔域……」他語帶懷疑。

魔芋？什麼東西？罵我魔芋，你又算哪塊小餅乾！廖停雁在心裡罵了他幾句。

「算了。」司馬焦本想問，轉念又想，管她是哪裡的。

回到白鹿崖，廖停雁在自己的房間裡躺了一會兒，眼看差不多快到晚上了，試著對傀儡人提了想吃晚餐的要求。不過片刻，她就在窗戶旁看見了叼著飯盒飛過來的漂亮大仙鶴。

太高尚了，修仙人士配送晚餐的外送員都是仙鶴，不僅顏值高，還飛得超快啊。

飯盒看起來不大，但內裡空間很大，擺滿了各色吃食。廖停雁感覺自己像個老佛爺，一動不動地坐在那裡，看著傀儡人們替她把吃的喝的端出來，一一放在面前擺放好，因為是坐在外面吃，還有傀儡人送來了漂亮的琉璃明燈，襯著旁邊的花樹，營造氛圍一絕。

老闆司馬焦神出鬼沒的，又不知道跑到哪裡去了，廖停雁自己吃晚餐，感覺非常好。因為所有的東西都很好吃，靈氣充足，不僅能飽、解饞，她還能感覺到身體裡的靈力飛漲，那種經驗值往上竄升的感覺，真的太爽了。她開吃沒多久後，大黑蛇不知道從哪裡溜了出來，又用腦袋推推她的手。

廖停雁非常有同事愛地替大蛇車倒好喝的果汁，一人一蛇大快朵頤。

吃飽後，廖停雁散步消化。整個白鹿崖只有她和司馬焦兩個人，其餘伺候的都是傀儡人，她一個人在黑夜裡走來走去，說實話還有點怕，拉著大黑蛇一起作伴。

大黑蛇有奶就是娘，被廖停雁餵了一段時間，也會甩著尾巴跟在她身後了，一度讓廖停雁懷疑自己是在遛狗。

「今天運動量差不多了，洗洗睡吧，明天又是早起工作的一天。」廖停雁很滿意這個新的工作地點，因為這裡不愁吃穿，竟然還有露天的池子泡澡。

傀儡人帶她來到泡澡的池子，廖停雁一看到就迫不及待地脫了衣服往水裡跳。池子很大，但是不深，她站著，水面就在她胸口。

池子四周種著垂到水面的靈木，這些靈木就像天然的圍牆，密密實實地擋住了整個池子，自成一方天地，而且這些靈木繁花盛極，紅色的花瓣全都落在水面上，是個天然的花瓣澡池。花樹上掛著幾盞琉璃燈，照得水面朦朦朧朧。

廖停雁覺得心曠神怡，這才是度假的感覺啊！人生艱難的時候，總得學會自己調適，她現在就完全把白天的那些糟心事排解掉了，一心沉浸在這美妙的景致和溫柔的池水裡。

周圍很安靜，只有她一個人。

洗澡的時候就適合做點自由自在的事情，比如唱走音的歌，使勁甩腿打水花，圈出一大片花瓣貼在自己手臂上和臉上，再比如憋一口氣，整個人埋進水裡。

水裡有個黑壓壓的人影。

「噗，咳咳！」廖停雁冒出水面用力咳嗽。司馬焦從池子裡站起來，滿身濕淋淋的，他捋了一把長髮，露出光潔的額頭，往她這邊走過來，在廖停雁摀住自己胸口的時候，一臉冷漠地從她旁邊上了岸，扭頭幽幽地對她說了句：「妳真的很吵。」

然後就這麼走了。

孤男寡女，花瓣澡池，氣氛旖旎，什麼都沒發生。

廖停雁沉思片刻，覺得自己能確定，祖宗是真的那裡不行了。太好了，一下子就放心了很多。

第五章　如果沒弄清楚身分設定，要怎麼繼續表演下去

司馬焦離開那個池子之後，回到白鹿崖的居處，他並沒有刻意處理身上的濕氣，但在他行走的過程中，那些濕意自然而然蒸發，彷彿他身上有什麼火焰在燃燒一般。

他面色陰鬱，眉頭緊蹙，漆黑的眼中有細細的血絲。原本有靈獸生活的白鹿崖，此時陷入了一片死寂，任何有靈性的活物都能感覺到某種壓迫，下意識地保持了安靜，山間的白鹿伏在地上瑟瑟發抖，雲峰處飛翔的白鶴落進松林間，不敢再飛，只遙望著白鹿崖中心的宮殿。

殿內，司馬焦一隻蒼白的手掌碰到殿內整塊玉石鋪就的地面，瞬間就有赤紅火焰從他掌下湧出，向四周蔓延。幾乎是瞬間，那堅硬的玉石好似冰遇上火一般開始融化，不過片刻，就在玉石中央溶解出一個不小的池子。

司馬焦站在池子邊，五指伸開，朝窗外虛虛一抓，整座白鹿崖上的白色霧氣湧動了起來，倒灌進空蕩的池中，當白霧彙聚在池中，就變成了冰冷、散發寒氣的池水。

司馬焦仍是穿著那身衣服，踩進冰冷的池水裡，將自己埋進水底。

在露天花池裡泡澡的廖停雁歌聲頓了頓，忽然覺得周圍的溫度好像上升了，連之前水面上的

白色霧氣都少了很多。空氣裡有種凝滯的寂靜，身旁的靈花無風自動，落了很多花瓣在水面。

她撓撓臉，繼續泡澡唱歌。

泡完澡，她回房間睡覺去。說實話，在白鹿崖比中心塔舒服多了，房間裡各種擺設都是很漂亮的，床尤其舒服，只是對玫紅色的床簾有點意見。她躺在花團錦簇如雲端的超大床上，再把那精緻的玫紅色簾子拉下來，總覺得配置非常妖豔賤貨。

廖停雁想著晚上大黑兄弟應該已經喝飽了，不至於半夜還過來吃宵夜，所以就把門窗都關好了。誰知道大半夜，她迷迷糊糊地又被吵醒，不是被大黑吵醒的，是被冷醒的。好像有誰把冷氣的出風口對著她的腦袋吹，活生生把她弄醒了。

外面在下雨，窗戶大敞，門也是開的，而她身邊躺著一個人。好險廖停雁沒叫出聲，差點咬到自己的舌頭，因為她從手邊頭髮的質感摸出來了，這是掌握她現在身家性命和經濟命脈的老闆司馬焦。

這祖宗也不知道是什麼時候過來的，就這麼理所當然地躺在她床上，雖然說沒脫衣服，但廖停雁總懷疑他是不是對自己有什麼想法。

天啊，大半夜的跑到她床上來躺著，該不會是想睡她吧？她屏息著，在黑暗裡看向身邊躺著的人，感覺他身上渾身涼颼颼的氣息，覺得他好像剛從冰箱裡拿出來的豬肉，還特別像個死人，心裡怪怕的。

猶豫了一會兒，她悄悄地伸手過去摸了一下祖宗的手，冰涼涼的，而且被她這麼摸了一下，祖宗竟然毫無反應，她又摸了一下，還是沒反應。這下子廖停雁頭皮涼了，她半坐起身，仔細觀察旁邊的司馬焦。他閉著眼睛，臉頰在黑夜裡更顯出毫無生氣的蒼白，聽不到呼吸聲。

該不會死了吧？廖停雁被自己的想法嚇了一跳，馬上又覺得不可能，猶豫地把手按在了他的胸口上。

有心跳，雖然很緩慢，但是有的。還好還好，沒有死，廖停雁放鬆下來，繼續躺回去，撈起一旁的棉被替自己蓋好，繼續閉著眼睛準備睡覺。

她快睡著的時候，像死人一樣的司馬焦忽然開口問：「妳這就準備睡了？」

廖停雁顫了一下後清醒過來，清了清嗓子，遲疑地回答：「師祖……也要蓋被子？」

司馬焦：「……」

他沒回答，只感覺旁邊的女人拉起被子替他蓋上，等著看他有沒有其他的反應，發現他一直不說話後，她又一副沒事了的樣子，準備睡自己的。

司馬焦不太明白。在庚辰仙府裡，沒有人不怕他，就算是看起來德高望重的掌門師千縷，對他也多半是心虛和防備警惕，還有一些師千縷自己也不願承認的恐懼，偏偏旁邊這個人，看起來好像害怕很多東西，但那種恐怖都流於表面，就像是凡人看到鬼怪被嚇一跳的恐懼，而不是打從心底對於死亡的恐懼。

她說害怕死人並非作假，可面對他這個隨手就會殺人的人，還能安心地躺在他旁邊入睡，真令人捉摸不透。司馬焦知道自己在旁人心目中是捉摸不透的，但旁邊這個人在他看來，同樣奇怪、捉摸不透。

今夜他又覺得頭痛欲裂，令他煩躁得想殺人，但整個白鹿崖只有他們兩個人，所以他過來了，可站在床邊看了半晌，看她睡得人事不知，本來沸騰的殺意莫名消散了一些，又覺得頭疼，乾脆就在旁邊躺下了。他還記得之前在中心塔裡的時候，躺在這個人身旁時，倒是難得好好休息了一回。

他想過她醒過來後會是什麼反應，會驚嚇恐懼，瑟瑟發抖，再也睡不著；或者像從前那些另有心思的人一樣，湊到他身邊，暴露出內心的齷齪欲望。但他沒想到，這傢伙是被嚇了一跳，然後就若無其事地繼續睡了，彷彿他半夜躺在她身邊是一件很正常的事。

司馬焦這個人很不講道理，是個煩人精，毛病特別多，他躺在那裡不舒服，就起來把旁邊的廖停雁搖醒。

「起來，不許睡。」

廖停雁：……祖宗，你要搞什麼？睡眠不足很容易有黑眼圈的，體諒一下美人對自己美貌的愛護心情好嗎！

她勉強打起精神來應付這個突然發瘋的祖宗。因為在心裡給他的標籤是神經病，所以不管他做什麼，廖停雁都接受良好，此刻她搖搖晃晃地坐了起來，吸著氣問這祖宗：「師祖，可是有什麼問題？」

司馬焦：「妳怎麼還睡得著？」

廖停雁：「啊，我為什麼睡不著？」

司馬焦：「我在這裡。」

廖停雁：「其實蓋了被子也不是很冷。」

廖停雁看著他的表情，後知後覺地明白了他的意思，他的意思是「老子這麼一個殺人狂在旁邊，妳還睡得著？」而不是「我這麼一個開門冰箱在旁邊，妳還睡得著？」，這誤會可大了。

但是，這又不是第一次，上回被他當抱枕睡了一回，她有說一句什麼嗎？她倒是想表現一下內心的矛盾，可是睡眠品質這麼好怪她嗎？

總之這一晚，廖停雁都無法睡覺。她修為低到幾乎等於沒有，比不上司馬焦這個大大大師，深夜睏得不行，被迫無奈地撐著眼皮坐在床上和他互瞪，大黑蛇兄弟半夜過來準備喝宵夜，看見他們兩個，主要是看見司馬焦坐在床上，嚇得扭頭就跑，不敢惦記宵夜加餐了。

司馬焦再度前往靈岩山臺。廖停雁這回沒忘記帶上軟墊和傘，只可惜沒用上，因為那裡已經專門搭建了一座高臺，給師祖以及掌門等人觀戰，不僅有能坐著休息的軟榻，還有食物。

廖停雁發現一個問題，食物都是自己比較愛吃的。不過在外面吃了兩餐，喜好就全部被人摸透了嗎？她只愣了一下，就老實地在司馬焦旁邊坐下，假裝自己什麼都沒發現。

而司馬焦，看著今日的靈岩山臺，忽然揚唇笑了笑。

往日的靈岩山臺都是菁英弟子在此，可是今日多了很多不明所以，又異常激動的普通弟子，顯然這些是各脈主為自家晚輩準備的犧牲品。就算是多死幾個人，只要死的不是他們自家的寶貝子弟，又有什麼關係？他們所擁有的權勢，讓他們只要說一句話，也多的是人願意為他們犧牲。

掌門師千縷面帶微笑，向司馬焦道：「師祖，今日可還是如昨日一般？」

司馬焦：「不，今日百人死鬥。」

師千縷答了聲是，目光似有若無地掠過他身邊坐著的廖停雁，吩咐：「那就讓弟子們開始吧。」

今日底下的弟子有不少是從小支脈而來，他特地命人安排了不少清谷天弟子在其中，而這，是一個試探。對於司馬焦容忍一個女子在身邊的舉止，他心裡有些疑慮和猜測，今日這個小小試探，是對司馬焦的，也是對那個似乎並無什麼異樣的小弟子廖停雁。

這女子能冷眼旁觀其他人生死，跟在心狠手辣的司馬焦身邊，倒是不知輪到她認識之人，她又是否會出手阻止司馬焦，而一旦她阻止，司馬焦又會怎麼做。

師千縷在那邊腦補大戲，可惜這邊廖停雁完全沒看清臺上都有些什麼人。她不是原本那個廖停雁，連和師父洞陽真人也只見過寥寥幾面而已，更別說其他人，要說稍微熟一點的，怕也是清谷天負責迎來送往的小童，和負責管理倉庫飯食的小管事。

就算是原本那個廖停雁，自從進了清谷天後就深居簡出，極少和同門打交道，恐怕就算她現在在這裡，也認不出下面那些清谷天弟子。

全民開打的時候，一晚沒睡的廖停雁眼皮漸漸沉重，不知不覺就靠在軟榻上睡了過去。

師千縷時不時注意她，就看到她慢慢滑坐了下去，在眾目睽睽之下打起了瞌睡。司馬焦本就引人注意，她在司馬焦身邊，當然也少不了關注，見她癱了下去，真的睡著了，所有人的神情都有點奇怪。司馬焦也不看底下了，擰著眉看她。

他們坐著的榻不是很大，廖停雁躺著躺著，自動找到了舒服的睡姿——她把腦袋枕在司馬焦的腿上。

以掌門為首的大老們：「！」

枕在慈藏道君這個大魔王的腿上睡覺，太敢了吧？真是無知者無畏，師千縷臉上神情微妙一瞬，眼神隱祕地覷著司馬焦，等著看他會怎麼反應。是不耐煩地把人丟下臺階，還是直接擰斷脖子？看這表情，不耐煩多一點，以他對司馬焦的瞭解，應該會是把她踢出去。

司馬焦伸出手，把自己被廖停雁枕著的衣袖扯了出去，沒理會她，任由她把腦袋放在自己大腿上，一沒撒氣二沒發瘋。庚辰仙府的高層們看得清清楚楚，心裡的驚愕差點衝破他們端莊斯文的面孔，直接暴露出來。

現在證實了，那個難搞的師祖慈藏道君，真的迷戀上了一個女人。

∞ ∞ ∞

場上風起雲湧，人人心中都在算計籌謀，廖停雁這一睡，雖說她自己以為沒什麼事，可實際上已經是吸引了所有人的注意力。

尤其是掌門師千縷，他心中暗想，此女子看似毫無心機，可恰是如此，才能讓他確定，這女子其實城府極深。籠絡得了司馬焦的女人，會是這樣一個天真簡單的人物嗎？而且她突然地睡著，看似是隨意而為，實際上正好躲過了下面的清谷天弟子出手，她這是巧妙躲過了他的試探！

這個廖停雁，絕不普通。這樣一個人，真的只是清谷天微末支脈的一個小小弟子？師千縷懷疑她的身分，先前派人查過，卻沒有發現什麼疑點，入選也只是運氣好。此時他再度懷疑起來，暗自傳音給弟子，令他再去仔細探查。

看來，他要快點動手籠絡這女子才行，免得被人捷足先登，他決不允許司馬焦這個奉山一族最後一人身邊有什麼掌握不了的變故。

真正安排了廖停雁這個角色進入庚辰仙府的袁氏家族袁觴，今日也在此處，他的身分比師千縷低上一輩，落座的位置稍稍靠後，因為他平日低調，性格孤僻，也沒什麼人注意他。他親眼看到了慈藏道君對於廖停雁的縱容，心中的狂喜簡直無法言表。他一開始其實根本不覺得自己能靠這個女人成功，但現在，老天都在幫助他成事。

袁觴只要想到自己終於能報復仇人，毀滅掉這個庚辰仙府，就覺得迫不及待。必須讓廖停雁出來見他一面！

白鹿崖雖然是在掌門一脈的掌握之下，但他作為四時之宮主脈袁家主的兒子，手中權力也不小，雖說在掌門與師祖眼皮底下做不了太大的動作，但傳個消息要她出來見面還是可以的。

廖停雁睡掉了一個下午，還睡到差點落枕，都沒怎麼睡好。老祖宗這種涼颼颼的體質，真的不適合當枕頭。她嫌棄完了才開始思考，為什麼司馬焦會願意讓自己枕著大腿睡覺？莫非，是為了永續發展？白天讓她養一養身子，晚上好繼續折磨她？

這也太喪心病狂了。

司馬焦這一天興致不是很高，早早帶著自己的班底離場。廖停雁高興極了，能回去軟綿綿的大床上癱著，誰願意在這吵吵鬧鬧、還有很多人圍觀的地方午睡。

和昨天一樣，司馬焦一回白鹿崖就不見人影了，廖停雁回到自己房間，甩開鞋子直奔床上，一副剛下班累得癱倒的樣子。

是吃了再睡，還是睡了再吃？

廖停雁考慮了十分鐘，開始對照顧起居的傀儡人說菜單。

傀儡人扭頭去替她取飯。

這回吃飯是在寢殿外面的小廳，那裡擺放了雲椅和插花，旁邊是懸浮的琉璃燈，廖停雁靠在軟綿的靠墊上戳懸浮著的琉璃燈，傀儡人替她送上了茶。它們就像是沉默寡言但工作能力超強的專業服務人士，才不到兩天，廖停雁就要被照顧成一個衣來伸手、飯來張口的廢人了。

但是真的好爽。

擺盤精緻的飯菜端上來，每一道都散發著可口的香味和濃郁的靈氣，飯菜、甜品和湯，還有……一封花箋。

花箋？廖停雁拿起粉色花箋，看向那個送餐的傀儡人：「這是什麼？」

傀儡人毫無反應，低頭安靜地站在一旁，看起來就像一座木雕。

廖停雁翻看了一下那花箋，覺得顏色很不對勁。這麼少女心的粉色，上面還畫著花，帶著一股幽香，有點像是情書啊。猶豫了一下，還是放下筷子，先打開花箋看起來。

『今夜子時，白鹿崖下，藍盈花旁，不見不散。』

花箋裡一共寫了這十六個字，廖停雁左看右看，都覺得這字裡行間充滿了曖昧的氣息。這難道是原主的情人？不然為什麼大半夜還偷偷約她出去？藍盈花旁，這不就是要花前月下嗎？越想越覺得是這樣，廖停雁滿頭冷汗都流下來了，這下子怎麼辦！她又不是原來那個，總不能替她去赴約吧？

她拿在手裡的花箋被風一吹，忽然散落成幾片粉色花瓣，從她指縫裡落在地上。

廖停雁沉默片刻，撿起花瓣丟出窗外，假裝無事發生過，拿起筷子繼續吃。反正花箋都散成花瓣了，就當它不存在吧，她是不會去的，管他會是什麼情況都不去。

袁觴利用傀儡送了一封密信過去後，就在等著晚上的會面。

他因為心中仇恨，投向了魔域，而廖停雁就是魔域為他準備的禮物。魔域控制人的手段堪稱一絕，廖停雁是在魔域裡用特殊手段養大的，本就是一心向著魔域，再加上蝕骨之毒，袁觴篤定她絕不可能背叛自己。

上一次對方沒有回應，他雖然惱怒，但後來仔細想想，也可能是因為三聖山特殊，她在慈藏道君的眼皮子底下無法出來。

如果她真的背叛他了，那麼他現在也無法安然地待在庚辰仙府裡。

至於這一次，袁觴已經算好，子時月華正盛，慈藏道君必然是身受奉山靈火的燒灼，在寒池內待著，這種時候，他定然不會讓廖停雁陪伴，這樣她就有時間出來相見。為了這次隱祕的見面，袁觴還花了大把力氣準備了能暫時蒙蔽天機的法寶遮天鏡，避免被人發覺。

師千縷那邊，幾乎快把眼線布滿整個白鹿崖，若是沒有準備，定然會在第一時間被他察覺。

一切具備，只欠廖停雁。

廖停雁……已經直接去睡了。不管是莫名其妙的信，還是有可能會晚上來夜襲的老祖宗，在沒湊到眼前來的時候，都可以當作不存在。

這邊，袁觴等了大半夜也沒等到人，激動發熱的腦子終於稍微清醒了點，他從想用美人計搞死慈藏道君，摧毀庚辰仙府的美夢裡醒過來，滿心的陰謀算計都成了憤怒。

「莫非她還真有這個膽子背叛我們，背叛魔域！」袁觴身邊裹著灰袍的身影語氣生硬。

袁觴的神情也是難看，他沒想到自己今夜的這些準備全都成了一場空，他現在也懷疑廖停雁是否真的背叛自己了。

「看來她確實變貪心了，之前沒有回應我的召喚，連一星半點的消息都沒傳出來，現在更是對主人的信不管不顧，必須給她一些教訓！」灰袍人語氣憤憤。

袁觴沉著臉，手中拿出一串鈴鐺，鈴鐺有三枚，他先是搖晃起這串鈴鐺，搖了半天，仍沒看見有人來，便冷哼一聲，直接捏碎了其中一枚鈴鐺。

這一串鈴鐺，是廖停雁的伴生之物。她身體裡的蝕骨之毒雖說是以毒為名，其實是一種陰邪之術。魔域與他合作的那位時常會從現世偷渡許多孩童回魔域，從小培養。

這些人都是為了能安排在修真界各門派的探子，最重要的就是忠心，因此她們從小身體裡就種下了這種魔域特殊的術，鈴鐺則是載體，經過多年下來，與她們成為伴生關係，一旦拿到這鈴鐺，生死就相當於掌握在他人手中，要想徹底去除這種術，十分不易。

一般被種下了這蝕骨之毒，就絕不會背叛魔域與主人。然而現在這個廖停雁，她壓根不知道自己原來是個魔域奸細。

鈴鐺聲響起的同時，熟睡的廖停雁也被疼醒了，她一個人躺在床上，生無可戀地摸著疼痛的肚子。

到底搞什麼，還讓不讓人睡覺啊？好不容易今晚上祖宗沒來，怎麼會肚子疼！她起身去了趟廁所，發現並不是生理期。

看來是和上次一樣，廖停雁想起之前在三聖山住的時候，也有這種像是生理痛但不是生理期的情況。

那次她痛得厲害，直接吐血暈了過去，還以為自己就要死了，結果醒來看到司馬焦，還被嚇了一跳。她自己思考過，更傾向於是司馬焦救了她，她想這具身體大概是有什麼毛病。

現在卻又開始痛，在床邊坐了一會兒，實在難受，廖停雁還是爬起來提著燈，準備去找司馬焦。她這個人最忍不了痛，所以才會一改往常推一下走半步的鹹魚行事風格，主動去找殺人狂師祖。

白鹿崖各處都懸浮著琉璃燈，她走出自己的偏殿，披著一件外裳，往明燈輝煌的主殿走去，覺得自己好像一朵半夜過去自薦枕席的白蓮花。

她弓著身子，彎著腰，滿臉喪氣地來到司馬焦的主殿，推開厚重的門走進去，探頭探腦後輕聲喊：「師祖？」

「師祖？」

「嘶嘶——」捲在柱子上的大黑蛇爬了下來。

廖停雁的臉都痛到發白了，問牠：「我們老闆人呢？我要痛死了啊。」

大黑蛇歪歪腦袋，把她帶到了司馬焦所在的地方，只是這傢伙膽子特別小，在門口不敢進去。廖停雁其實也不太敢，可肚子還像在討命一樣地抽痛著，她只能推開門，往裡面探進一個腦袋。

殿內的空氣特別冷，地面上一層寒氣白霧，門乍一推開，廖停雁就被寒氣冷得抖了抖。屋裡亮著兩盞琉璃燈，但隔著簾子不是很明亮，她看見裡面有個水池，池子裡泡著一個模糊的黑色人影。

她想起在中心塔也遇過類似的場景，那次也是跟大黑蛇一起，開著蛇車把她帶到司馬焦的私人領地，看見他泡在池子裡。

他應該不是喜歡睡在這樣的冷水裡，而是有其他原因，那她現在過來打擾，似乎不是明智之舉。

廖停雁猶豫了一下，捣著肚子走了進去。每往前走一步，她就覺得自己是在踩地雷，不知道下一步會不會爆炸，提著心走到池邊，她把手裡的琉璃提燈放在一邊，抱著肚子蹲在池邊，探頭去看泡在水池裡的司馬焦。他閉著眼睛，面無表情地在水中，沒有因為她的到來有任何反應。

廖停雁剛準備張口喊人，腦中忽然聽到一聲清脆的，好像是鈴鐺碎裂的聲音，整個人一下子天旋地轉，往前栽進了水池裡。她幾乎一瞬間被劇痛奪去了所有感官，在水池裡「哇」一聲地吐出一大口血。

要是身體裡所有的器官都被捏碎了，大概就是這種感覺，但她已經疼痛難當了，卻偏偏沒有失去神智，而是處於一種能清晰感知外界一切與身體內部痛楚的情況。

廖停雁栽進水池裡的那一瞬間，司馬焦猛地睜開了眼睛，他往前伸手，攔腰抱住了沉下來的廖停雁，帶著她從水池裡站起來。

司馬焦看著懷裡奄奄一息的廖停雁，她嘴邊還有一絲血線，渾身都在顫抖，一向紅潤的臉頰蒼白如雪。

他一手按在廖停雁的腹部，仔細感受了一番，眉頭漸漸顰起。他知道這是什麼，他上次還救了她一次，只是那次他以為已經完全解決了，沒想到並沒有。

一般來說，他的血應該能壓制，就算不能，後來吃的日月幽曇也足以解開任何毒，除非她身體裡的東西，並不是他以為的魔毒。

魔域的手段，倒是沒有他想像的那麼不堪一擊。只是，她不是魔域來的奸細嗎？怎麼反而一次兩次地被這東西吞噬？

司馬焦抬手將她抱起來，走出水池。廖停雁被放在地上後痛苦地縮成了一團，又被司馬焦強行打開身子，她睜不開眼睛，只覺得自己快要死了。

嘩啦——

司馬焦一把將旁邊那盞琉璃燈砸碎，透明的琉璃碎片散開後，內裡淡黃色的螢光瞬間化作無數螢火，在殿內四處飛舞著。司馬焦沒在意這個，他抬手在碎琉璃上按了一下，用自己溢出鮮血的手掌堵住廖停雁的嘴。

如果一點鮮血壓不住，那就多給她喝一點。奉山一族的血肉，本就是世上最厲害的靈藥，特別是他這種奉養靈山之火的奉山血脈，他身體裡的血日夜被靈火燒灼，純粹無比，幾乎已經不能算是「血」，而是「藥」。就算是從前奉山一族人還很多時，也是最珍貴的。

從前他還未得到強大的能力，無法自保，那麼多人想要他的血，但他寧願灑在地上給一隻普通的小蛇，也不願給那些人。現在，他這般隨意地給廖停雁，還不只是一滴兩滴，這「大方」的模樣若是被垂涎這力量許久的掌門師千縷知曉，估計會心疼死。

廖停雁痛得緊咬牙關，司馬焦堵著她的嘴也餵不下去，帶著一點金色的鮮血就順著她的嘴角流進頸項凹陷處。

司馬焦乾脆伸手去捏她的下巴，硬生生用手將她的牙關掰開。最讓司馬焦煩躁的是不能太用力，他要是不收斂自己的力氣，那一下會直接把人的下巴扯掉。他有生之年只殺人，幾次救人都是因為她，連他自己都覺得奇怪。

好不容易把廖停雁的嘴巴捏開，想把手指塞進她嘴裡，偏偏他稍一放手，她就開始掙扎，司馬焦沒那麼好的耐心，直接在自己手腕上的傷口處咬了一口，含了一大口血堵上她的嘴，全幫她灌了進去。

灌了好幾口，可能是灌得太多了，她那蒼白的臉色很快變得紅潤，甚至紅過了頭，好像被扔進熱水裡燙熟的那種紅。

司馬焦：「……」救人比殺人難多了。

他從廖停雁懷裡翻出來她的小錦囊，揪出幾片奉山血凝花，一股腦地也塞進她嘴裡，抵著她的下巴讓她咽下去。

他的血太多了她受不住，乾脆讓她修為提升，這樣自然就沒事了。

司馬焦簡單粗暴的一番操作，不僅徹底把廖停雁身體裡的蝕骨之毒澆滅了，還讓她從最低的煉氣期修為，直接暴漲過了築基、結丹和元嬰，一舉衝到了化神期，比她那個師父洞陽真人的修為還要高出一個大境界，六個小境界。

化神期修士，哪怕是在庚辰仙府這樣的地方也夠格當一個支脈的小脈主。

別人修煉三四千年，她只用了三個時辰。庚辰仙府立府這麼多年，像她這樣的幸運兒不超過一隻手，畢竟像司馬焦這樣任性又無所顧忌的人不多。

「每次暈倒醒來後，都會發現進度條拉了一大截」大概就是這樣。

廖停雁從榻上坐起來後，整個人都還是懵的。她發現自己的意識裡多了一朵紅色小花，樣子和那個紅蓮花很像，以這個小花為中心，身體裡多了一片異常廣闊的空間。

她側了側頭，發現自己的意識能穿過大殿和牆面，看到外面的景象。她能感覺到周圍許多生物的動靜，就好像瞬間變成了千里眼，還有了順風耳，不僅精神百倍，身體輕盈，甚至覺得自己能飛，能做到很多很多事，移山填海，可在翻手之間。

我怎麼膨脹得這麼厲害？廖停雁如此心想，抓了抓自己的腦袋，低頭去看身邊躺著的人。

司馬焦躺在她旁邊，仍是那張蒼白的臉，唇卻不紅了。他的唇色一般是紅的，只有那次他在水池裡放血養蓮花的時候褪去了紅色，現在和那次的模樣很像，這大概代表了貧血。

他很不舒服的樣子，一手搭在她的肚子上，廖停雁看見那隻手上面的傷口，下意識地舔了舔唇。昨晚她差點痛死，但又沒有徹底暈過去，發生了什麼她只覺得模模糊糊的。好像是被司馬焦救了，現在她身體裡這些異樣的感覺，都是他給予的。

廖停雁沉默很久，心情複雜。

她莫名來到這個世界，從來都是過一天算一天，因為她在這裡只是將自己當做旅人過客，這個世界再好再大，都不是她的家，甚至這具身體也不是她的，這個身分她也沒有認同感。

她覺得自己在這裡度假、苟活，早晚會回去自己的世界，所以這麼久以來，在這個修真的世界裡，她也沒有正經地修煉過，哪怕得到了司馬焦那些增長修為的花，也沒試著吃吃看。

但現在她修為暴漲，才有點自己真的身處奇異世界的真實感。

她以往開玩笑般地把司馬焦當成老闆，老老實實地待在他的身邊，其實如果能選，她不會跟著他。因為這是個危險的人物，她看多了他殺人，對他的態度一直很消極，按照現代社會標準，他應該算是個大壞蛋，可是在這個世界，也是這個大壞蛋三番兩次地救她。

廖停雁碰了碰自己肚子上那隻冷冰冰的手，上面的傷口隨意敞開著，完全沒有處理過。像這種傷，對於一般的修士來說，痊癒是很快的事，但在司馬焦身上，卻沒有一點好轉的意思。

「我體質特殊，傷不容易痊癒。」司馬焦不知道什麼時候睜開了眼睛。

廖停雁：「……」這種弱點你告訴我幹嘛？

壓力突然變得越來越大，覺得自己已經徹底加入反派陣營了。

司馬焦：「妳喝了我多少血，知道嗎？」

廖停雁摀住了自己的嘴。之前還沒感覺，被這麼一說，自己確實喝了人血，嘔——

司馬焦：「敢吐就殺了妳。」

廖停雁：「咕嚕——」

她臉色不太好，實在不明白為什麼玄幻世界中，人血能當成藥治病救人。按照現代醫學，直接喝人血是沒屁用的，可是玄幻世界大魔頭不跟她講現代醫學，他坐起身湊近她，用那隻有傷的手按著廖停雁的下巴：「妳的修為已到了化神期，怎麼樣，現在想殺我了嗎？」

誠實豆沙包，再次開啟。

廖停雁：「不想。」

司馬焦：「還想提昇修為嗎？」

廖停雁：「不想。」說實話，突然變成這麼厲害的修仙人士，就好像擁有了高端的機器但不知道怎麼用，只能小心摸索，心裡還怪怕的。

司馬焦：「想離開我嗎？」

廖停雁：「不想。」

不想三連發。

等等，不對，為什麼最後一個答案是不想？廖停雁驚訝地瞪著司馬焦，為自己最後那句不想感到吃驚，難道……她已經被這腐朽墮落的生活侵蝕心靈到這種程度了？

司馬焦也愣了一下，放開她的下巴，靠在軟枕上，眼神古怪：「妳是來用美人計色誘我的嗎？」

廖停雁無比乾脆：「不是！」

好的，為自己正名了。但是我做了什麼才會讓他產生這種錯覺？廖停雁捫心自問，自己可真的沒有想睡他的心。

司馬焦：「那就好。」

說完這句話，他拽過廖停雁，抱著她，就好像抱著一團軟綿溫熱的枕頭，閉上眼睛，準備休息。

不是，祖宗您等等，我只是說了句不是來色誘的，您就這麼放心地拉著我睡了？那您問這個問題有個鬼意義？

意義在於，要是有想睡他的心思，司馬焦就會選擇捏死她。沒有那種心思，他就會把她當抱枕。

廖停雁睡不著，她的精神好到有點離譜，被人當抱枕一樣躺著，使她的思維發散。如果是普通人發呆，那就是發呆，可作為化神期的修士，她的思維發散就是意識往外跑。

那是很新奇的世界，廖停雁能看到整個白鹿崖上的建築和花草樹木，所有的東西在她眼前纖毫畢現。她看到天上的飛鶴，心裡一動，就能完全拉近湊了過去，好像她整個人就站在仙鶴的身邊，還能感覺到空中的風，再一眨眼，她就來到白鹿崖下的瀑布，看到生長在瀑布潭水縫隙裡的蘭草，看到陽光下瀑布的彩虹和濺起的水珠。

她見到傀儡人在宮殿的廊下走動，見到大黑蛇在殿外的柱子上盤著睡覺，柱子很滑，牠睡著後一直往下滑，滑到底後又醒來往上爬，智商顯而易見的不行。

廖停雁就好像得到了一個玩具，突然興奮起來，意識在白鹿崖上上下下來回看。她看了一會兒，覺得想去外面看看，意識就像雲一樣往外鋪展。

忽然，她感覺身體的臉頰上一涼，猛地睜開了眼睛，那些像風一樣到處亂飛的意識也瞬間回籠。

司馬焦涼颼颼的手捣在她的臉上，仍然閉著眼睛說：「別往外面亂跑，白鹿崖有我在，其他人的神識不敢過來，妳才能這麼隨便亂晃神識。出了白鹿崖，外面不知道有多少人的神識在虎視眈眈，妳一出去，就這麼一副弱雞的樣子，撞上任何一個人，馬上就會變成白痴。」

神識？剛才那個嗎？廖停雁乖巧地「喔」了一聲。

既然這個技能不能玩，那就玩其他的。她躺在一旁，看到旁邊懸浮的琉璃燈，眨眨眼睛，那琉璃燈就順著她的意思漂浮了過來，她伸出一隻手接住那盞琉璃燈，興奮地想，以後躺在床上想吃什麼拿什麼，就不用起身去拿了，心念一動，東西就過來了！

她瞅了一眼旁邊的司馬焦，看他沒反應，掏出自己的小錦囊，從裡面拿出吃的。她在裡面放了不少東西，都是託傀儡人準備的，此刻她雖然不餓，但想試驗一下偷懶祕技。

像葡萄一樣，一串串如指甲大小的果子懸浮在空中，廖停雁讓它們一顆一顆從梗上摘下來，主動送到自己嘴裡。她就像雛鳥一樣張著嘴巴等小果子掉到嘴裡，小果子送到嘴邊，忽然就往旁邊移過去，送到了司馬焦嘴邊。

被半路截胡，廖停雁詫異，這祖宗不是不吃東西的嗎？

司馬焦咬著嘴裡的小果子，睜開一隻眼睛看她：「妳是假的化神期吧，隨便一攔就能截過來了。」

搶我吃的還要嘲笑我，你他媽是小學男生嗎？廖停雁心想，你一個大師，我要喊師祖的人物在這裡欺負新手司機，竟然還有臉說我。

她再度動用自己的能力，摸索、控制那些漂浮在空中的小果子。她今天非要吃到一顆不可！可惜，她旁邊的祖宗無聊至極，也和她槓上了，每次那果子就要落到她嘴邊，她都張口了，就會忽然被劫走。司馬焦吃著她的果子，還會用眼神嘲笑她。

試了六次，次次被人半路劫走，廖停雁放棄了。她靈機一動，把果子送到司馬焦嘴邊。以她對這個祖宗的瞭解，送到嘴邊的他反而不會要。

果子掉到司馬焦嘴邊，他吃了。

廖停雁：「……」猜錯了，告辭。

「師祖，您喜歡吃這個？」廖停雁假笑。

司馬焦：「不喜歡，太甜膩。」

不喜歡你他媽吃什麼！

廖停雁心念一動，幾十顆果子爭先恐後地湧到司馬焦嘴邊。吃，給老娘吃啊！讓你吃個夠！結果還沒碰到他的唇，那些果子就一個反射，糊了她一臉。

媽的，好氣。

她聽到旁邊的司馬焦突然笑出了聲，心裡冷漠地想，你以為我是在逗你玩嗎？笑屁啊！

她不太想理這個小學男生，繼續摸索自己的能力，先是匯聚出一團水球，試圖讓它們像面膜一樣貼在臉上，清洗臉上的果汁。她不太熟練，小心翼翼地控制水團，在臉上來回清洗。這種感覺非常好，臉上清涼又舒爽，洗完臉就好像做了水面膜保養。

咦，這樣的話，下次可以用彙聚出來的靈水加點什麼護膚用的東西，讓它們覆蓋在臉上，這樣不就是敷面膜了？雖然修為這麼高好像也不太需要面膜這種東西了，但還是好想用。

她試著在臉上貼了個流動的水面膜，司馬焦抬手揭了起來：「妳這是在幹什麼？」為什麼要把水壓成一層，貼在臉上？

廖停雁反手又做了一個：「敷面膜。」她忽然手癢，在司馬焦臉上也弄了一個。

司馬焦：「嗯？這有什麼用？」

「保持肌膚水潤。」廖停雁回答。

司馬焦覺得自己搞不懂這個人的腦子裡在想什麼，如果現在用真言之誓問她，大約又是奇怪的回答。

廖停雁看到他捏著水面膜的手，傷口還大敞著。她一看到這個傷口就覺得有點不自在，安靜了一會兒，等司馬焦重新閉上眼睛之後，她偷偷摸摸地把手虛虛放上去，想試著治一治。她輸入了一點靈力，泥牛入海。

好了，放棄了。

可是看著，實在太礙眼，就算治不了傷，包紮一下不行嗎？她想起現代的透氣膠布，就決定做個大的透氣膠布。錦囊裡有之前從清谷天帶來的一種植物葉子，一位不記得名字的師兄說，跌打損傷可貼，所以外創傷口應該也能貼。

她摸出大葉子，稍微裁剪了一下，貼在司馬焦的傷口上，最後用薄薄一層靈力覆蓋上去，包住葉子和傷口，做了個玄幻世界版大膠布。

忽然覺得自己好厲害，還可以自行摸索出靈力的無數玩法。

她閉上眼睛，又把神識摸到宮殿外面去，試著遠距離控制，不過片刻，白鹿崖山上紅豔豔的花就從窗戶外面飄進來，被廖停雁伸手抓住。她用意識控制這些紅色的花瓣擠壓出汁液，順手替自己塗了個紅指甲。

８８８

廖停雁在這裡玩著自己的新技能，外面卻因為今日白鹿崖的祖宗沒動靜，感到提心吊膽。

「師父，今日慈藏道君未曾去雲岩山臺，莫非是因為昨日之事令他不快？」

師千縷坐在自己的玉座上闔目修煉，聽見弟子問話，微微揮手：「他若是不快，昨日當場就會發作，以我對他的瞭解，今日他恐怕是有什麼事，才會閉白鹿崖不出。」

師真緒問道：「師父，難道就真的沒辦法窺視白鹿崖中發生了什麼嗎？如此一來，我們十分被動啊。」

「司馬焦有很強的攻擊性，他的地盤絕不允許任何窺視，你以為我們沒有安排眼睛進白鹿崖，其他宮脈也沒有嗎？可你看看，又有誰成功了？不過是白白送了些性命罷了。」

師千縷周身靈氣濃郁，隨著他的呼吸起伏，說起話來不疾不徐，語氣中還有些感慨：「誰能想到，當初前輩們以為能控制的一個小小孩童，會長成如此模樣，不僅擺脫了他們的控制，甚至反噬了那麼多人，真是令人畏懼的資質與凶狠。瀕死的野獸，不好惹啊。」

師真緒沒有對此說什麼，他身為師氏一脈的晚輩，知道許多事情，甚至對五百年前發生的那場動盪，也有些瞭解。如果不是那一次的失誤，他們如今對上這位慈藏道君，也不至於如此綁手綁腳。

「你去查那個廖停雁，可有消息了？」師千縷問。

師真緒躬身：「已有一些眉目，只是還未查清她背後究竟是何人。師父，我們或許應當等到查出她的身分，掌握了她的把柄才好控制。」

師千縷：「真緒想錯了。以她的身分，就算是沒有把柄，也很好控制，我並不顧慮她身後之人，顧慮的唯有司馬焦，與她的接觸宜快不宜慢。明日，若司馬焦還未出現，便命令洞陽真人前去求見，一來試探，二來讓他為我們送一封信。」

師真緒道：「是，徒兒明白了。」

8 8 8

廖停雁被抱著睡了一天，夜晚來臨時，司馬焦睜開眼，赤腳在床邊坐了一會兒。廖停雁看他揉著額心的模樣，猜測他可能是腦袋疼，她之前在三聖山的時候就懷疑了，他絕對腦子有病，這個腦子有病不是罵人，是客觀的描述。

她還覺得，就是因為腦袋太疼了，他才能完全不在乎手上的傷，可能相比起來，手上傷口的疼並不算什麼。

他心情看起來不太好，一聲不吭的，站起身就往殿內的那個池子走過去，他一邊走，手指輕揮，濃郁的寒氣灌進池中。眼看他準備往裡面泡，廖停雁盯著他的手，悄悄動了動。一道靈氣纏過去，包在他那個傷口上。

司馬焦腳步一頓，舉起手看了看。廖停雁之前替他用了一種名為百益草的葉子包紮傷口，現在覆上來的這道靈力是用來隔絕水的。他仍是沒什麼反應，整個人浸到了水裡。

廖停雁等了一會兒，沒見他有其他反應，立刻跳起來，溜出了這座宮殿。

自由了！

她興奮地撲到欄杆上，看著下方的高度躍躍欲試，要不要在這裡試著飛行？不不不，太高了，還是換個矮的地方試。她到一旁的臺階試飛，結果比她想像得更加容易。

這具身體前所未有的輕盈，心中也沒有作為普通人飛起來的畏懼之心，只覺得暢快。

輕輕往前一躍，她漂浮於空中，扭頭去看白鹿崖上的宮殿，依山而建的華美宮殿亮起無數盞琉璃燈，常開不敗的花樹搖曳，夕陽映照下，宛如美妙的夢境。

「我能飛了啊啊啊！」廖停雁眼睛亮了起來，朝宮殿最高處飛去，站到最高的一層琉璃塔頂，再俯視白鹿崖之外的山川。

遠處有庚辰仙府內的家族聚居城池，通明燈火和她那個世界的夜晚有一些相似，但是天上飛過去的是各種坐騎仙獸，以及流星一般的御劍弟子，又讓這個世界格外奇幻。

她獨自一人坐下看著天邊，修為高了，她能看到很遠的地方。其他地方的天空有一些仙獸珍禽飛過去，她還看到裝飾了無數彩綢花朵的空中樓船，掛滿了奇異造型花燈的飛翔車馬。

最奇異的是一座三層帶著花園的小閣樓，是由無數白雁托起來的，飛在空中時，小閣樓周圍還有彩鳥環繞，清越啼鳴，閣樓裡似乎有人飲宴，還有人在歌舞。

這是什麼天空飛閣，也太會享受了吧？羨慕，有點想上去看看。

她才發現，原來天上還滿熱鬧的，之前沒發現，是因為她修為不夠，看不了那麼遠，也是因為白鹿崖這一片的天空非常清靜，沒有任何人敢從這上空飛過去。

現在，只有她一個人敢在這裡亂飛，有種狐假虎威的爽感。

她看著下方的落差高度，往前快跑兩步，跳下去。呼呼風聲在耳邊，被她激起的流雲湧動捲起，廖停雁踩著那些虛無縹緲的白煙，飛向下方的瀑布。她在瀑布旁邊掠過去，伸長了手臂劃過那些水流，還在那片瀑布崖壁上摘了一枝花。

她可以飛在天上，可以踩在樹頂，可以騎在山裡那些跑得飛快的白鹿身上，還能抓到在天上飛的仙鶴，嚇得牠們唳聲亂叫。

當神仙怎麼這麼快樂啊！

玩夠了，暫時去吃個飯。雖說這個修為已經不會感到餓了，但是嘴饞就會想吃好吃的，沒問題，晚飯還是要吃的。

傀儡人們照例替她送來了許多美味佳餚，以及……一封和昨天一樣的花箋。

廖停雁的笑臉瞬間消失，你媽的，怎麼又來！

她強烈懷疑昨晚的生理痛和這花箋的主人有關。帶著沉重的心情打開花箋，上面寫著：

『子時，白鹿崖下，藍盈花旁。若是不至，妳的身分便會暴露，而妳，也活不過三日。』

我還有什麼奇怪的身分？廖停雁心虛了，這感覺不太妙啊，她難道不只是個普通平凡的幸運兒而已嗎？怎麼還有身分故事設定，一般而言，這種情況多半會出現反派搞事，現在她只能思考究竟送來這花箋的人是反派，還是她自己是反派？

正想著，身後忽然伸來一隻手，將她手裡的花箋拿了過去。

是司馬焦，他捏著花箋，那花箋在他手中散落成花瓣，被他踩在腳下後憑空蒸發，連碎渣都沒留下。

廖停雁看著他不好說話的臉，莫名心虛，雖然她也不知道自己到底在心虛什麼。

「妳去赴約。」司馬焦說。

第六章　看來只能隨便發揮了，穩住就沒問題

子時，白鹿崖下。

這裡處於白鹿崖的邊緣地帶，再稍微往裡面一點，就是司馬焦神識籠罩範圍，無人敢隨意踏入；往外面一點，生長了一株巨大的藍盈花樹，到這裡則已經不屬於白鹿崖的地盤，也就離開了司馬焦的神識範圍。

袁觴面沉如水地在樹下等，若是今日廖停雁還是不來，他便會考慮直接處理掉這個人。若是養的狗不能咬敵人，就要防備她可能會回頭來咬主人。

沙沙的腳步聲由遠及近，來人完全沒有掩飾自己，只有一個人。袁觴從陰影中走出來，看著廖停雁，語氣非常不好，陰陽怪氣的：「讓我等了好久，一次兩次地聯繫都不願來見，連半點消息都未傳來，妳如今另攀高枝，看來是準備與我一刀兩斷了？」

廖停雁還沒說話，聞言心裡一愣，這是什麼男女朋友變怨偶之後的激動發言？簡直就是男方發現女方變心，打電話不接、傳訊息不回，終於見面後女方遲到被男方埋怨，準備開始吵架鬧分手的節奏啊，太人間真實了吧！

靠，這傢伙絕對是原主的男朋友沒錯了！

她想想那個可能跟在自己身後過來看戲的老祖宗，定了定神，擺出高冷的樣子說：「我們已經結束了，你以後不要來找我。」

袁觴那些話不過是諷刺，他沒想到廖停雁這條走狗竟然還真的敢不把他這個主人放在眼裡，頓時怒不可遏，厲聲道：「妳別忘了，妳的性命還在我的手裡！昨天蝕骨之毒發作的感覺可還好啊？」

廖停雁也怒了，果然是這傢伙搞出那些破事！就是你讓老娘痛了那麼久差點痛死！這種因愛生恨還用奇怪毒藥控制女朋友的男人，原主是眼睛瞎了還是腦子壞了才看上他，就連殺人狂老祖宗都比他好，她今天就替原主斷情絕愛！

「像你這種只會用手段控制別人的垃圾，活該沒人願意跟你，還敢威脅我？真不要臉，誰會怕你啊，你來啊！」廖停雁雖然沒有和男朋友吵架的經驗，但罵人知識還是有的。

她敢這樣說話，難道真不怕死不成？袁觴被她激怒了，拿出廖停雁的伴生鈴鐺，毫不猶豫地捏碎了第二個，準備讓她看看厲害。他都露出冷笑，準備看廖停雁疼得在地上打滾了，可是一段時間過去了，無事發生，只有藍盈花樹冠在風中發出簌簌的聲響。

廖停雁站在原地，連表情都沒變。氣氛又冷又尷尬。

怎麼回事？鈴鐺，這個伴生靈物怎麼沒有用了？袁觴直到這時候才感到不妙。

「妳怎麼會沒事，妳的蝕骨之毒已經被解了？」

廖停雁其實也不是很清楚是怎麼回事，但她知道肯定是老祖宗昨天晚上替她解決問題的，又忍不住向司馬焦發了個好人卡。雖然看起來不是個好人，但對她而言，真的是個好人了。

「妳怎麼能解這蝕骨之毒……一定是慈藏道君！是司馬焦為妳解的是不是？」袁觴看著她的眼神變得很奇怪，滿是不可置信：「他既然能為妳解了蝕骨之毒，就代表已經知道妳的身分了，他竟然沒殺妳？」

我到底有什麼身分？廖停雁心裡發虛，嘴裡說著：「師祖不會在乎我的身分，他英明神武，心胸寬廣，怎麼會與我計較這些小事。」說的和真的一樣。

袁觴看她的眼神越發微妙，「沒想到，妳還有此等能力，竟能哄得他不顧身分，是我小看妳了。」

哇，這男人酸話好多。對啊，你前女友去找第二春了，氣死你這個混帳。

廖停雁：「我們之間的事到此為止，以後你最好不要來招惹我。」

袁觴卻不願意吃這麼大一個虧，他當初與魔域合作，將廖停雁安插進庚辰仙府，又動用能力將她安排進三聖山，花了那麼大的功夫，卻什麼都沒得到。這女人借著他的手攀上了高枝，然後一腳將他踹開，沒為他辦點事不說，還耍著他玩。這麼狡猾又有心計的女人，他日一旦她的身分更加穩固，絕對不會放過他，他不能留下這麼大的隱患。

「司馬焦不在乎妳的身分，庚辰仙府其他人難道會不在乎？若是被掌門與其他宮主知曉，妳以為司馬焦還能護著妳不成？如今他是自身難保，囂張也只是一時的，妳當真以為跟了他就萬事大吉了？」袁觴神情陰沉地說：「妳想擺脫我，沒那麼容易，妳若是不聽從我的吩咐，日後只會死得更難看。」

畢竟她曾是魔域之人，若他這邊事發，就算是魔域和庚辰仙府兩方，也不會輕易放過這個背叛之人。

廖停雁只覺得鄙視，這是什麼世紀大渣男啊？玄幻修仙世界的渣男和現代的渣男都是同款的，用手段控制女朋友、死纏爛打、威脅，都是這一套。

廖停雁：「聽從你的吩咐？我聽你個頭啊，你想搞事儘管去。至於我是什麼身分，你到是說啊，看看誰會信你！」你倒是說清楚我是什麼身分啊！

袁觴見她不見不棺材不落淚的囂張模樣，舉起那只剩一個的鈴鐺：「妳可別忘了，妳的伴生靈物還在我手裡，雖然它不能控制妳，但只要有它在，妳的身分就不能狡辯……」

他一句話沒說完，只覺得手上一空，鈴鐺就到了廖停雁手裡。

袁觴：「……」

廖停雁：「……」

看他說得那麼嚴重，好像是很重要的東西，她的第一個反應就是趕緊搶回來，沒想到這麼輕易就到手了。這麼重要的東西，這男的就拿得這麼隨隨便便，被人一搶就搶到手了，他是弱智嗎？

袁觴的眼睛都快瞪出來了，剛才廖停雁的速度極快，他都沒察覺到她的動作，可是這怎麼可能，她不是煉氣修為嗎？怎麼能在他這個元嬰後期的修士手中搶到東西，他發覺不對，仔細去查探，這才發現自己竟然看不穿廖停雁的修為。

這怎麼可能，明明昨天之前她還是個煉氣期！

雖然技能還沒摸熟，但經驗值是紮實的，廖停雁也察覺到自己現在等級比對方高了，頓時無所畏懼，還想揍他一頓。

「又是司馬焦，他竟然、竟然為妳做到這種地步！」袁觴眼睛充血，好像就要被他自己的腦補氣死了。

袁觴之所以如此生氣是有理由的，想當年他也算是個天之驕子，可惜後來因為一個意外，修為倒退，從化神期退到元嬰期，多年來吃了無數天材地寶也無法再把修為堆上去。

他此生都沒有再進一步的希望了，因此一度灰心喪氣，心思越發狹隘易妒，如今見到廖停雁這個自己養來準備去咬人的狗一步登天，甚至超越了自己，他不僅是嫉妒惱怒，還感覺被狠狠羞辱了一番。

「妳該死！」袁觴被刺激得不輕，手中出現一柄寬劍，紅著眼睛朝她刺去。

廖停雁只是一隻鹹魚，被司馬焦強行翻身，變成了鍍金的鹹魚王者，等級雖然在那裡，但袁觴暴怒之下不管不顧地動手，她還是有點慌，袁觴動作太快容不得她多想，下意識地接了一下。

然而，她感覺自己根本沒碰到袁觴，對方就「噗」地一下遠遠飛出去，砸在那棵藍盈花樹幹上又滾落下來，淒慘地趴在那裡。

我……現在這麼厲害嗎？剛才好像沒什麼感覺？廖停雁看著自己的手，又看那邊的袁觴，這男人該不會被她打死了吧？

在藍盈花樹上站著的司馬焦放下手，看著廖停雁的傻樣，捏了捏自己的鼻梁。果然是個假的化神期，連一個元嬰都打不過。能安排這樣的魔域奸細進來，這男人也不是什麼聰明的東西。

袁觴吐血，狠狠咬牙抬頭瞪向廖停雁：「妳以為殺了我，妳的身分就不會暴露了嗎！」

廖停雁滿頭問號，剛才是誰先動手的？誰要殺你啊？你要搞清楚啊。

袁觴：「想不到我最後竟然是死在妳這種女人手中，我不甘心！」

廖停雁：沒人要殺你吧，戲怎麼這麼多，你收一收好嗎？

她用一言難盡的眼神看了眼袁觴，扭頭就走，袁觴還在吐血，見她要離開就喊道：「妳……站住。」

廖停雁扭頭：「你還要說什麼，趕緊一次性地說完行不行？」大半夜冒充別人，還和人家前男友分手這種事真的好累啊。

袁觴：「妳之所以背叛我，是不是因為妳愛上了司馬焦！真是太可笑了，他那麼冷血罪惡的人，遲早會殺了妳的！」

我不是！我沒有！你別亂說啊！

廖停雁緊張地往左右看看，不清楚老祖宗是不是跟來了，正在偷聽。要是讓他聽到這番話，誤會她喜歡他怎麼辦！她趕緊打斷袁觴：「住口，別胡說了，看你每天想這麼多亂七八糟的事，肯定過得很辛苦，我勸你去看看病、吃吃藥，找個地方修養心靈，別整天想搞事，很容易早死。」

說完她就趕緊溜了。

袁觴憤憤地吐出一大口血，今日的一切都出乎他的預料，那司馬焦，為什麼會這麼容忍廖停雁這個魔域奸細，莫非是真的被美色所惑？不，不可能，他那種人怎麼可能會輕易被一個女人迷倒，一定是還有他不知道的事！

「你是袁家的血脈？」

袁觴悚然一驚，抬頭看去，見到穿著黑袍的司馬焦從樹後走出。

「曾經最厭惡魔域的家族，如今與魔域糾纏不清，你比別人可笑多了。」

他走到袁觴身前，看到他眼中的恐懼，一指點在他的額頭上，閉目片刻，自言自語道：「原來如此。」

袁觴無法動彈，也無法開口說話，只覺得那根冰冷的手指虛點在額頭時，自己的識海與靈府瞬間猶如被颶風席捲，神魂動盪，不只是身體劇痛，連魂魄都有潰散之兆。他的所有祕密，都被人強行窺探。

咚——

袁觴的屍體倒在地上，腦袋整個碎了，腥紅噴濺在藍盈花上，腥氣蓋過了花香，令人作嘔。

§§§

廖停雁在回程的路上看見了司馬焦。他在一片鮮紅的花叢裡站著，漆黑的身影像是在深夜裡遊蕩的惡鬼。那花不知道是什麼品種，帶有非常濃郁的香味，聞多了都感到有點窒息，嗅不到任何其他的氣味。

廖停雁隔著十幾步的安全距離喊：「師祖？您還沒睡啊？」她覺得這氛圍非常鬼故事，有點擔心他等等轉過來會沒有臉。

司馬焦轉過身，手裡揉著一朵紅花，臉是正常的，還在。

廖停雁發現他似乎很喜歡隨手揉碎些什麼東西，比如花，比如果子，比如……人的腦袋。

「妳已經到了化神期，還需要睡覺？」他毫無顧忌地踩著那些漂亮的花走過來。

廖停雁認真告訴這位老闆：「是沒必要睡，但我想睡，食物沒必要吃，但我想吃。」

司馬焦：「妳很奇怪。」他把那朵揉爛的花隨意丟在腳下。

過獎，沒有您奇怪。

廖停雁想到剛才，試著問：「師祖剛才都聽到了？那您也知道我的身分了？」

司馬焦：「我早就知道了，沒人能在我面前隱藏任何事。」

可我自己還不知道呢。廖停雁試著問：「您說我是什麼身分？」

「妳是來殺我的。」司馬焦湊近她，用手指擦過她的唇：「妳說我該不該殺妳？」

這要她怎麼回答？要是現在殺，昨天不是就白救了？她想想都覺得頭疼，這是在搞什麼！而且，能不能把手指拿下來再說話？

「妳在想什麼？」司馬焦眼中有一點狠戾的紅色。

廖停雁：「你的手剛才揉了花，沒有洗手就貼在我嘴上了。」這麼直白的回答，顯然是中了豆沙包。

司馬焦關了真言之誓，不想再聽這種破壞氣氛的真心話。他繼續像個大反派一樣逼問她：「我該不該殺妳？」

廖停雁吸了口氣：「我覺得不該。」

司馬焦：「喔，為什麼？」

廖停雁：「我已經棄暗投明，現在是師祖陣營的人了。」

司馬焦的注意點卻在奇怪的地方：「我是明？」

廖停雁瞬間改口：「我已經棄明投暗。」

司馬焦：「妳改口得倒是很快。」說來也好笑，他自己與魔域比起來，孰明孰暗，還真是很難說清。

「妳剛才實在太無用了，連一個元嬰期都對付不了。」司馬焦突然說起這件事。

廖停雁這下子明白，剛才那個「前男友」是誰打飛的了。

「是啊，我也這麼覺得。」她露出一個假笑：「肯定比不上師祖這麼厲害。」呸，才當了一天的化神期，讓誰來都不可能一下子學會熟練使用所有技能打架！

司馬焦盯著她的假笑，忽然也笑了，一把抓住她的手往路上拖：「多殺幾個人就習慣了。」

廖停雁被他嚇到了：「要去哪裡啊？」

「當然是帶妳去殺人，我就是殺了很多人才這麼厲害。」他陰鬱地說。

廖停雁當場跪了，在地上說：「我不去。」

司馬焦扯著她的手，就像在大街上扯著小屁孩的媽媽：「起來。」

廖停雁：「不，我不想殺人。」

司馬焦：「如果我非要妳殺呢？」

廖停雁就地躺下：「那你殺了我算了。」

司馬焦的臉色沉下來：「妳真的以為我不會殺妳？」

說實話，廖停雁真的覺得他不會，因為她沒感覺到危險。反正她不去殺人，這祖宗愛幹什麼她管不著，她自己就不一樣了，她不想做的事，死也不做。

司馬焦還真的滿想一巴掌直接打死她，以前要是有人敢這麼跟他說話，下一秒就死翹翹了，哪像她，竟還一副有恃無恐的樣子。他抬起手，又放下，最後一把將廖停雁整個人抱起來。

「我們有話好好說，不要衝動。」廖停雁發現祖宗把自己扛到高空，心裡開始慌了，下意識抱緊他的腰。

司馬焦沒理會她，看到遠處有一架飛過去的白雁飛閣，伸手一抓。

那座白雁飛閣是月之宮宮主的女兒月初回所有，這位天之驕女是庚辰仙府裡有名的小霸主，向來囂張跋扈，她的母親月之宮宮主又對她千依百順，因此此女在庚辰仙府橫行霸道，所有人都捧著她。

她想要一座能在天空中飛行的閣樓，月之宮宮主便命令弟子們四處尋找頂級的煉材，又託唯一一位天級煉器師，為女兒打造了這一座靈氣充裕、防禦力驚人的寶貝飛閣。

以往，月初回就喜歡待在飛閣裡，找人為她表演歌舞，還時常帶著自己的小姊妹們一起駕駛飛閣四處遊玩。近來因為慈藏道君出關一事，月宮宮主對這女兒千叮萬囑，讓她千萬要避開慈藏道君。

可這月初回與其他人不一樣，她覺得慈藏道君輩分高、修為高，哪怕是凶名在外，她也覺得十分嚮往仰慕，因此這兩日時常讓自己的飛閣在白鹿崖附近徘徊，只希望有機會邂逅這位神祕的師祖。

今日也是如此，她坐在飛閣二樓的窗前，遙望月色下的白鹿崖，心思全不在身後的歌舞上。她身旁還坐著一位師妹，兩人交情不錯，時常在一起玩。

此時，那個師妹與她說起慈藏道君，說道：「聽說那日慈藏道君在雲岩山臺看弟子們比鬥，那廖停雁還枕在他膝上。大庭廣眾之下，人人都見到了，如此不自愛，定然是個不懂規矩的。」

月初回聽到廖停雁這個名字就不耐煩，發脾氣地將手中薄如紙的珍貴玉杯往外面一摔：「好了，我不想聽她的事。慈藏道君那樣的人物，怎麼就能看上那種小弟子，真讓人想不明白！」

正說著，她覺得自己的白雁飛閣忽然朝白鹿崖飛去。

「月師姊，妳別生氣了，快停下吧，師父交代過，不許靠近白鹿崖。」師妹也感覺到飛閣越來越靠近白鹿崖，還以為是月初回大小姐脾氣又犯了，立刻小心勸道。

月初回臉白了，「不是我！我控制不了飛閣了，怎麼回事！」

師妹發出一聲尖叫：「啊！那裡，那是……」

司馬焦把遠處那座招搖的飛閣拉進了白鹿崖的範圍內，然後抱著廖停雁走進飛閣。飛閣的防禦力對他來說彷彿不存在一般，控制飛閣這個靈器的月初回連掙扎一下都無法，就被奪走了控制權。

她與師妹、一屋子伺候的奴僕，以及找樂子的舞姬樂伎，全都被突然發生的事嚇到了，尤其是見到司馬焦帶著廖停雁直接從二樓窗戶走進來，所有人都愣愣地看著他們，不知該作何反應。

「慈藏……道君！」月初回激動地喊道。

司馬焦一腳把這個熱情的粉絲從窗戶踹了出去。

月初回：「啊——」

他把這飛閣的主人踹出去後，又把其餘人全都打包，也一起丟出去，丟出了白鹿崖，然後把廖停雁一個人關進白雁飛閣裡，對她說：「妳就一個人在這裡好好反省，什麼時候反省完了再出來。」

漂亮的白雁飛閣懸浮在白鹿崖上空，裡面只剩下廖停雁一個人。

廖停雁：「嘿！」

這不是之前看到的那個白雁群托起的飛閣嗎！那時候就好羨慕，好想上來看一看！這是不是，算夢想成真了？

這白雁飛閣不愧是月之宮宮主為愛女傾心打造的，處處精緻，除了一棟小樓，還有一片帶花園的庭院。這飛閣漂浮在空中時，離天空上的明月很近，彷彿伸手就能觸碰到。坐在二樓窗戶邊能俯視庚辰仙府裡延綿流離的燈火，簡直是夜裡觀景的最佳去處。

她很喜歡這裡，要她一直住在這裡也願意。二樓之前還有許多為月初回準備的食物和酒水，現在也一起便宜了廖停雁。

所以，那祖宗是真心要把她關在這裡反省的嗎？讓她在這裡獨自享受安逸的月色，還能吃好吃的，再讓她美美地睡一個覺？這怎麼好意思，那她就……開始享受了？

她開心地在小樓上下轉了轉，發現有溫泉，就順便泡了個澡，換了套衣裙，跑到露臺上面躺著賞月。

「啊——月色真美——」

還是一個人這麼靜靜躺著更開心。

8 8 8

第二日，四時之宮的苑梅一脈袁氏家主，帶著自己的第十八子袁觴的屍體前來白鹿崖，遇上了冷著臉前來為女兒討公道的月之宮宮主，以及帶著清谷天洞陽真人前來拜見師祖的掌門師千縷。

「掌門，我兒這麼不明不白地死了，我定要向慈藏道君討個公道！」袁家主滿面憤怒。

「掌門，昨日我的女兒遭受羞辱，連我送她的禮物都被奪走了，我想問問慈藏道君，這可是為人師祖應做的事？」月宮主亦是冷著臉。

師千縷四平八穩：「啊，那便一起前去面見師祖，聽聽他是怎麼說的。」

司馬焦怎麼說的？

他先看了眼袁家主：「我殺了你兒子又怎麼樣，你不是有二十幾個兒子，上百個孫子，還差這一個？真以為我不知道你是來幹什麼的？惹我不高興，你其他兒子我碰到一個殺一個。」

再看月宮主：「妳的女兒想要回她的東西？好啊，她要是死了，那東西就是無主之物了。」

最後看師千縷：「我今日沒什麼耐心。」

師千縷則道：「師叔息怒，洞陽的弟子廖停雁在您身邊照顧，今日是特地帶他前來探望徒兒的。」

司馬焦擺弄著手腕上貼著的一片綠葉：「她惹我生氣了。」

師千縷一驚，惹這魔頭不開心只有一個下場，那就是死。他在心中暗道可惜，又覺得果然如此，怎麼可能有人能在司馬焦這種人身邊活太久：「那廖停雁的屍身？」

司馬焦：「沒有屍身。」

師千縷明白了，看來是屍骨無存了。

司馬焦說著就透出不耐煩，揉著額心，一腳把旁邊的玉柱踹斷了：「沒事就都滾出去！」

師千縷十分好脾氣地告退離開，心中則暗道這司馬焦越發暴戾嗜殺，離他等待的那日應當是不遠了。

師千縷與袁家主月宮主走出了白鹿崖，月宮主之前在司馬焦面前臉黑成炭也不敢說什麼，現在有氣全發在了師千縷身上：「掌門，難道你要一直忍受他這麼囂張？你以前可沒有這麼膽小。」

師千縷從容問：「不然妳想如何？」

月宮主咬牙：「就算不能殺他，難道我們這麼多人就不能將他困住……」

師千縷笑了一聲：「妳說困住他，像五百年前那樣？」

月宮主被他堵住口，想起從前那些事，神情不自在了起來。

當初也是因為不能殺司馬焦，想徹底控制他卻沒成功，反而被他害死了那麼多人又修為大增，最後犧牲了許多弟子才將他困在三聖山五百年，本是打算讓他在那種全無靈氣的地方困個五百年，再加上奉養靈火，定會將他困得虛弱，到時再來收拾，可結果，他不見虛弱，反倒比五百年前更加厲害。

司馬焦是奉山一族萬年來罕見的天才，他的資質悟性都無人能比，哪怕是死路他也能死裡逃生，師千縷的師父都曾在他那裡失手，他也不敢再輕視司馬焦。

如今他們都怕了，只能小心地維持著一種平衡。大家心中都清楚，只要司馬焦沒有踩到他們的底線，殺些人而已，他們只能忍耐，而這一點，顯然司馬焦自己也很清楚。

他行事看似囂張、毫不顧忌，其實很有分寸，一點都不像一個瘋子，師千縷有時都懷疑他是不是真的瘋了。如果日日承受那樣的痛苦，他還沒瘋，那此人就更加可怕了。

「要動他，只會讓庚辰仙府元氣大傷，他若真的不管不顧要對付我們，也只會兩敗俱傷。」師千縷看向月宮主，言中帶著深意：「且忍耐吧。」一個人總不可能一直囂張下去，而這個微妙的平衡，也總會被打破。

月宮主也是身分尊貴，多年沒受過氣了，乍被人打臉有些受不了，走了這麼一趟，她終歸還是選擇忍。袖子一揮，回去了自己的月之宮，她還要安撫自己的寶貝女兒。

至於袁家家主，他前來見司馬焦有很大的原因並非是為了兒子。司馬焦說得沒錯，他的兒子很多，哪怕他偏愛袁觴一些，但這些年袁觴的修為無法提升，他對這個兒子少了很多關心，他今日來其實是另有原因，如今他心裡有數了，倒是沒多說，與師千縷點了點頭便回去袁氏。

他回到袁家便招來自己的得力下屬，吩咐下去：「將袁觴身邊所有伺候的人全部暫時押起來，細細審問，看看他到底做了些什麼。」

他也不是什麼傻子，下手又快，很快就得知了袁觴曾做過的一些事。得知自己的兒子與魔域有聯繫時，袁家家主也是大吃一驚。

「廖停雁竟然是他安排進去的魔域之人，他還真是膽大妄為！」袁家家主怒極，他猜得到，那個曾經優秀的孩子必定是因為當年受傷，最終修為倒退了的那件事生出心魔，才會做出這種蠢事來。

好在他死了，那魔域奸細也已經死了，否則鬧出什麼風波，袁氏也會被影響。

師千縷回去後，第一件事便是去燈閣。守燈的弟子臉色難看，見到他來，匆匆稟告：「師祖，弟子正要去向師祖稟報，那盞弟子命燈不知為何突然熄滅了，魂魄也召不出來。」

師千縷正是來看廖停雁那盞命燈的，如今命燈熄滅，看來人確實是死了。確定了這件事，他心裡也覺得可惜，可利用的大好工具少了一樣。

「罷了，不必再看著了。」

廖停雁這個曾經被慈藏道君帶在身邊的人，在短短幾日就被慈藏道君殺了，這消息傳出去後又引起了一波流言。

據說死得很慘又屍骨無存的廖停雁，剛睡完一覺起來。

她在飛閣的露臺上賞月，賞著賞著就睡著了，剛醒來就看到了滿目的燦爛陽光。

她翻了個身，見到坐在旁邊的司馬焦，好大一個司馬焦。

祖宗，您為什麼看起來好大？他伸過來的手也好大一隻，簡直是個巨人。

廖停雁有不妙的預感，她眼睜睜看著司馬焦的手摸到了自己的肚皮上。她整個變小了，沒有穿衣服，毛茸茸的肚子起伏著，看起來很好摸。她又看到了自己的爪子，還有一條……尾巴！

廖停雁：「啊——」

尖叫之後，是一種好像「嚶嚶嚶」哭著的弱氣叫聲。

她從榻上爬起來，用灰灰的毛爪子捧住臉：「啊——」

司馬焦：「哈哈哈哈哈哈！」他笑倒在她的靠枕上。

廖停雁發覺自己好像還能用一些技能，比如她還能看到自己腦海裡有一朵紅色小花，還有內裡的空間，之前從錦囊裡移進去的東西還在。她找出了鏡子，抱著那個現在比她體型還要大的鏡子放在靠枕上。

鏡子裡照出來的是一隻毛色灰黑，皮毛油光水滑的水獺。就是俗稱嚶嚶怪的一種動物，叫聲嚶嚶嚶不斷，聽起來就好像撒嬌一樣。

水獺呆呆地坐在鏡子前，做出了看爪子、摸肚皮、抓尾巴等一連串的動作。

我真的變成水獺了？廖停雁扭頭看向司馬焦，衝過去賞了他一個頭槌：「為什麼把我變成這樣！快把我變回來！」我的大胸！長腿！美顏！

司馬焦伸手擋住她的腦袋，聲音裡帶笑，似乎心情挺好：「不是我要把妳變成這樣的，是妳自己想變成這樣的。」

廖停雁賞了他一巴掌：「聽你胡扯，大混帳胡說八道！」

她雖然是嚶嚶嚶的聲音，但司馬焦似乎聽得懂，他說：「我給妳吃了一枚幻形丹，所以妳會根據妳自己心裡印象最深的，變成另一種形象。」

廖停雁回憶起來自己昨晚上做的夢，她夢見自己在滑手機，吸完貓和像小糯米丸子一樣的熊貓後，又看了個水獺的影片，水獺油光水滑好像手感很好，她在夢裡非常想摸一摸……你媽的，為什麼！現在這麼好的手感她自己摸不到，反而要便宜司馬焦！

網路誤我！早知道就多想想自己那些男神和老公，變成哪一個都是賺到，誰不想變成美男子呢！現在倒好，變成了一隻水獺！

她憤而嚶嚶嚶地叫著，把司馬焦摸向自己肚子的手推開。

把我變成這樣還想吸水獺，滾吧你！

司馬焦大笑，笑得前俯後仰，非常快活。

廖停雁：我剛才是撞到你的笑穴了嗎？你需要笑成這樣？

她抬起兩隻前爪，趴在司馬焦的腿上，朝他喊：「把我變回來啊！」

司馬焦用和她同款的鹹魚癱姿勢，癱在本該由她享受的榻上，慢悠悠地說：「幻形丹，妳會保持這樣三個月。」

平白無故給她吃那種東西，搞得她要當三個月水獺，這大混帳根本就是魔鬼混帳，還是特別白目那種的。廖停雁坐在那裡發了一頓脾氣，覺得氣累了，癱在旁邊休息一會兒。

她剛瞇上眼睛，覺得肚子被人摸了兩下，她推開那隻手，翻了個身，冰涼的手指又開始摸她的背。

其實……還滿舒服的，摸得她昏昏欲睡。也罷，就當作按摩好了。

廖停雁很快發現，當一隻水獺，生活和之前其實沒什麼區別，照樣是吃吃睡睡的度假生活。因為她只是外貌變了，修為技能還可以繼續用，所以她還是能飛，用水獺的樣子飄在空中，比用人的樣子飄在空中還要方便一點，都不用在意形象。泡澡的時候還能直接仰面躺在水面上，連懶都能懶得更加光明正大、理所當然。

怪不得現代那麼多社畜想當貓，其實當一段時間水獺，也不是不能接受。

唯一的問題是，司馬焦好像滿喜歡吸水獺的，他以前常常不見蹤影，但現在時不時就過來摸兩把，他去泡水池的時候還強行把她也抓過去泡，她就躺在他肚子上，跟他一起泡在冷冰冰的水池裡。

廖停雁不喜歡泡冷水，等司馬焦沒反應了就會飛上岸，跑到榻上去睡。她正睡著，大黑蛇爬進了殿裡。

這位黑蛇兄弟因為近來失寵了，司馬焦不愛管牠，牠自己在白鹿崖也過得也很自在，有吃有喝，日日就懶洋洋地爬柱子，還會在山上到處蹓躂，抓一些小東西回來玩。

牠的腦子不太好，沒能認出來變成水獺的廖停雁，見她癱在主人的地盤，就過去和她玩鬧。大黑蛇的玩法，就是把她咬進嘴裡。

大黑蛇不會隨便吞吃那些小動物，就是愛嚇人，大概是和牠主人學來的。廖停雁睡得正好，突然發現自己被大黑蛇兄弟咬在了嘴裡……

她剛想著要怎麼掙脫蛇口，大黑蛇的嘴巴就被從池子裡爬起來的水鬼祖宗掰開了，司馬焦把水獺拿出來，揍了大黑蛇一下：「怎麼這麼蠢，滾開。」

大黑蛇剛才沒認出來，但現在已經察覺到廖停雁身上的氣息很是熟悉，牠不明白自己的小夥伴怎麼突然變了個樣子，但都被揍了，也不敢再和小夥伴玩了，委委屈屈地吐著蛇信爬開。

廖停雁剛才突然被吞到大蛇嘴裡，還想再揍牠一頓，但現在看大蛇可憐巴巴地爬走，她又覺得都是司馬焦的錯，要不是他給她亂吃東西，大黑會這樣嗎？大黑只是個智商不行的孩子啊！為什麼要打牠！

司馬焦和廖停雁對視了片刻，忽然沉著臉抓著她走到門口，把往外爬的大蛇扯了回來，然後掰開大蛇的血盆大口，把水獺重新塞了進去。

大黑蛇：「？」

廖停雁：「！」

突然發脾氣，你是小屁孩嗎？

廖停雁從大蛇嘴裡爬出來，洗了洗身上的皮毛，躺在大蛇頭頂的鱗片上，讓牠載自己去兜風。

8
8
8

大黑蛇的鱗片光滑冰涼，躺在上面，就像睡在涼蓆一樣，廖停雁癱在上面吹吹小風，覺得還滿舒服的。

但是這黑蛇兄特別喜歡一些糟糕的角落，什麼山岩下的狹窄縫隙、不知道什麼動物鑽出來的土洞、滿是腐爛落葉的樹叢底下，牠就愛往那些地方鑽。

廖停雁好好一隻皮毛光滑的水獺，被牠載著出去遊了一圈，毛都亂了。

這黑車她是受不了了，廖停雁用爪子抓掉腦袋上的樹葉草屑，又撫平自己分岔的毛髮，這手感都不絲滑了。眼見大黑蛇又要去瀑布底下，廖停雁立刻準備跳車。

「傻孩子，我暈車，不跟你玩了，你自己去玩吧。」廖停雁拍了拍大蛇，伸出爪子揮了揮，在大黑蛇跑進瀑布之前，整個水獺飛了起來，朝著大殿內飛過去。

她是躺著飛過去的，如今她對飛行和控制已經小有心得，正在研究夢中學習，在玄幻世界事事皆有可能，所有妄想都應該勇敢嘗試。

飛到主殿後，廖停雁聽到了一陣罵聲：「這麼多天都沒把我放出來，你有本事就一直把我放在身體裡啊，你不要命了，看我不燒死你！」

好熟悉的童聲，這不是暴躁髒話小火苗嗎？自從從那個三聖山出來之後，她就沒見過小火苗了。

她飄在窗外，看到殿內多出了一汪碧綠池水和紅蓮火苗，司馬焦就站在旁邊。只是，不對啊，這火苗膽子變得超大，都敢罵司馬焦了，它以前那副委屈模樣呢？

剛這麼想著，她就看到膨脹的火苗猛然縮了下去，司馬焦用一團碧池裡的水把那團火苗包裹了起來，火苗每次碰到那些水就疼，因此它大聲哭鬧起來：「我不罵了！不罵了還不行嗎！你以前只是澆我，現在更喪心病狂了！啊！疼死了！」

廖停雁：「……」這新技能，好像是她用來敷面膜的，祖宗現學現用，真的學超快。

火苗遭受虐待，不管怎麼哀求、哭鬧，司馬焦都不理它，它也發了狠，繼續凶狠地罵人：「你這個臭瘋子，我死你也得死，我疼你也會疼，這樣澆我，你自己沒感覺嗎！你怎麼還不去死啊！老子殺了你！等老子脫離你的控制，第一個就燒死你！」

司馬焦把它困在水球裡，冷笑：「我看到你就不爽，你難受我就好受了。」

火苗一會兒哭求、一會兒大罵，是個反覆無常的小屁孩，司馬焦從頭到尾都是暴躁嘲諷臉，雙方都是恨不得立刻搞死對方的模樣。

廖停雁莫名覺得，好像一對相看兩厭的父子。

「妳還知道回來。」司馬焦忽然扭頭看向窗戶。

廖停雁趴在窗框上，心想，你這個爸爸語氣是怎麼回事？

「妳過來，對它澆水。」司馬焦丟下一句話，袖子一揮就走了。

廖停雁慢悠悠地飄到火苗的周邊安全距離，火苗認出她的氣息，先開始罵：「又是妳！妳怎麼變成這副蠢樣了？我警告妳，司馬焦的走狗！妳要是敢對我澆水，我就燒死妳！」

它罵了半天，沒見廖停雁有什麼動靜，不由得疑惑道：「妳怎麼還不澆水？」

廖停雁：「……因為我比較懶，不想幹活？」

火苗跳了一下：「妳敢不聽司馬焦的話，妳不怕他殺妳嗎？」

廖停雁翻了個墊子出來，直直躺了上去，心想，用殺我來當作威脅，倒沒有那麼怕，要是威脅打斷手腳、抽筋扒皮片肉這種很疼的懲罰方法，對我更有用一點。

見她當真沒有動手澆水，火苗稍稍膨脹了一些，扠著腰：「妳很有眼力啊，是怕了我的威脅吧！」

廖停雁：「對對對！我好怕你燒我的毛，你能安靜點，別打擾我修煉嗎？」

火苗：「妳明明是在睡覺，別以為我看不出來！妳這個懶鬼！」

廖停雁：「我是在研究夢中修煉。」

火苗：「我從來沒聽說過，夢中要怎麼修煉？」

廖停雁：「等我研究出來就告訴你。」

火苗哼了一聲：「我知道也沒用，我又不會作夢……也不對，我做過一個夢，只有司馬焦作夢的時候我才會作夢，但他好久都沒睡過覺了，他不作夢，我也沒有夢。」

廖停雁：「……其實作夢很影響睡眠品質的。」

火苗凶巴巴的，還很鄙夷：「妳的修為都已經到化神期了，怎麼還要睡覺。」

廖停雁：「我以前的夢想是不工作的時候能睡個夠，現在我是在實現夢想，你不會懂我的心情的。」

廖停雁：「好了！你別說話了，我開始睡了。」

火苗繼續吵：「我就不、我就不！憑什麼我都被司馬焦欺負成這樣了，他的女人還要在我面前睡覺！我要報復！」

廖停雁：……小屁孩欠教育啊，司馬焦這種體罰式教育真的有問題。

拜火苗所賜，廖停雁又學會了使用一樣技能——隔音。

她學會了兩種隔音，一種是戴耳塞式隔音，切斷自己的聽力，就像戴上睡眠隔音耳塞，世界一片寂靜。太安靜了，廖停雁有點睡不著，所以她採取了第二種方法，做了個隔音罩，把噪音汙染源頭罩住了，這下子就好多了。

迷迷糊糊中，廖停雁覺得有人蹲在她面前，身上還有種微妙的不自在，就好像被人不停撩眼睫毛，很煩。她睜眼一看，是司馬焦在扯她的鬍子。水獺這種迷人生物是有鬍子的，幾根白色的毛毛，司馬焦就在動她的鬍子。

講真的，這祖宗和那邊的噪音汙染火苗在煩人的方面真是同出一脈，煩人程度不相上下。

「我要妳對它澆水，怎麼不澆？」他問。

廖停雁：「……澆了一點。」

司馬焦：「妳在騙我。」

廖停雁：「……」是的呢。

司馬焦意味不明地哼了聲，竟然也沒說什麼，只是一手抄起她走出去。

外面已經天黑了，他一路往外走，邁著風馳電掣的步伐，一手捧著水獺，一手沿路把那些傀儡人全都捏爆了。

廖停雁：「！」你幹嘛？這些傀儡人又沒有生命，差不多就是智慧型機器人，你捏他們都能得到快樂嗎？

司馬焦一個傀儡人都沒放過，把白鹿崖上所有的傀儡人全都報廢了，又把還在山間流竄、追趕白鹿的大黑蛇抓起來，塞進了天上的白雁飛閣裡。

突然被抓上天的大黑蛇：「？」

司馬焦：「你就在這裡待著。」

幹嘛，這是把公司員工輪流關禁閉嗎？廖停雁發現今天祖宗的心情好像有點差。

廖停雁回到白鹿崖後，往天上看了眼，發現白雁飛閣裡黑蛇的身影有點明顯。司馬焦帶她往白鹿崖外去，他用了類似縮地術的技法，廖停雁感覺到加速度帶來的巨大壓力，皮毛都好像要被掀飛出去，眼前的景色變成一片光怪陸離。

他的速度極快，廖停雁以前被那位師父洞陽真人帶著飛過，覺得司馬焦的速度起碼比他快上一千倍。

有那麼片刻，廖停雁看見了燈火通明的樓宇，看見了無數位穿著相似衣服的弟子聚在一處，還看見了山崖上有人在切磋。路過的風景都成了一幀一幀的幻燈片。

廖停雁有點明白他之前為什麼要處理那些傀儡人了。他大概是要去做些什麼，所以把那些

「眼睛」都報廢了。

司馬焦終於停了下來，他們面前有一座繁華大城，廖停雁看見城門上庚城仙府的徽印，這裡應該還是屬於庚辰仙府境內，但已經不是內圍，而是屬於週邊。

庚辰仙府廣闊無邊，內圍是各大家族本家所在，各種靈氣充裕的修煉之地，還有弟子們的地盤，週邊則是附屬小家族組成的一個個類似國家的聚居地，大多都是曾經的庚辰仙府弟子們的家族，世代繁衍而來，甚至還有許多遷居過來尋求庇護的尋常百姓。

整個庚辰仙府就像一株巨樹，這些週邊的大小城池就是長在樹上的樹葉。

廖停雁曾經聽清谷天的小童們說過一些這個世界的情況，但他們知道的不是太多，所以她也是一知半解。

一座這麼大的城池，會有一名元嬰期修士坐鎮，不過他們一般並不會出現，除非城池遇上了極大的危險才會出手，平時只有一些練氣期、築基期的修士在維護城內的治安。

週邊畢竟比不上內圍那種元嬰滿地走的盛況，在這裡大家等級都很低，所以司馬焦進這座城時，完全沒有任何顧慮，他是直接從人家的城門牆上踩著走過去的，城內的修士沒一個人能發現他。

雖然這城裡的修士等級低了點，但熱鬧卻是其他地方不能比的，堪稱廖停雁來到這個世界之後見過最熱鬧的地方。而且是那種她很熟悉的，市井人間、平民的熱鬧，讓她想起以前下班後和同事們一起回家，在附近的夜市街上吃晚餐的場景，一下子覺得有點親切。

司馬焦進了城後，反而有些漫無目的的閒逛意思，他走在街上，其他人就算看不見他們，也都會不自覺地避開他。

廖停雁從前看古裝劇，總覺得夜晚還是現代的夜晚熱鬧，不過現在她開了新的眼界，這個玄幻修仙的世界夜晚，竟比現代社會還熱鬧，因為這裡不僅僅是有人類的熱鬧。

街上用來照明的不只有普通的燈，還有廖停雁沒見過的各種稀奇古怪的東西，像是路邊一家店的幡子上掛著的五彩燈，是用像貝殼一樣的薄片反射出光芒，非常明亮璀璨；街旁掛著疑似路燈的發亮圓球，廖停雁發現它們會張開嘴巴，吃被光吸引過來的小蟲子，竟然是活物。

還有在一家肉鋪門口玩耍的胖孩子，手裡抓著個看起來像眼睛的東西，那「眼睛」裡面射出光來，讓廖停雁覺得像手電筒。

司馬焦走到那小胖子面前，把他手上的「手電筒」拿起來，看了兩眼之後，大概是有點興趣，淡定地拿著繼續往前走。

小胖子玩得好好的，突然發現自己的玩具莫名飛在半空中，越飛越遠，眼睛都瞪圓了，扭頭朝店內哭喊：「爹，我的光眼飛走了！沒了！」

那個小胖子哇哇地哭了起來，他爹正在屋裡幹活，不耐煩地吼他：「哭屁哭，別再吵了！下次再買給你！」

廖停雁趴到司馬焦肩膀上，看著他那張小白臉，心想，這祖宗搶小孩子玩具的樣子真的好像個邪惡反派。

雖然覺得司馬焦搶小孩子玩具的樣子非常流氓，但廖停雁還是順從好奇心湊過去看了。司馬焦看一會兒又不感興趣，見到水獺往前湊過來看，順手摸了一把毛後，把手上的東西遞給了她。廖停雁用兩隻爪子抱著那東西研究，發現這看起來像眼睛的東西，其實是塊石頭，至於為什麼能發光、其中有什麼原理她就不清楚了，玄幻世界不能用科學去解釋。

街邊用來當路燈的奇怪生物張開大嘴吃小飛蟲，吃得吧唧吧唧作響。廖停雁有點想過去看看，但司馬焦好像沒什麼興趣，他在街上四處巡視著，不知道在找什麼。

廖停雁扯了扯他臉頰上的長髮，指了指路邊的燈。

司馬焦：「那種東西有什麼好看的？」

你自己剛才搶小孩子的玩具，還敢說有什麼好看的？廖停雁腹誹完，自己飛過去看。剛飛到那盞燈旁邊，一不注意，差點被燈底下伸出來的大舌頭舔了，空中的水獺緊急停下，往後倒飛回祖宗肩上。

口水好多的大舌頭，不看了。

走過了一條街，廖停雁聽到祖宗不耐煩地嘖了兩聲，接著眼前一花，他站在旁邊的屋頂上，又是一閃，來到一棟高層建築頂部。

廖停雁敏銳地察覺到他的視線在最明亮喧嘩的地方停留，大約過了幾秒鐘，他朝著最熱鬧的一處街道飛去。接近那裡之後，廖停雁的表情越來越古怪。

街上有很多花，不僅僅是指鮮花，還有女人花——

那是條花街。

這祖宗特地飛這麼久到這個地方來，就是為了買女人？他不是性冷感還腎虧嗎？以前那麼多活色生香的大美人送到面前都無動於衷，現在難不成改變主意了，想要試試外面的野花？這是什麼老年失足的劇本？

司馬焦扭頭和廖停雁對視半晌，沉下臉說：「妳敢再說一個字，就掐死妳。」

廖停雁：……我說什麼了？我剛才有出聲嗎？

「師祖，您……有讀心術？」廖停雁問，他該不會聽到了她心裡在想他腎虧吧？

司馬焦：「沒有。」

他只是能感覺到他人內心真正的情緒而已。

廖停雁：「我剛才沒有說話啊。」

司馬焦：「妳在心裡說了，還很吵。」

廖停雁開始不停地在心裡罵他。

司馬焦：「妳在罵我。」

廖停雁開始不停在心裡想自己喜歡過的男神。

司馬焦開始捏她的尾巴。

廖停雁立刻停住腦袋，不是，他真的沒有使用讀心術嗎？

她把自己的尾巴扯回來，隨手指向一處地方：「看，那是什麼！」

司馬焦看過去，意味不明地「嗯」了一聲，朝那邊飛了過去。在燈火通明的閣樓底下，一群公子哥正在酒池肉林開著派對，場面不堪入目。

廖停雁看清楚的瞬間，下意識抬起爪子捣住了眼睛，但她很快又放下來了。怕什麼，這裡不是現代社會，又沒有分級制度，這些香豔的東西是不會被打馬賽克的，能看就多看一會兒，也好長長見識。

司馬焦也沒有走開的意思，他抱著雙臂，居高臨下地站在那裡看著，神情冷漠厭惡：「看到那個人了嗎？」

廖停雁順著他指的方向看過去，頓覺眼睛一陣疼痛，太刺激眼睛了。

「看到了，是有點小。」她說。

司馬焦：「誰叫妳看那裡。」

廖停雁：喔喔，那你讓我看哪裡？

他們說話的時候，司馬焦指著的那個油頭粉面的公子哥提起褲子離開，他眼下烏青，雙目渾濁，臉頰蒼白削瘦——是和司馬焦不一樣的那種蒼白，司馬焦的蒼白會讓人覺得涼颼颼的，這男人的白則是油膩膩的。在他轉過身的那瞬間，廖停雁看到他背後好像有一點淡紅的痕跡。

啊，是讓她看這個嗎？

司馬焦跟了上去，他跟在後面，看著那位公子哥一搖三晃、嘻嘻哈哈地和周圍衣著暴露的小姐們調情，最後走到樓內的一間更衣室裡如廁。在這種銷金窟裡，就算去上廁所，裡面都有漂亮的小姐幫忙脫褲子，還有的順便就來一發了。講真的，廖停雁覺得自己曾經看過最大尺度的色情片，都沒這麼大尺度。

如果她是一個人看到這種場景，肯定會不好意思，但是趴在司馬焦這個開門冰箱的肩上，只能感覺到他身上的厭惡和殺氣，怪害怕的，什麼感覺都生不出來了。

「喔……」腎虧公子發出一聲舒適的嘆息，拉著那位替自己清理的小姐嘿嘿笑著往外拖：「妳不錯啊，走，跟公子我去酒池那邊繼續玩。」小姐眼波楚楚，緊貼在他身上扭動，兩人互說耳語。

司馬焦上前朝著兩人猛踢一腳，把這對野鴛鴦踢倒在地。他的力氣沒有收斂，兩個人瞬間昏倒。司馬焦走到腎虧男面前，一把扯住他的頭髮把他拖了起來，用腳踢開他背後的衣服。這回廖停雁看清楚了他背後肩胛骨處的一塊淡淡紅色痕跡，像火焰的形狀。

看到火焰，她就想到那朵火苗，所以這個人大概與祖宗有什麼淵源。

司馬焦用手按著昏迷的腎虧公子腦袋，閉目彷彿在查看什麼，半晌後，他忽然冷哼一聲，火焰順著他的手，燒到了腎虧公子的頭髮，將他整個包裹起來，三秒鐘，整個人燒成一團灰。又被司馬焦用袖子一揮，連灰都沒了。

廖停雁：「……」看來他很生氣。

司馬焦變成了被他搞死的那個腎虧公子的模樣。

廖停雁：祖宗要幹什麼，冒充別人身分，打入敵人內部？

還以為他是直球強攻系的，沒想到還能用這麼迂迴的招式。

司馬焦把廖停雁塞進了衣襟裡，隔著一層薄薄的內衫貼著胸膛。他大步朝外走，一路上那些倚著門，坐在錦墊上喝酒的陪客小姐們照舊笑著招呼他：「嚴公子！」還有想貼上來調情的，全都被司馬焦的袖子糊了一臉，把人家的髮髻妝容都抽得亂七八糟，司馬焦從這條錦繡走廊裡穿過去，引起了一片尖叫聲。

他沒管這些，衝過一個個歡聲笑語的房間和院子，直直地走出了這片銷金窟。

在前面的樓內，有僕人見他出來，連忙迎上前來，「公子，今日怎麼這麼早就要離開了？」除了僕人外，還有一個結丹修為的修士作為保鏢。在這裡，這樣的配置表示身分不低。

司馬焦頂著那個腎虧男的臉，說：「回去了。」

原主嚴公子的脾氣應該也不好，僕人見他這個樣子，習以為常地縮著脖子，不敢多說，派人牽來馬車，又扶著司馬焦上車。

司馬焦坐上車後，發現內裡還有兩個漂亮的少年少女在裡面，他們是平常伺候那位嚴公子的人，此刻熟門熟路地靠上來，被司馬焦喝退。

「滾下去。」

兩人下了車，司馬焦倚在寬敞的車廂內，不知想到什麼，漆黑的雙眼裡隱約有些赤紅的火焰跳動。待在他衣襟裡的廖停雁動了動尾巴，伸出腦袋看了眼他那莫測的神情，又縮了回去。

總覺得這祖宗要搞一波大的。

說起來，他一開始就說過等離開了三聖山，要殺了所有人。這幾天他都沒什麼大動作，她還以為是他出來後發現庚辰仙府發展太快，幾百萬人口很難殺完所以放棄了，現在覺得，他可能是另有打算。

什麼打算都和她沒關係，畢竟她現在只是隻無辜的水獺而已。

這位嚴公子的家是城中最大的幾個宅子之一，像他這樣的情況，應該就是家裡有人在庚城仙府周圍當弟子，或者有特殊身分，才會有這麼好的待遇。

司馬焦冒充別人的身分，竟比原本那個腎虧公子還要大牌，進了那座華麗的嚴府，一路上看到許多請安的人，他連眼睛都沒眨一下，全部視而不見。

連見到腎虧公子他爹，他也是餘光都不給一個地直接經過。

「站住！」那中年人被他的態度氣得吹鬍子瞪眼：「你這是什麼樣子？去那種地方廝混，混得腦子都有問題了，見到你爹都不會請安！」

司馬焦停下步伐，看了他一眼。

他這個人是這樣的，嘲諷起來不需要說什麼，只是眼神就足以氣得讓人發瘋，嚴老爺抖著鬍鬚：「你越來越不像話了！不許再出去了，家裡那麼多女人你不睡，偏要跑到外面，睡那些生不出孩子的女人，你給我待在家裡，多生幾個孩子才重要！」

司馬焦朝他抬了抬下巴：「你跟我過來。」

嚴老爺：「孽子，你就是這樣跟你爹說話的！」

司馬焦不耐煩了，一手按在他的肩膀上，原本滿面憤怒的嚴老爺一僵，直愣愣地跟著他一起走進了內室。司馬焦放開他，坐在屋內的椅子上，朝他勾勾手指。

嚴老爺滿臉恐懼：「你、你是誰啊，你不是我兒子！」

司馬焦笑了一聲：「我是你祖宗。」

嚴老爺露出被羞辱的神情。

圍觀群眾廖停雁：祖宗說的可是真話呢。

司馬焦沒有廢話，他問嚴老爺，「三日前出生的女嬰，你會把她送到哪裡去？」

嚴老爺並不想回答的樣子，但祖宗的誠實豆沙包讓他無力抵抗，聲音僵硬地說出了幾個字：「百鳳山。」

司馬焦：「百鳳山在什麼地方？」

嚴老爺：「不知道，會有使者來接引，我們不能靠近，只能在外面。」

司馬焦：「什麼時候送去？」

嚴老爺：「兩日後。」

司馬焦：「很好，到時候我會與你一起去。」

他又問了一些其他的問題，廖停雁在一旁聽著，零零碎碎的資訊拼湊起來，再加上她自己的猜測，差不多明白祖宗在幹什麼了。

他在找人，不是找某個人，而是在找某一群人，像是嚴公子這樣的。

嚴家在這裡住了上千年，他們的富貴都來自於他們的血脈。他們每隔幾代，偶爾會生出擁有返祖血脈的人，具體體現就是背後有那種火焰痕跡，而一旦出現這樣的孩子，就會被送到某個地方去，如果血脈之力稍強就會留下，同時嚴家就會得到很多好處。如果血脈力量很弱，就會像嚴公子這樣，可以回自己家裡。

像嚴家這樣的小家族零散地住在庚辰仙府週邊，卻被一股神祕力量掌控著，完全不會引人注意。

第七章　男女主角要走兩條不同的劇情線

司馬氏的奉山一族，在很久之前是最接近神的種族。

然而隨著諸神消散於天地，所有種族的力量都在衰弱，奉山一族也一樣。他們侍奉的神滅亡了，他們為了延續更久的強大，開始追求血統的純淨，這樣一來，確實出現了不少驚才絕豔的天才，可是司馬氏的人也越來越少。

在庚辰仙府那厚重的歷史中，司馬氏的榮耀幾乎占據了一半，不過隨著時間流逝，這個曾經強大的氏族飛快地衰敗下來，與此同時，侍奉他們的師氏一族與其他庚辰仙府的家族，開始一代代強大起來，他們的人數大大超過了司馬氏族人，強弱反轉之後，曾經的強者就由主人變成了「籠中鳥」。

在往前追溯的幾千年時光裡，司馬氏一族僅剩的幾個強大修士因為種種原因意外去世後，只剩下一些還未成長的孩子。饒是再厲害的天賦與資質，都需要時間成長，他們在師氏的「照顧」下，漸漸失去了自由。

被貪婪與野心所驅使，師氏背叛這個曾經的主族，他們利用了司馬氏的信任，控制著年幼的那些司馬氏族人，讓他們沒有機會變得強大，只能淪為傀儡，被隔離在三聖山中。

當然，在世人眼中，司馬氏一直是地位超然的，就算是庚辰仙府裡的普通弟子們也是這麼以為，誰知道他們竟像珍貴的奇獸一樣，被小心地飼養在「金籠子」裡。

直到司馬氏的人越來越少，最後一個司馬氏的純血之女司馬萼用自己的生命，做出了絕地的反抗——她為司馬氏最後的一點血脈，爭取到了成長的機會。

她承受著巨大的痛苦，用自己的血肉與靈骨淨化了靈山之火，讓這已經化靈的強大火焰甘心涅槃新生，重新成為一朵幼生靈火，然後將這淨化後的新生之火植入自己的孩子身體中，讓他的性命與奉山靈火完全聯繫在一起。

司馬焦那時候也只不過是一個嬰孩，同樣經歷了巨大的痛苦，才完全接受了這削弱後的新生靈火。

靈火是奉山一族最重要的寶物，也是庚城仙府立府的根本、最重要的根基，如果沒了靈火，庚城仙府地界將靈氣全失，從仙府變成貧瘠荒地，他們的天運也會頹喪。

多年來，雖然有無數司馬氏族人曾像司馬萼這樣奉養著靈火，但只有司馬焦和其他奉養之人不同，他是徹底與靈火合二為一，同生共死，再也無法轉由其他人奉養——雖然，世上也沒有第二個可以奉養靈火的司馬氏族人了。

因為這靈火的加持，司馬焦的修為提升極快，而師氏與其他庚辰仙府家族也因為這樣對他投鼠忌器，轉而試著誘惑、拉攏他。然而司馬焦擁有真言之誓，擁有看透他人內心的奇特能力，縱使那些人對他露出最溫柔的笑容，他也只能感覺到被各種可怕的欲望包圍著。

他能感受到的，只有欺騙、貪婪、恐懼、各種惡意。

他警惕任何人，並且天生凶狠，與他那個天然善良的母親不同，才那麼小就能毫不猶豫地殺人——他為了提升修為，吸收了師氏好幾個人。

他的「飼養者」們從沒見過這樣的修煉方式，凶狠近似於魔道，可偏偏又不是魔，因為魔修與他們不同，魔修身體裡的靈氣運轉是與仙修完全相反的，司馬焦沒有出現入魔的徵兆，他只是毫不在意地殺人，吞噬他們的修為。

在他吸光了整個三聖山的菁英弟子後，他們不敢再派任何人前來。三聖山就由關金絲雀的金籠子，變成了帶鎖鏈的鐵籠子。

「不能為我們所用，也無法控制，再這樣下去他會對整個庚辰仙府造成危害！」庚城仙府裡那些趴在司馬一族身上吸血的家族開始恐懼，於是他們做了許多事。

每一次都失敗了。他們不僅沒能控制司馬焦，還被他抓緊所有機會強大起來，最後他們沒有辦法，犧牲了許多高人才將他困住幾百年。

廖停雁睡醒了，飛到桌面的墊子上，揮起爪子慢條斯理地替自己洗把臉，順了順毛和鬍鬚，坐在盤子邊抱起一塊雪白軟糯的糕點就啃了起來。

她啃了兩口香甜的花味小圓糕，往旁邊看了一眼。

司馬焦靠在那裡，閉著眼睛。大腿上搭著的袖子亂糟糟地皺在一起，是廖停雁之前睡出來的。自從她變成水獺後，每次睡覺都會被司馬焦捧在手裡摸，睡在他身上的次數多了，也就習慣了。

只是通常她醒過來時，司馬焦多半也會睜開眼睛，這次怎麼還沒動靜？

該不會睡著了？不對，火苗曾經說過，司馬焦好幾年沒睡過覺了。

她瞄著司馬焦一動不動的樣子，又啃了口圓糕，都啃完一個了，他還是那個樣子，靠在那裡好像睡著了。

一小滴水珠悠悠從茶杯裡躍出來，隨著廖停雁的爪子揮動，砸到了司馬焦的臉上。司馬焦睫毛一顫，睜開了眼睛，珠水滴恰好落在他的眼皮上，這麼一眨動，那水珠就順著他的眼睛滑落臉頰，好像流淚一般。

司馬焦朝她看過來。

廖停雁身上的毛一炸。

司馬焦面無表情地把水獺拿過來往臉上一擦，用她的皮毛把臉上那點水漬擦乾了。

廖停雁：「……」

她抬手撫了撫自己身上分岔的皮毛，準備拿點瓜子出來繼續嗑。

「我剛才做了個夢。」司馬焦忽然說。

廖停雁嚇得瓜子都掉了，祖宗睡著了還作夢這是什麼機率？五百年一遇流星雨的機率啊。她扭頭看著司馬焦，等他繼續說，她還滿好奇這種幾百年不睡覺，把自己熬得這麼虛的祖宗會做什麼樣的夢。

但司馬焦沒說，他垂眸有些無聊地看著窗外。

廖停雁：像您這種說話說一半的人，在現代社會，是會被打死的。

司馬焦夢見了自己小時候，在一個風雨交加的夜晚，他的那位娘親司馬萼來到床邊，將他從睡夢中驚醒，捏著他的脖子要掐死他。這是真實發生過的事情，如果不是被師慚遊發現後阻止，他大概真的會被那樣掐死。

最可笑的地方在於，他能感覺到那些保護、照顧他的人身上都懷著濃郁的惡意，而那位母親要掐死他的時候，傳達給他的卻只有溫柔的愛意和珍重。

想到這裡，司馬焦又看了一眼廖停雁。她已經飛到桌子上，躺在那裡啃五色圓糕，每種顏色都啃了一口，好像在比較哪種口感最好。

這個人，是他見過最奇怪的。別人見到他，心中的情緒無非兩種，一種害怕厭惡，一種嚮往討好，但她不一樣，她什麼都沒有。她對他沒有濃重的厭惡感也沒有多少好感，就像對待路邊的花草樹木一樣，這種淺淡的情緒令司馬焦感到平靜。

明明是個很弱的人，明明遇到了很多事，仍舊能把自己安排得舒服妥當。

司馬焦覺得她比曾經見過的很多人都要聰明，真正聰明的人不管在哪裡都能活得好好的。

廖停雁把圓糕固定在空中送到嘴邊，又想控制旁邊的茶，一個分心，圓糕砸下去糊了她一臉，糕渣撒了滿身。

司馬焦在心裡收回剛才覺得她聰明的想法。

「前輩。」嚴老爺在門外喊道：「來接引我們去百鳳山的人到了。」

他們在這裡住了兩天，終於要準備出門了。廖停雁看司馬焦站了起來，也拍拍爪子抖抖身上的毛，朝他飛過去，準備繼續當配件。

可是司馬焦一手把她擋住，水獺彈飛了出去，砰地一下砸在了軟墊裡。

「妳待在這裡。」

廖停雁：什麼？不帶我去？還有這樣的好事？

她剛坐起來，聽到這句話順勢就躺了回去。其實她也不太想去，因為去了肯定會發現什麼大祕密，說不定還會看到很多血腥殺人現場，她不想知道的太多，也不想圍觀血腥恐怖片。

司馬焦往外走了兩步，手一抓，抓出來一團小小的火苗，往廖停雁一彈：「拿著這個。」

他說完就乾脆俐落地走了。

小小的火苗在一個透明的圓球屏障裡，砸在廖停雁尾巴旁邊。廖停雁湊過去看，那小小的火苗就大聲嚷嚷起來：「看什麼看！臭灰毛！」

廖停雁把球拉過來：「你怎麼變得這麼小了？」

「妳沒聽說過分神嗎！這只是我本體分出來的一個小火苗而已！是用來監視妳的！」

廖停雁：「喔。」

老闆外出辦事，員工當然要偷懶，廖停雁一隻小水獺慵懶地獨占了一整個大床，愜意地伸懶腰。火苗很吵，被她加了個隔音罩。

這火焰真的就像個臭屁又寂寞的小屁孩，沒人跟它玩，還經常被關著，見到人就說個不停，又沒辦法正常交流，只會罵人。廖停雁忽然想到了什麼，把罩子拿開，想跟它聊天。

「你之前說過師祖作夢的話你也會作夢，那是不是可以看到他的夢？」

火苗剛才還氣急敗壞的，現在一聽到她問這個，讓它得意死了，連迸出的小火花都能看出沖天的得意氣息。它說：「可不是嘛，我知道他所有的小祕密，他的夢我也能看到。」

廖停雁有點好奇：「他老人家剛才睡著了還作夢，你看到什麼了？」

火苗立刻大聲嘲笑起來：「他夢到他娘了，哈哈哈！那個還沒斷奶的小白臉！」他說著說著就開始胡亂抹黑：「他在夢裡哇哇大哭，喊著要他娘呢！還流鼻涕！」

廖停雁：我信你個鬼。

「造謠一時得意，要是他知道你這麼說，可能會把你打得哇哇大哭。」

火苗一滯：「我……妳以為我真的會怕他嗎！」

「對啊，我覺得你真的怕他。」廖停雁說完，瞬間把隔音罩蓋上，第一時間隔絕了火苗的髒話。

司馬焦用著嚴公子的外表，跟在嚴老爺身後，見到了來接他們的一個元嬰期修士。這修士容貌尋常，沉默寡言，有一艘舟形的飛行法器。他看了眼嚴老爺懷裡抱著的女嬰，就讓他上飛行法器。

「以前都只有你一個人去，這回多了一個人。」元嬰修士抬著下巴指司馬焦。

嚴老爺討好地笑了笑：「這是……犬子，日後他要繼承我的家業，會由他去送孩子，所以我先帶他去見識一番。」他說著，塞了一袋靈石過去。

元嬰修士收下靈石，沒再吭聲，也讓司馬焦上了飛行法器。

嚴老爺稍稍鬆了口氣，又抱緊懷中沉睡的女嬰。這女嬰是嚴公子後院裡的某個女人生下的，嚴公子的女人們為他生下那麼多的孩子，就只有這個女嬰遺傳到了血脈，如果她能留在百鳳山，那他們嚴家還能繼續風光個兩百年。

只是……嚴老爺又悄悄看了眼旁邊的神祕修士，心裡惴惴不安，他覺得這一趟可能會發生什麼大事。

8 8 8

司馬焦一貫沒什麼好表情，他時時刻刻都感到痛苦與煩躁。躁鬱的心情來自於血脈遺傳下來的病症，痛苦來自於身體裡時時燒灼的靈火力量，戾氣來自於他人傳達過來的貪欲和惡意。

有時候，他無法控制自己的情緒時，他也不會去克制。

距離百鳳山越近，司馬焦的神情也越陰沉難看。到了百鳳山下，進入一層結界之後，百鳳山的氣息再無遮掩，司馬焦更是雙眼幾乎都要變得血紅。

在嚴老爺眼中，百鳳山只是一座巍峨靈山，這世上靈山大多都一樣，靈氣濃郁，生機盎然，甚至還帶著一股聖潔之氣。

可是在司馬焦眼中，這如仙山一般的靈山如同煉獄，赤紅的火焰裹挾著深厚怨恨，籠罩在山上，鬼哭幾要衝入雲霄，刺得他腦中越發疼痛難忍。

「就送到這裡吧。」元嬰修士在山腳停下，等人前來接女嬰。

人很快就來了，兩個修士一男一女，穿著繡了火焰紋樣的衣裳，神情帶著一些貴重的矜持，顯然對嚴老爺很是不屑。他們兩人負責將孩子抱走檢查血脈，如果血脈之力比較濃郁，就會給予嚴老爺極為豐厚的賞賜，如果血脈之力不怎麼樣，孩子會讓他帶回去。

「你們先在此等待，規矩應該知道的，不可在此隨意走動張望。」那名女修慎重地看了眼司馬焦，彷彿對他的表情不甚滿意。

帶嚴老爺過來的中年男修對兩人很恭敬，聞言便斥責司馬焦道：「無知小兒，不可冒犯靈山！」

「靈山？」司馬焦忽然冷笑一聲，朝著中年男修一抓，將他抓在手中後，赤紅的火焰瞬間把人吞沒。

在場其餘幾人都被這突發情況嚇到了，嚴老爺嚇得目瞪口呆，跌坐在地，連滾帶爬地到一邊躲避，抱著女嬰的兩名修士則迅速反應過來，準備要通知此地的守衛，然而司馬焦沒有給她們機會，兩人連聲音都還沒發出來就動彈不得，僵在原地。

司馬焦燒完了一個人，又動動手把另一個男修士也燒成了灰。他燒死一個元嬰修士，看起來比凡人摘一朵花還要容易，把那名女修士嚇得不輕。

他再看向女修士時，抱著孩子的女修士已經面色慘白，眼中滿含恐懼。她的修為不低，算得上是一位小管事，向來過得如魚得水，今日還是第一次感覺到這種可怕的威勢，她那些術法靈力和靈器，沒有一樣能用上，被徹徹底底壓制了。

更可怕的是，她隱隱意識到面前這個人究竟是誰了。她心底生不起反抗的心思，只感覺到無邊的恐懼侵入靈府。她聽到腦海裡有一個聲音，告訴她要聽從這個人的命令。

司馬焦的精神何其強大，他將女修士控制住，自身化作男修士的模樣，道：「帶我進去。」

女修毫無反抗之力，抱著孩子帶著他往百鳳山內部去。百鳳山所在隱祕，有許多個結界，普通修士只能在最外層的結界外面，根本察覺不到內裡乾坤，而進入第一層結界到了百鳳山腳下，也只是最週邊，必須要有被認可的身分才能進入裡面兩層結界。

以司馬焦的能力，他固然可以衝破這裡的結界，將這裡大鬧一通，可是那樣會打草驚蛇，還會耽誤時機，必定會跑掉一些「蛇蟲鼠蟻」，說不定還會有人能及時趕過來阻止。

如今，他跟著女修進入百鳳山腹地，無人阻止，這裡所有的祕密都在他面前敞開。

司馬焦眼中的紅色越來越濃，像是黏稠的鮮血在眼裡化開。

百鳳山山腹裡開闢了無數供人居住的宮殿，生活了許多人，男男女女身上都有著類似於嚴公子身上的火焰氣息。這些微弱的氣息彙聚在一起，與司馬焦身體裡的靈火微微共鳴著。

這些人，都是奉山一族的血脈，只是他們的血脈很淡。

奉山一族很早開始推行純血繁衍，可是那麼多年下來，難免會有人不願意聽從長輩意見，和非同族之人留下後代，這些人當初被奉山族人稱為「不純者」。不被認可的血脈流落在外，許多代之後被有心人找到，重新聚集在這裡，形成了這樣一處地方。

從週邊到內部，那個帶路的女修等級也不是很高，還無法去到最內部的地方，但司馬焦已經看夠了。

在這處山腹裡，他能感覺到的同源氣息由外而內，由弱到強，所以越是在週邊生活的人，血脈之力就越弱。這裡就像是一座管理嚴格的監牢。

男男女女混住在一起，曖昧的呻吟聲此起彼伏，在這裡的所有人大概都是從小就生長在這裡，沒有絲毫羞恥之心，處處是白花花的肉體。

還有一處更加寬敞僻靜的空間，裡頭有許多的女人，她們的共同點就是都懷有身孕，還有不少女人在一處生產，孩子的哭泣聲混雜著血腥味，被風帶到了司馬焦面前。

在這裡的管理員都穿著相似的衣服，週邊處理雜物的大多是煉氣、築基期修為的人，中層管理的人修為大多在元嬰和化神期，司馬焦能感覺到深處還有合體期以及煉虛期的修士在鎮守，而那些擁有奉山血脈的人，不論血脈之力的濃淡，全都是凡人，沒有一個人有修為。

如果把這些人看做任意一種動物，那這裡就是養殖場，畢竟人類飼養畜生便是這樣的做法。

「我、我只能帶您到這裡……」女修戰戰兢兢，停下了腳步。

司馬焦伸手掐住了女修的脖子，把她燒成灰後，順手拂開灰塵，便往山腹深處而去。

百鳳山腳下的嚴老爺不敢跑，他慫慫地蹲在原地，緊緊盯著百鳳山。他資質不好、修為不高，又養尊處優慣了，此刻帶他過來的修士被殺了，他自己無法回去，只能絕望地坐在原地。

忽然，他感覺到一陣天搖地動，清靜聖潔的百鳳山上憑空升起火焰，熊熊大火燃燒著整座山，將山上的一切都變成了赤紅色。

有山巒崩摧，有雷霆陣陣，有火焰成海。

嚴老爺扭頭就往外跑，眼裡滿是駭然。他從未見過這麼可怕的場景，原本青翠的森林眨眼間成為裂開的焦土，連山上的岩石與土壤都被火焰燒化。他甚至聽到了無數人的慘嚎聲，聖潔之山底下彷彿鎮壓著無數冤魂，它們掙脫山的束縛後，全部湧進了火海。

這……這是火海煉獄嗎？嚴老爺腿軟倒在地上，再也爬不起來了。

8 8 8

廖停雁一隻水獺坐在嚴家大宅戲臺的雕花橫梁上嗑著瓜子，聽著底下的說書人講古。

「那魔修蚰蜒屠空了東南三座大城，吃掉了數十萬的平民，可憐東南地界，也沒甚是厲害的仙府門派，只有小門小派的弟子前去，非但沒能救人，還賠上了命。當年那蚰蜒攪弄風雨，成了東南一害，惹得天怒人怨，就是臨近幾個大門派也拿他沒有辦法，枉送了許多弟子性命，終於有人求到庚辰仙府，當時的掌門慵遊道君最是正直善良，為天下眾民計，當即應下此事，前往東南剿滅魔修。」

「那一戰，打得是天昏地暗，上古仙神之爭也不過如此了，當時那一片因為兩人，變成千里赤地，原本的丘陵高山也成為了曠野平原，你們道怎麼著？是被他們活生生打平的！」臺上的說書人搖頭晃腦地講述著，臺下坐著的一眾嚴家女眷聽得津津有味。

「仙人當真這麼厲害？要說修仙人士，我們府中也有不少，看起來也不甚厲害啊。」一個年輕婦人不太相信。

「這麼說就不對了，他們能和我們庚辰仙府掌門相比嗎？就是仙府內府的一個弟子，也比得上外面那些門派的掌門長老了，不然怎麼說我們是第一仙府呢。」說話的婦人滿臉驕傲之色，那與有榮焉的樣子，彷彿庚辰仙府就是她家開的。

這些都是嚴府後宅的女人，鶯鶯燕燕上百人，同時孩子也很多，一大堆孩子此刻在外面的花園裡吵吵鬧鬧的，簡直可怕，廖停雁是睡醒無聊了，閒逛的時候發現這裡，就躺在橫梁上一起聽書。

嚴府非常富貴，養了許多打發時間的樂伎和藝人，這說書人今天講的是庚辰仙府裡眾多有名氣的大能們的事蹟，剛才講的慵遊道君是上代掌門，在修真界風評極佳。

廖停雁有很多事都不知道，躺在這裡聽了大半天，也算是長了點見識。

底下吵嚷一陣，忽然又有人說：「啊，你們可知曉，據說庚辰仙府裡的那位祖宗出關了。」

「……你是說慈藏道君？」

「當然是他，這位司馬氏最後的血脈，怎麼沒聽說過他的事蹟？」

「我也沒怎麼聽過，不如讓說書先生和我們講講。」

聽到慈藏道君，廖停雁默默又嗑了個瓜子。心想，要是你們知道這祖宗之前就住在這府裡，怕不會被嚇死。

底下那說書的先生道：「這位師祖，輩分雖然高，年紀卻沒有很大，閉關了許多年，要說什麼了不起的事蹟，倒真的沒有。不過，有些小道流言，能和各位夫人們講講。」

不論在哪裡，八卦的力量都是強大的，一群女人興致勃勃地催促他快說。

說書先生就道：「據說這位慈藏道君，乃是慵遊道君養大的，卻沒能成為像慵遊道君那樣正直善良的人，他的性子啊，實在是不好說。當年隱世佛國上雲佛寺裡的一位高僧，被慵游道君請來為慈藏道君壓制心魔，這慈藏道君的『慈藏』二字，就是那位高僧所起……」

長了好大的見識。廖停雁情不自禁地鼓起掌來，真是高人在民間，這位說書先生知道得真不少啊！那祖宗的事很多庚辰仙府內部弟子都不清楚，他也說得頭頭是道。

聽了一整天的八卦，廖停雁收起剩下的瓜子和軟墊飲料，從戲臺橫梁上飛回住處。

這個住處是嚴老爺安排的，非常偏僻，是個風格很土豪的院子。廖停雁從窗戶飛進去，癱在床邊那架祥雲紋榻上，才剛坐好，門就被推開了。

司馬焦回來了。

他渾身都在滴血，頭髮上，衣襬上，落下一串串的深紅色，眼睛也是可怕的紅，只有臉還是那麼白。走進來的瞬間，濃重的血腥味瞬間充斥了整個屋子。

他坐在一把椅子上，仰了仰頭，手放在扶手，長長地喘息了一聲，又忽然咳出一口血，彷彿很累的模樣，連擦都懶得伸手去擦。他看了眼廖停雁，忽然淡淡地說：「我馬上要死了。」

廖停雁：「？」您這是在開什麼玩笑？

她仔細看司馬焦，發現他冷白的脖子上有微微鼓起的血管，露出的手背上也是。

「我從出生起，就有很多人想殺我，他們想要我的命，可我不想給。」司馬焦語氣陰沉：「誰要我的命，我就要誰的命。」

他忽然話音一轉，盯著廖停雁的眼睛說：「但是，如果妳現在想要我的命，我可以給妳，妳想要嗎？」

為什麼總是跟不上這位老大的思路？而且每次都覺得自己是不是少看了十集劇情，才會導致這種無法正常交流的情況。

司馬焦還在用眼神催促她回答，可廖停雁滿頭的問號拔都拔不下來。

一個男人，說願意把命給自己，這種事情應該是很值得感動的，如果放在任何一本言情小說裡，就該是男主角和女主角表白的場景。但是這位司馬焦大師，就是有這個能力，把這種話說得好像要人送命一樣。

廖停雁沒有應對這種場面的經歷，過了一會兒說：「嚶嚶嚶嚶嚶？」

司馬焦瞪她：「說人話。」

我他媽現在是隻水獺啊，不就是這個聲音嗎？

司馬焦：「妳要不要我的命？」誠實豆沙包啟動！

廖停雁脫口而出：「不了吧。」

司馬焦擰眉看她，還有幾分怒其不爭的意味：「這不是妳的任務嗎？雖然妳不想殺我，但我死在妳手裡對妳還是有好處的，妳怎麼一點上進心都沒有？」

廖停雁嚇呆了，她還沒完全搞清楚自己身上的設定，不過上進心這點倒是說對了，她還真的沒有。世界上有人辛勤奮鬥，也有人更喜歡輕鬆平凡的生活，她就是這樣。

「是這樣，我的任務不重要，我也不想殺人，不想要你的命，我覺得你現在精神狀態良好，不太像快死的人，不然想想辦法、找人替你看看，或者吃點什麼靈丹，我覺得你還有救的，不要這麼隨便放棄治療吧？」廖停雁還怪緊張地看著他身上滴下來的血，很想要他去看看大夫。

司馬焦：「妳真的不要？」

廖停雁：「不要。」

司馬焦：「我給過妳最後的機會了。」

廖停雁忽然覺得背後毛毛的，忍不住伸爪撓了撓，就聽到司馬焦說：「既然這樣，妳也會陪我一起死。」

廖停雁：……您怎麼得出這個結論的？

「您真的不吃點藥嗎？」廖停雁承受不住。

剛說完，司馬焦在她面前吐出一大口血。廖停雁一驚，心裡第一個念頭竟然是：太他媽的浪費！這東西超珍貴的！

司馬焦手指一動，火焰憑空燃燒起來，將吐出來的一灘血燒得乾乾淨淨。見廖停雁還盯著看，他竟然還笑了聲，對她說：「等我死了，我的身體也會被這些火燒乾淨，半點血肉都不會留給他們。」

火葬啊，你還很現代化呢。

司馬焦朝她招手：「過來。」

廖停雁飛了過去，小心翼翼地直立踩在他的大腿上。到處都是血，不太好落地。司馬焦垂眸看她，神情怪異，語調緩慢：「我以為妳會跑，我都要妳陪葬了，妳怎麼還不跑？」

廖停雁一來覺得自己不可能在這祖宗眼皮底下跑掉，二來懷疑他就是故意在等她跑，她要是現在跑了，可能會在三秒鐘之內被他燒成碳。雖然並沒有相處太久，但她好像已經很瞭解他的鬼畜了。

司馬焦：「妳怎麼就不跑呢？」

他這不是一個問題，更像是感嘆，似乎想不明白。

廖停雁覺得這個人真的活得很糾結，也不知道到底是想要她怎麼做。他說自己要死了，現在還滿腦子想折磨她這個友軍，而廖停雁只覺得他該去找醫生，而且她真的受不了他這個渾身是血的樣子。

「師祖，您不去找大夫看，不然也換身衣服打理一下吧？」

廖停雁也不知道為什麼自己現在還有一種謎之從容，就好像工作已經到了期限還沒完成，卻仍然無所畏懼，甚至還想摸魚。

司馬焦用手摸著她身上的毛毛，帶血的手摸得她滿身紅：「反正都要被燒成灰，是什麼樣子又有什麼關係。」

發現自己身上的皮毛糾在一起的廖停雁：這個臭混帳真的很過分。

司馬焦擼著自己的水獺，癱在那把尋常的椅子上，就像一個走到生命盡頭的老人，已經準備安祥地等死了。他的焦躁慢慢平息下來，露出一種少見的迷茫與放空——雖然手裡擼水獺的動作並沒有停。

「就這麼死了，那些人的表情肯定很有趣，奉山一族徹徹底底地滅亡了，庚辰仙府的根系也要斷了，這些汲取血肉成長起來的繁榮之花，很快就會枯萎，第一仙府崩塌敗落，只在百年之內。」司馬焦說完這些，很暢快地大笑起來，像個瘋瘋癲癲的神經病。

就在此時，外面忽然傳來一股強大的威壓，浩浩蕩蕩地墜在這一片院子的上空。

司馬焦的笑聲戛然而止。

他神情陰沉地看向外面，雖然有屋子作為阻隔，但他神識已經能看到遠在數十里之外的浩蕩人群，掌門師千縷帶著一群宮主長老過來了，幾息之內就會過來將他包圍。

「司馬焦，今日留你不得了！」人未到，聲先至。

掌門師千縷往日那溫良恭儉讓的好脾氣與好人面孔，此刻已經維持不住，誰都看得出來他怒極氣極。

能不氣嗎？他們師氏兢兢業業幾千年，費盡心機搞了個百鳳山，就是為了徹底將庚辰仙府握在手裡翻身做主人，不必再受司馬氏的挾制。在這馬上快要成功的時候功虧一簣，千年基業沒了一大半，換成任何人都受不了。

而且最糟糕的情況還沒發生，司馬焦這個瘋子先前蒙蔽了他，默默暗度陳倉，直擊要害、毀了他們師氏一族的心血，現在還準備讓庚城仙府陪他一起送死，要是現在就讓他把靈火完全熄滅，這才是最糟糕的。

他們已經站在修仙界頂點太久，被打落神壇是比死亡還讓他們難以接受的。

他們必須在那之前，把司馬焦的命握在手裡！再多傷亡也顧不得了！

司馬焦在屋內冷笑：「想要我的命，痴心妄想。憑這些東西，還不能降我。」他站起來，完全沒有剛才那種動都不能動的瀕死模樣，反而像是一尊準備去收割生命的死神。

祖宗突然間又燃起了求生的鬥志，準備在自己死前再帶走一波人陪葬。

您剛才不是還一臉安祥地準備等死嗎？現在別人要來要你的命，立刻就打了亢奮劑。廖停雁覺得有點荒謬，這是什麼奇葩狀況，感謝敵軍激起我方老大的求生欲？

她再次成為配件，被司馬焦帶著站在屋頂上。為了不破壞這個反派大魔王配置的師祖裝扮，自身外貌過於可愛的廖停雁暫居他的衣襟裡。感謝水獺這嬌小的身形，不然還真的藏不進去。

雙方都紅了眼，開殺只在兩三句話之間。

司馬焦完全不管不顧，他身上燃起火焰，這片火焰變成了火海，完全是打算大家一起死的狀態，可師千縷他們卻惜命，不肯輕易陪葬，他們還準備只把司馬焦打到半死，而不是完全打死，所以儘管他們人多，還是綁手綁腳。

廖停雁以前看過司馬焦和人動手，她知道司馬焦很厲害，是個超超超級高手，但直到這一場，她才明白他究竟逆天到什麼程度。

對方除了師千縷，還來了許多潛修已久的前輩，人數差不多三百人，每一個人的修為廖停雁都看不透，顯然這些人的修為都比她這個化神期要高了至少一個大境界，或許還不只。

這幾乎是一半的庚城仙府頂層高官吧？估計除了留守的，所有能來的人都來了，畢竟是生死存亡的大事。廖停雁咂舌，覺得自己今天大概就要折在這裡了。她算了一下自己的度假日期，覺得自己也該滿足了。

司馬焦又殺了兩個人，笑得十足反派，廖停雁不看都知道那些仙風道骨的老大們神情多難看。

「不可被他近身！他會吸取他人的靈力與修為！」師千縷大聲喊道，令眾人分散開來。

司馬焦腳底下的火海鋪得更加廣闊，在眾人想要後退的時候，又硬生生將他們逼了回來。

「沒用的。」司馬焦在火海中也彷彿成為了火焰，與火海融為一體，甚至他身後都出現了奇特的火焰虛影——是那朵靈山之火漲大的模樣，煌煌不可直視。

他正毫不客氣地大肆殺死那些攻擊他的人，那些人本不想徹底殺死他，剛開始還在留手，可慢慢地他們就發現，留什麼手？要是不使出自己壓箱底的本領，一不小心都會被殺。

雖然師千縷眾人看起來是節節敗退，拿司馬焦沒有任何辦法，可廖停雁抬頭看了一眼，見到司馬焦脖頸上的青筋突起，十分可怕，他手上的血管與皮膚正在慢慢龜裂，像是被燒灼過的焦土，淒慘又可怕。廖停雁在他的衣襟裡都感覺到有鮮血慢慢浸透內衫，幾乎要把她整隻水獺都染上血色。

到了現在，廖停雁才有了那麼一點真實的認知——這祖宗好像真的是強弩之末，身體快崩潰了。

司馬焦彷彿沒有意識到自己的情況有多糟糕，他眼裡都是通紅的血色，在眾人或畏懼或憤恨的目光中大笑。他揮動雙手，血液落在哪裡，哪裡就是一片火海。

他們在天空上爭鬥，火海鋪在天上，地上的建築也被那熱度烤到融化，還時不時有其他人的攻擊如流星墜落，落入底下的城池裡。城中的人們紛紛尖叫逃竄，低階的修士們在這強大的威懾下與普通凡人沒什麼不同，也是驚叫求饒，想要逃離這座淪為戰場的城池。

戰場上所有的修士都沒有在意這些人，雖然在許多凡人百姓眼裡，高高在上的修士們都是正直善良的神仙，會在惡妖與魔物手中保護他們，但這只是個一廂情願的美好錯覺，實際上這些修士們並不在意那些人的性命。

這一點，廖停雁倒是很早就有準確的認知，所以她大概是戰場上最平靜的那個人，她還有心思整理自己神識內開闢出來的空間，一邊等著戰爭結束。

這場戰爭的時間拉得比廖停雁想像中還久，天色暗了又亮，亮了又暗，仍舊沒有結束，只有好像永不熄滅的大火，和惡鬼一樣噬人的司馬焦。

廖停雁在他懷裡蜷縮著，小小睡了一覺，睡醒後發現自己全身都沾著他的血。開門冰箱男如今變成炭爐了，不冷，還非常燙。

有那麼一刻，她懷疑這個人身上的血是不是已經流光了。

她忍不住伸出爪子摸了摸司馬焦的肚子，下一刻她覺得自己被一隻潮濕血腥的手按住。

「妳在害怕？」司馬焦啞聲說：「妳有什麼好怕的？真正該害怕的是對面那些狗東西。」

廖停雁不知道他每次裝腔、說狠話的時候都要吐血是什麼操作，她覺得他能撐到現在很不容易，應該是快不行了。

她就輕輕摸了摸這祖宗的肚子，說：「你要是實在太疼了，就算了吧。反正都要死了，沒必要為了他們延長自己痛苦的時間。」

沉浸在血與火中的司馬焦其實已經聽不見外界的聲音了，他只是感覺到胸口那毛茸茸的一團動了動，覺得她應該是害怕的，才伸手按了一按。

她說了什麼他聽不到，他只在她那裡感覺到了一種沒有感受過的情緒，似乎並不是特別害怕，而是一種有些酸軟的情緒，令他被殺意完全浸染的混沌思緒恢復了一點清明。

他摸了摸這軟呼呼的一團，溫熱的身體忽然讓他想起之前幾次，抱著她休息時的感覺。他許久許久沒有睡著過了，閉著眼睛也得不到片刻寧靜，但是抱著她躺在那裡，世界就突然變得安靜了一些，沒有那麼喧鬧，她時常弄出的小動靜，也不惹人厭煩。

他需要浸泡寒泉來遏制身體裡的靈火，所以身軀常年都是冷的，她卻不同。哪怕現在，他因為身體裡的靈火太過強大，已經將血液都燃燒起來，身體變得比一般人還要熾熱，他也還是覺得冷，打從骨子裡的冷，而她不同，依舊是那樣溫溫的，軟綿綿的。

司馬焦在這一刻，忽然不那麼想讓她陪他一起死了。

「算了。」他說。

廖停雁聽到了，司馬焦的聲音不大，她也不知道他這一句「算了」到底是什麼算了，只發現他忽然撕開本來就血肉模糊的手臂，灑下一片鮮血。他的血已經從帶一點金色的紅變成了完全的金紅，灼熱的溫度也越來越高，灑出去就是一片接一片的大火。

大火的猛烈度再度升騰，隔開了那些傷亡慘重的庚城仙府修士們。

「他要走了！攔住他！」師千縷還是反應最快的那一個，幾乎是在司馬焦動作的一瞬間，他就喊了出來。

可惜，他們並沒有人能攔住司馬焦。

廖停雁覺得司馬焦在往地上墜落，像一團燃燒的火從天上墜下來。他砸在地上，砸壞了一座金瓦紅牆的高樓。樓內還有人躲著，被嚇得尖叫連連，司馬焦扶著廢墟站起來，沒管那些嚇得不輕的人，逕自離開。

他的速度仍然很快，像風一般掠向遠方。每每有血落在地上，都會很快地燃燒起來，廖停雁覺得他這個人也快要燒起來了。

他真的很厲害，之前就受了傷，還能堅持這麼久，彷彿沒有痛覺一樣，廖停雁覺得如果換成自己，是絕對做不到的。但她不知道他究竟有什麼打算，之前明明準備和那些人同歸於盡，現在看來，怎麼又改變了主意？

祖宗的想法，真的很難捉摸。

司馬焦停了下來，靠在一棵樹幹上仰頭喘息，捏著水獺的尾巴，把她拎出來放在一邊。他們身後的樹林裡窸窸窣窣，有什麼東西來了。

廖停雁扭頭看到了那條熟悉的黑色大蛇，牠鑽出樹林，爬了過來。

司馬焦看都沒看，彷彿知道是大蛇來了，對廖停雁說：「妳跟這蠢貨一起走。」

按照約定俗成的規矩，廖停雁這時候應該問一句：「那你怎麼辦？」但是她沒問，因為這問題的答案很明顯，那麼多電視劇劇情擺在那裡，類似的能找到一百八十場。

他是準備留在這裡吸引火力，讓她和大蛇趕緊跑，畢竟他看起來真的命不久矣，而且留在那邊的火海不可能永遠擋住那些人。

「我攔著他們，你快走」這樣的劇情，似乎也應該出現在男女主角之間。廖停雁的心情很複雜，一時沒動彈。

蠢蠢的大蛇不知道是怎麼來的，但牠今天的智商也沒上線，見到他們只是興奮地爬過來，把他們繞了一圈。牠還頂著渾身沾血的水獺，昂起腦袋，伸出蛇信在司馬焦的手上舔了舔，然後牠就被燙嘴的血燙得嘶嘶叫。

司馬焦輕踢牠一小下，又很厭世地罵了聲：「滾吧。」

他坐在這株平凡的樹下，一副自閉的樣子，被他靠過的樹幹留下了被燒焦的痕跡。大蛇和廖停雁都有些修為，並且喝過他的血，不怎麼害怕他身上的熱度，此刻大黑蛇還在他身邊盤著，猶猶豫豫的樣子，廖停雁也沒動彈。

司馬焦又抬頭看了他們一眼：「我都不準備殺妳了，連逃都不會逃嗎？」

廖停雁忽然覺得身體一熱，整個人一重，就變回了人形，坐在大蛇腦袋上。她愣了一下，看著自己的大胸長腿和長裙，訝異道：「不是說三個月嗎？」

司馬焦：「騙妳的，只能維持幾天而已，妳要是很想變回來，早就會變回來了。」誰知道她好像對那個水獺的樣子滿滿意的，效果額外多維持了半天。

廖停雁想起這不是祖宗第一次騙她取樂了，頓時惡向膽邊生，有種帶著他的寵物趕緊走，把他一個人留在這裡等死的衝動。

不過，她終究還是嘆了口氣。

她把司馬焦隔空搬到大黑蛇身上，自己飛在黑蛇身邊，摸了一把牠的腦袋：「兄弟，用你最快的速度向前跑，我們該逃命了。」

大黑蛇雖然智商不行、血統尋常，但好歹是被司馬焦養了幾百年的，整個都變異了，比一般妖修都要皮糙肉厚，速度也很快，快成一道閃電。廖停雁打起精神飛在牠身邊，覺得自己這段時間休息那麼好，養精蓄銳，就是為了這一場速度與激情。

司馬焦有些詫異，沒想到廖停雁會這麼做。

「妳帶著我一起逃？」司馬焦語氣怪異。

廖停雁：「對啊。」

司馬焦：「妳很想死？」

廖停雁：「其實不太想。」

司馬焦：「妳帶著我不就是找死，妳應該沒這麼蠢吧？」

廖停雁心裡嘆了口氣：「這不是蠢，你救過我，我總要報答的。」

「您老人家能不能有點求生欲，告訴我們現在逃到哪裡才比較安全？」

「哪裡都不安全。」司馬焦躺在蛇背上，語調隨意：「既然你們不走，待會兒他們追過來，把你們殺了，我再殺了他們，替你們報仇就是了。」

喔，看您的邏輯還滿圓滿的呢。廖停雁發現了，跟精神病患講這個沒用。

要是只有她自己，垂死之下就不會掙扎了，但多了個司馬焦，她就只好再努力一下。他們在崇山峻嶺裡飛馳，黑蛇只能在地面上游走，廖停雁就自己飛，沒給牠增添負擔。司馬焦好一會兒沒說話，廖停雁發現他閉著眼睛，胸口都沒起伏了。

不會死了吧？

她猶豫著是不是要先停下查看司馬焦情況的時候，眼前忽然一亮，他們衝出森林，面前出現了一個湖泊。

湖邊有棟小木屋，木屋旁的小船上還坐著個戴斗笠的人在釣魚，這場景閒適又放鬆。湖光和水色都帶著淺淡與朦朧，令人不由自主地感到心平氣和。

廖停雁：啊，闖入別人的地盤了。

釣魚的人沒有轉頭，聲音不大不小，但讓廖停雁聽得清清楚楚：「既然有緣來了，便不要急著出去了。」

廖停雁被人拖到了後面。剛才躺在大蛇身上半死不活的司馬焦站起來，走到前面去，用警惕厭惡的目光看著那個顏色淺淡的背影。

廖停雁：……這祖宗是看到威脅就求生欲暴增，瞬間回血的體質嗎？不是快死了，怎麼又能站起來了？

她有點懷疑司馬焦是不是又在騙人，他其實根本不會死。

「孩子，看來你還記得我。」

垂釣的人轉過身，臉上帶著令人如沐春風的老爺爺式和藹笑容。

但司馬焦的表現就不那麼友好了，他沉著臉，「果然是你。」

廖停雁：誰？

斗笠摘下，露出一個光頭。廖停雁在他身上的灰色僧袍上看了看，又看到他戴著的佛珠串，原來是位僧人。

她想起之前聽說過的八卦，就是從前司馬焦在還小的時候搞事，上任掌門請了上雲佛寺的得道高僧來教育他，還為他起了「慈藏」這個道號的事，難不成就是面前這位？

修仙世界諸位的年紀，真是比司馬焦的心情還難以分辨呢。看這位高僧，長得這麼年輕水靈，斗笠一拿下來，都覺得被佛光普照了。

高僧看了廖停雁一眼，對她露出了慈祥的笑容，彷彿聽見了她的心裡在想些什麼。

不是，難道你們這些人都開了讀心術的外掛？

司馬焦直視著這位和尚，身上的殺意變得濃重：「你是來殺我，還是來救我？」

高僧說：「殺人亦或救人，都有可能。在那之前，我需要解開一個問題。」

「哦？」司馬焦腳下出現了火焰。

高僧微一搖頭，並不怕他搞事：「不過，這個問題，不是由你來回答。」

他的眼睛由黑色變成了琥珀色。廖停雁只覺得被那雙眼睛一看，迷迷糊糊的什麼都不記得了，等她突然清醒過來，見到司馬焦倒在地上，黑蛇盤在一旁睡著了。和尚一瞬間就撂倒了兩個。

廖停雁：高僧威武！高僧厲害！

「看來是真的傷得極重了，這種程度都能壓制他。」高僧感慨一句，又朝廖停雁一笑，上前拖起司馬焦：「請妳跟我一起過來吧，還有事需要妳幫忙。」

廖停雁跟著他一起走向那棟小木屋，看著高僧把司馬焦放在木屋裡唯一一張木床上。那張床應該沒人睡過，只鋪了一層寒酸的稻草。

「請坐，喝點水吧。」

廖停雁坐下喝水。

高僧坐在旁邊，和藹得像一位老爺爺，溫和地問道：「妳是魔域的魔修吧？」

廖停雁摀住嘴，沒讓自己把喝下去的水噴出來。

「？」

「我？我是魔修？」

高僧：「……妳怎麼看起來很驚訝？」

現在好了，她本來就覺得司馬焦像是反派頭頭，她身上也疊加了一層魔修設定後，他們就更加像是反派陣營了，簡直就是全員惡人。

廖停雁試圖講道理：「我覺得……雖然我是魔修，但應該沒幹過壞事。」

高僧：「不用緊張，我知道，我的雙眼可見善惡，所以知曉妳並非邪魔之流。」

廖停雁呼出一口氣，嚇死，還以為這高僧是來降妖除魔的。

高僧說：「我多年前，在三聖山見過司馬焦一次，他那時尚且年幼，就顯露出了非比常人的心智與悟性。我當時為他取了『慈藏』作為道號，便是希望他對生靈有慈心，能將殺心歸藏。」

「我算過他的未來，在我所見的未來，他會成為一個可怕的罪惡之人，沾染無數血腥，以一己之力幾乎顛覆了整個修真界，滅庚辰仙府，更屠殺無數無辜凡人，使沃土變成焦原，使仙境淪為地獄，導致生靈塗炭，犯下滔天罪業。」

廖停雁：確認了，高僧就是來降妖除魔的。

高僧話音一轉：「但是，萬事萬物，都並非絕對，哪怕死路也有一線生機。我在他滿是血腥殺戮的未來，窺見過一線生機。我預言他會等到一個轉機，一個能改變他的人。」

廖停雁聽到這裡，心裡有個預感。

「所以我留下一枚佛珠給他，鎮壓他的戾氣，助他清心，同時，他若起殺意，就會感到痛苦難當。」

高僧平靜地指了指司馬焦左腳踝上綁著的紅線木珠。

這珠子，廖停雁在三聖山見到司馬焦的第一面時，就注意到了。

「這木珠，他人都只覺得是束縛司馬焦的封印，從戴上那日起就無人能解開，但其實它同時還是一味靈藥。」高僧剔透的眼睛注視著廖停雁，彷彿能看穿她的靈魂：「妳若能解下『封印』，這枚靈藥就能救他一次，若妳不能解下，就說明司馬焦並沒等到那一線生機，今日，就是他生命的盡頭了。」

預感成真了。

這個有緣人論調，還真是穿越人士的定論啊，哪怕她這麼鹹魚，還是落在了她頭上。

逼上梁山廖停雁：「……那我試試？」

高僧頷首，讓她去試，還給了她一個鼓勵的眼神。

廖停雁：「……」

她過去端詳了一下那連線頭都沒有的紅線木珠，兩手用力，結果直接扯斷了。

這麼輕易嗎？這位高僧是不是在逗她玩呢？

「一定要解開嗎，扯斷了行不行？」她讓高僧看了一眼那斷成兩截的紅線。

高僧忽然肅容，起身朝她一禮，鄭重道：「果然如此，妳既然是司馬焦的那一線生機，也是黎明蒼生的生機，日後還望妳多加規勸司馬焦，引他向善。」

廖停雁：「這個任務，我覺得我可能做不來。」

高僧笑著誇了她一頓，就像是黑心老闆把艱難的任務強壓在員工腦袋上，還使勁吹捧員工一番。

她扭頭去看床上那個「艱巨任務」，考慮著要不然還是別救他算了。

「高僧……」她回頭想問問接下來該怎麼辦，卻發現高僧原地消失。

嗯嗯嗯？

她出門看了看，也沒見到人，只聽一個逐漸遠去的飄渺聲音道：「我與奉山一族的這一場緣分已了結，今後還請珍重。」

事了拂衣去，還真是乾脆，連半句售後指導都沒有。

第八章 按照慣例發展，救命之恩都是要以身相許的

廖停雁回到屋內後，想了想，把手上的木珠直接塞進司馬焦的嘴裡。雖然是從他腳上取下來的，但是管他的，又不是她吃。

把傳說中的靈藥餵好，廖停雁總算覺得放鬆了一點，還好老闆能大難不死，有靈藥救命。至於以後的事就以後再說好了，所謂社畜，都是深諳船到橋頭自然直的道理，事情逼到眼前再做，沒問題的。

她替自己拿了一張墊子出來，就地坐下，準備休息一會兒，順便為重傷病人陪床。

而司馬焦吃下靈藥之後，身上的血就不再流了，廖停雁發現他鼓起的青筋慢慢平和，傷口也緩緩癒合了。他曾說過他的傷口很難癒合，可見這藥果真是靈藥。

廖停雁試著查看他身體裡的情況，就是想像自己有透視眼，或者把自己當個核磁共振儀器。一開始還不得要領，後來研究了一會兒就能看到了。她「看」到司馬焦身體裡的五臟六腑和各種血管經脈都有嚴重的損傷，正在靈藥的作用下蠕動生長。

廖停雁咂舌，都這麼嚴重了，他是怎麼扛到現在的？要不是流血流得太過嚴重，她都覺得他

其實根本沒事，誰知道身體裡面已經崩壞到這種程度了。

甚至還有不屬於血肉的範圍，隨著蛻凡後新長出來的靈脈都碎了一大半。他的身體幾乎就是由那些火焰暫時支撐著，確實是頽敗到極致的身體，只差一線就要完全崩潰。

這時候，廖停雁才感到後怕。忍不住用敬畏的眼神盯著司馬焦，雖然是個小白臉，但也是條漢子，真能忍。

不知道高僧是用什麼辦法，司馬焦一動也不動，一點意識都沒有。廖停雁守了他一下午，看著他身體裡和表面的傷癒合。

一開始她還有點擔心追兵，後來隱隱發現這裡不太對勁，一直維持著天亮，沒有天黑，她這才明白，這裡可能是另一個空間，應該暫時是安全的。

連大黑蛇都醒了，爬過來看了看他們，司馬焦還沒醒。廖停雁盯著他滿身血漬的模樣，實在受不了，又開始折騰起自己的新技能，替他用敷水面膜的方式洗去身上的汙漬。

用水膜包著司馬焦的頭髮，讓它自動清洗的時候，廖停雁還蹺著腿在一旁一心二用，想著如果這個技能能帶回自己的世界，自動洗頭豈不是太爽了。

把司馬焦全身洗乾淨後，因為她這裡沒有男人的衣服，所以替他蓋了一件毯子。還把他飄浮起來，換掉木床上的稻草，墊出一張軟床。

今天做了這麼多事，真累。差不多也該洗洗睡了，可能明天早上醒過來，這祖宗就會生龍活虎地繼續裝他的威風，她也可以繼續鹹魚，堪稱完美。

就在這時候，異變陡生。司馬焦身上湧出火焰，那些火焰彙聚成一簇後，懸浮在司馬焦身體上方。

火焰張口說話，還是那股小奶音，它朝著廖停雁喊：「妳還愣著幹什麼，這傢伙快死啦！」

廖停雁心想：什麼東西？

火焰大聲嚷嚷：「這傢伙的靈府裡面一團糟，他之前要跟人同歸於盡，連神魂都差點燒來用，現在雖然身體正在恢復，但是意識已經快散了！」

廖停雁覺得自己像個無辜的醫生，本來就不是治神經科的，卻被人強制拉過來做開顱手術，整個人都嚇傻了。

她實話實說：「我是個半吊子，聽不太懂。如果意識散了會怎麼樣？」

火焰：「會死！這麼簡單的問題還要問！」

所以剛才高僧給的靈藥救得了身體，救不了神魂。廖停雁自閉了，坐在椅子上按壓額頭，不是吧，所以那位高僧是治到一半就走人了？

火焰吼她：「快想辦法啊！」

廖停雁頭疼：「我有什麼辦法，我又不是醫生！」而且這火焰以前老是喊著要殺了司馬焦這個大混帳，現在倒是急了。

火焰大聲道：「妳進去他的靈府，把他的神魂拼一拼不就好了！」

聽起來是件很簡單的事情，但廖停雁不太相信這火焰小屁孩。

她懷疑的目光惹惱了火焰，它惡聲惡氣地道：「妳以為我想救他嗎！我還沒想到辦法和他分開，他現在要死了，我不就會一起死了？所以妳趕緊救他！」

廖停雁雖說是半路出家，但基本的情報她還是知道一點。靈府是一個人最隱祕的地方，神識、神思與神魂都在其中，一般來說其他人是進不去的。如果是修為高的人，面對修為低、神魂較弱的人，可以直接侵入，侵入時若帶著惡意，輕會讓人神魂受創，變成痴呆，重則直接神魂消散。

對於修為等級遠高於自己的人，對方若是沒有敞開靈府，是怎麼樣都進不去的，廖停雁自覺沒有這個本事能闖入祖宗的靈府。

「妳去試試啊，他不是很喜歡妳嗎？說不定妳能進去呢！」火焰還在喊。

廖停雁：「你從哪看出他喜歡我的？」她納悶了，這老祖宗看起來像是會喜歡別人的人嗎？這火焰眼睛瞎了嗎……喔，它沒有眼睛。

火焰瘋狂扭動：「我就是知道！」

「妳不要再浪費時間了，快點去啊！」火焰尖叫起來，奶氣十足的聲音裡都是焦急和害怕。它的火焰看起來也越來越小，似乎快要熄滅了。

「去你的。」廖停雁罵了一句髒話，認命地拖著椅子坐到床前，用額頭對著司馬焦的額頭，嘗試著進入他的靈府。

她提著心，小心翼翼地，生怕自己連靈府的門口都沒找到，就被人家直接幹掉了，做賊一樣地將神魂慢悠悠地湊了過去。

靈府就像是人體意識的大門，不同的人有著不同的樣子，如果防備心重、很有攻擊性的人，靈府也是極為危險的，比如司馬焦就是。那層厚厚的壁壘帶著危險的氣息，廖停雁閉著眼睛，額上的汗珠滾落下來，砸在司馬焦的臉頰上。

在靈府空間裡，廖停雁將意識的一個小小觸角試著碰了碰司馬焦的靈府壁壘。她碰了一下就趕緊縮手，過了半天也沒有事發生。

難不成是神魂受到太重的傷，沒有攻擊性了？

她膽子壯大了一點，湊過去扒在靈府的壁壘上，想要找找看有沒有縫隙……然後她就整個人掉進去了。

事情簡單到讓她開始懷疑，之前聽說過「擅入他人的靈府極其危險」是不是假的。

廖停雁自從跳級到化神期後，她也能看到自己的靈府了。她的靈府裡平靜又悠閒，有風有花香，像是度假海灘一樣的感覺，舒服到讓人想睡，所以她每次要睡覺時，都是把意識沉進靈府裡，讓睡眠品質更上一層樓。

但司馬焦的靈府是一片暗沉的黑夜，唯一的亮光就是大地上燃燒著的火焰，傷痕累累的大地和肆虐的火焰，血腥氣逼人，令人感到無邊的壓抑與窒息。在他的靈府裡，代表著神魂的一大團意識層層分裂剝落著，像是一朵凋零的花。

廖停雁見到，朝那邊飄蕩過去。

靈府裡神魂的形狀都是不一定的，像是廖停雁此刻就像是一朵軟綿的白雲，所以她只能用飄的。

§§§

司馬焦的神魂正在凋零，廖停雁看著他那朵神魂之花都快掉光了，走過去試圖撈起那些掉落的「花瓣」。她把神魂拉長了一點，接住一片掉下來的花瓣，那一片花瓣掉在白雲上後，廖停雁腦子一愣，感覺像是被電到了一樣，好像有哪裡酥酥麻麻的，感覺非常奇怪。

還有一種負面的厭世情緒順著那片「花瓣」傳遞過來，這種感覺……就像看了一部憂鬱的電影那麼難受。

她繼續撈，每撈到一片，那種古怪的酥麻感就更清晰了一點。雖然神魂在別人的靈府內，但對於身體的感知還是存在的，她發現自己的身體漸漸沒有了力氣，雙腿發軟，還有點頭痛。

這大概是後遺症，果然別人的地盤不是那麼好進入的。

可是來都來了。

她兢兢業業地撈了一大半，還有一部分不是她不想撈，而是那些枯萎的花瓣捲曲後就消散了，所以她只能帶著其餘這些往上飄，飄到靈府的中心，來到那一顆發光的黯淡圓球旁邊。這顆發光的圓球就是神魂的內核，要是連這個內核也沒了，人就真的算是魂飛魄散了。

廖停雁不知道該怎麼把這些神魂碎片黏回去，就試著把自己當一塊大藥布，包著那些神魂碎片黏在內核上，想著能不能等他自己長回來。

在她貼上去的那一瞬間，腦中一陣劇痛。

接著是一陣可怕的戰慄感竄出。

具體來講就是又爽又痛。痛是因為司馬焦的神魂太過鋒利，哪怕是沒有惡意的，但他無意識地散發出戾氣，貼近後也一起反應在廖停雁的神魂之上，而且那種痛很難說清楚，不是被刺了一刀的痛，更像是在洗澡時刷得太用力，全身都有的刺痛感。

至於爽的感覺……這個更不好形容。

總之在這種情況下，廖停雁猛然反應過來是怎麼回事了。

作為一個普通的凡人，她對這個世界一直都沒有太深刻的認知。之前進到別人的靈府，看到別人的神魂，她也沒多想什麼，可是現在身體的反應明明白白地告訴她，她現在這個行為，講道理的話，其實可以叫做「神魂交融」，更簡單的解釋就是「神交」，再通俗點，可以說是修士專屬的……雙修行為。

……修仙人士玩這麼大嗎！竟然真的有這種東西！

廖停雁的心情激昂，這個激昂在她強撐著神智罵了一句「去你的」之後，就消散在那非常不檢點的快感中，什麼都記不起來了。

廖停雁以前是個單身社畜，當然也看過不少色情小說、色情影片什麼的，只是沒遇見過想實踐內容的人，雖然在各種作品描寫中似乎是滿爽的，但是根據朋友們和同事們的吐槽，那種事其實並沒有想像中那麼爽，用一位姊姊的話來說就是——「還不如我自己的手指爽。」

但現在，她算是明白什麼叫做神魂顛倒了。就是那種很長一段時間都不記得自己是誰、在哪裡、在做什麼，只覺得自己和另一個人糾纏在一起，密不可分地分享了對方的情緒、感受還有一些碎片式的心情和記憶，像是沙漏裡外漏出來的幾粒砂礫。

她好像被什麼東西包裹了起來，在這一片空間裡擁有了另一個身體，每一寸肌膚都沾染上了對方的氣息……

神魂交融，修為低的一方更容易承受不住，到了臨界點，神魂就會回到自己的身體裡。

廖停雁癱在椅子上，渾身戰慄的酥麻感餘韻未消。她面紅耳赤地——不僅是臉，全身都是紅的，睜著眼睛喘息著。腿因為無力站不起來，手也軟著，一根手指都動不了。勉強恢復了一點點後，稍微動了動，感覺又是一陣顫抖。

她無力地抬起手摀著臉，像個失意中年人一樣，滿臉寫滿了疲憊和自閉。

「靠！我他媽……」

「你他媽……」

「啊——」

她都不知道要怎麼形容這荒唐的發展了，自己送上門去，然後還把司馬焦睡了？這應該算是睡了吧？

他要是醒了，會不會立刻送她一發魂飛魄散？

廖停雁嚇得毫不猶豫地踹了司馬焦一腳出氣。反正他沒醒，肯定不知道，先出口氣再說。

這種危險時刻，火焰很不看氣氛地出現了，它的語氣很是興奮：「我就說妳可以吧，現在他的情況穩定很多了，妳再努力幾次就搞定了！」

「再努力幾次？」廖停雁用這輩子最暴躁的表情看著這小屁孩火苗，一次她都覺得死去活來了，還要再來幾次？

火焰毫無察覺，還在說：「他還沒恢復，醒不過來，當然要妳再進去幫他啊！不過還真沒看出來，妳還真能幹，我以為妳這麼闖進去後，多少會有些神魂受損。現在看來，妳不但沒受損，還得了很多好處嘛。」

廖停雁：之前信誓旦旦地說絕對行、絕對沒事的是哪個小屁孩？就知道這傢伙不能信。

「閉嘴，你這個小屁孩！」廖停雁說。

火苗哇哇叫起來：「哇！雙修會連對方的壞脾氣也一起染上嗎？」

暴躁鹹魚，上線滅火。

廖停雁套了一個隔音罩給它，扶著椅子站了起來，又扶著牆走出去，沒有看昏迷中的司馬焦一眼。不能看，看了她就是白痴。

廖停雁自閉了一個小時，泡了個澡，吃了東西，又喝了茶，在湖邊張羅了個地方看山看水，自閉不下去了，人要是過得太舒適，心情很難抑鬱的。

其實，也不是很難接受，爽還是滿爽的，成年人有點性生活也沒錯，她現在甚至充滿了一種事後的超脫感。

好了，現在唯一的問題就是擔心司馬焦不爽，醒過來後對她使出毀天滅地之類的。想到那個過程中感覺到的情緒，廖停雁又沒那麼怕了，甚至還有點膨脹地覺得，司馬焦是不是滿喜歡自己的。

不好不好，太過膨脹了，人生的三大錯覺之一就有一項是「對方肯定喜歡我」，十之八九是自作多情。

蠢蠢的大黑蛇還在湖裡玩水，絲毫沒有察覺自己的同事就要升級成老闆娘了，廖停雁本人也沒察覺到。

她休息一天之後，再次被火苗吼著飄進了司馬焦的靈府。不然怎麼辦呢，救人救到一半丟著不管嗎？還是那句話，救都救了，不能前功盡棄，否則更划不來。

所謂一回生二回熟，廖停雁飄到司馬焦的靈府外面，和之前一樣簡單地進去了，就像是買了門票那麼順利。司馬焦的靈府看起來比昨天還要好一些，乾涸龜裂的大地還是那個樣子，火焰也還在，就是小了一點。空氣中的血腥味淡了很多，壓抑的氣息消散不少，主要是他的神魂不再凋零了。

雙修還真是有用。

靈府內的情形是一個人心理和身體狀況的投射，這麼荒蕪可怕的地方，本身就代表著司馬焦的情況糟糕，廖停雁感受到的痛苦，不過是司馬焦感覺到的萬分之一，像被過濾過的沙水一樣滴給了她。

廖停雁第二次進來前，有做了點功課，對這些更瞭解了一些。她再次把自己貼在那散發光芒的神魂上面，感受到了熟悉的刺痛感，忍不住想，如果時時經歷著這樣千百倍的痛苦，不管是誰大概都會發瘋的，但司馬焦他更多時候都只是顯得陰鬱又煩躁，反而很少露出痛苦的表情。

也不知道他是習慣了，還是善於隱藏這些痛苦。

廖停雁：糟糕，竟然生出了一點憐愛之心。清醒一點，這位可是至少五百歲以上的祖宗，殺人比喝水還簡單的！

但是和人家的神魂糾纏在一起，太過親密了，彷彿成為一體，完全激不起一點害怕或是其他的情緒，只覺得安心和快樂。

再次全身發軟地清醒過來後，廖停雁打理了一下自己，坐在床邊盯著司馬焦看了好一會兒。她之前其實都沒怎麼仔細看過他的容貌，對他的印象一直留在第一次見面時。她當時看著旁邊那位師姊的屍體倒下，鮮血沾上自己的衣服和手，冷汗都流下來了，後來見到他殺了越來越多人，對他的害怕反而沒有之前那麼深，直到現在，好像完全不怕了。

哪怕想著他醒來後會發飆，說實話，也沒辦法產生什麼緊張感。

他的頭髮很黑，摸上去軟軟的，是細軟型的那種，和他這個人不太相襯。他的容貌其實也好看，說他是小白臉並沒有錯，只是他時時刻刻都在不高興，氣勢就顯得很嚇人，反而讓人不去注意他的臉長什麼樣子，鼻梁很高，唇很薄，原本鮮紅的顏色因為失血過多變成了淡色，這大概是他身上唯一鮮亮的色彩。

火焰說了，起碼要幫他修補三次才能醒過來，廖停雁於是很是放心地大膽觀察他，還對他的臉動手起來。

耳垂意外地有點肉肉的，還滿好捏的。

廖停雁捏著捏著，就對上了司馬焦睜開的漆黑眼睛。

她收回手，動作無比自然地拉起剛換新的薄被，遮住他的脖子，露出一個「目前這個情況我很難向你解釋，因為我只是一隻鹹魚罷了」的表情。

其實心裡在瘋狂辱罵小屁孩火苗，這傢伙真的很不可靠！枉費她之前還看在小奶音很可愛的份上，沒有對他澆太多水！

司馬焦坐了起來，薄被從他身上滑落，露出白皙的胸膛。這男人只要一睜開眼睛，不管身體再怎麼虛弱，都不像個病人，好像隨時隨地都能出去再殺個上百回合。他朝廖停雁伸出手，神情看不出什麼怒意。

廖停雁默默放上了自己的手，她此時此刻誠摯地希望自己還是一隻水獺，不用面對這樣的修羅場。

司馬焦握住了她的手，將她拉到床邊，然後抱著廖停雁躺下，一手撫著她的頭髮，一手抱著她的腰。

他就這樣靜靜躺了半天都沒什麼動作，常年不高興的情緒都沒了，是她從沒見過的平靜。

廖停雁：我有種要和這傢伙談戀愛的錯覺。

司馬焦抱著她一會兒，將額頭貼在她的額頭上，漆黑的眼睛離她非常近，和她對視的時候，彷彿變成了一個漩渦。廖停雁的意識有些模糊，不知不覺連靈府都被侵入了。

兩人之前氣息交融過，熟悉了對方的神魂，她的靈府都沒怎麼抵抗就打開了。像是兩個互相吸引的小球，貼在一起融合。

比之前兩次更加劇烈的感覺，幾乎一瞬間就奪去了廖停雁所有的意識。

她失去意識前，感覺後頸被冰涼的手指輕捏了捏，捏得她渾身都在顫抖，司馬焦的聲音在耳邊說：「妳之前那是在做什麼？這才是神交。」

廖停雁：我靠！

888

廖停雁雙眼無神地攤在床上大口喘氣，整個人都不太好，是那種懷疑自己腎虧的不好法。什麼被玩壞的破抹布的說法，不存在的，她覺得自己就是一坨爛泥，捏都捏不起來，或者是一灘廢水，軟綿綿地，連骨頭都沒了，要不是司馬焦在旁邊攔著，她能直接流下床去。

她都不知道自己失神了多久，好不容易緩過來之後，她的第一個反應就是去摀住司馬焦的額頭。

司馬焦拉下她的手：「妳怕什麼？」

你他媽說我怕什麼？廖停雁心有餘悸，剛才死去活來、活來死去的，簡直太可怕了，老娘承受不住，認輸了認輸了。弱小可憐又無助的鹹魚準備爬開，又被司馬焦抓住腿拖了回去。

廖停雁噗通一聲趴下：「求祖宗饒命。」

司馬焦笑了，笑得像個惡作劇的青少年，眼角眉梢都是快意：「我不饒。」

廖停雁搞不清楚他是說真的還是開玩笑，若說是真的，他的神情太懶洋洋了，看起來好像已經飽了；若說他是開玩笑，他又作勢要靠過來，唬得廖停雁縮起了脖子。

「啪」地一聲，司馬焦額上忽然多了一片清涼的綠葉，這是清谷天的特產，用來清心凝神的一種靈藥。廖停雁急中生智，就幫他貼了一片，貼在額頭上可以清心，試圖讓他冷靜下來，雖然看起來有點像是在僵屍腦袋上貼符咒。

司馬焦動作一滯，廖停雁還以為他被鎮住了，誰知道他捏著那片綠葉，半晌後直接笑倒在床上。他還沒穿衣服，倒在淩亂的床鋪上，頭髮散亂著，畫面非常不妥，是那種拍照傳上網路後，會被網路警察下架的那種不妥。

「妳該不會以為，只有貼著額頭才可以吧，嗯？」

廖停雁又有了不好的預感。

她不好的預感馬上成真了。

她癱在司馬焦身邊，被逼得喘不過氣。意識朦朧中好像有一雙手臂伸了過來，她順手就抱了回去，就像在大海裡飄蕩的時候想要抓住浮木，這是人下意識的反應。

被榨乾的鹹魚找回理智時，臉上還掛著眼淚，聽到抱著自己的胸膛也在震動著。司馬焦不知道為什麼一直在笑，他低頭看著她，眼角還有點泛紅，漆黑的長髮披在肩上，垂落在她的胸口，像隻水妖，用冰涼的手指擦了擦她的眼角，說：「妳哭得好大聲。」

王八蛋你也笑得好大聲。

廖停雁心態崩了，她甚至想叫司馬焦乾脆身體力行，直接來一發算了，那樣可能還能在中途休息一下，至少精神上能休息一下，他媽的神交就完全沒有一點思考餘地，沒完沒了。

她自暴自棄著，假裝自己已經死了，癱在那裡一副「要想搞屍體你就來」的模樣。

司馬焦戳著她鎖骨下的凹陷處：「嗯……妳是覺得這樣我就不會動手了？」

廖停雁被這句話刺到頭隱隱發疼，為了避免自己死在床上，她忽然間縮成一團，異常敏捷地從司馬焦身旁鑽了出去，滾下床後迅速奪門而出。

屋內的司馬焦躺倒在床上，笑聲大到連門外都能聽見。

廖停雁披頭散髮著，扭身朝屋子裡比了個中指。

司馬焦起身後，廖停雁發現這一處淡山水色的不夜邊緣正在變淡。

「我們是不是該離開了？」廖停雁坐在離司馬焦十步之外問他。

司馬焦已經穿上了衣服，若有所思地看向窗外：「還有半日這裡就會消失。」

廖停雁正考慮著他們接下來要去哪裡，就聽到司馬焦說：「走吧。」

他是個說走就走的男人，沒人知道他在想什麼，廖停雁這個在他靈府裡走了幾趟的人也不知道。她只知道，祖宗對她好像更親昵了，也更喜歡抱著她。這一點她能理解，香香軟軟的女孩子誰不想抱，反正只要他不亂神交，隨便他愛怎麼抱就怎麼抱。

要去哪裡，廖停雁沒問。司馬焦想要去哪裡，她覺得自己改變不了，而且去什麼地方對她來說都沒差，她本就是遊子，處處皆是異鄉。

如果不出意外，他應該會回庚辰仙府。果然，在一天之後，他們來到了洛河仙坊。

這邊不是城池，而是一處普通人和修士雜居的坊市，位在庚辰仙府最邊緣的地帶，也是進入庚城仙府地界的第一站，洛河就是區分庚辰仙府和外界的分割線。

洛河仙坊因為鄰近庚辰仙府，才有幸能在名字裡加一個「仙」字，其實這更傾向於凡人坊市，修士很少，就算有修士住在這裡，也大多是些被排擠的小修，或者修為不高的人。這些修士在庚城仙府外側都算不上什麼，但在這種邊緣小城裡就格外尊貴。

而且還有個現象，越是這樣的人，越是喜歡弄大排場。

廖停雁和司馬焦一起走在洛河仙坊裡的時候，看到街上有一隊凶神惡煞的護衛正在清路，把所有人都趕到路邊站著，陣仗非常大。

當然，他們不可能被趕到路邊，因為司馬焦本人的修為高絕，哪怕是傷重未癒，也足以打趴一堆高人，他和廖停雁坐在大蛇身上，周圍的人看不見他們，還會下意識地自動回避。那些來回清理路況的侍衛也不自覺地避開了他們。

廖停雁扭頭去看後面來了什麼人，司馬焦看了她一眼，屈指敲了敲大黑蛇的腦袋，大黑蛇的速度就慢了下來，在大街上以龜速扭著前進。

遠處十幾個人抬著像一棟小屋子的轎子過來，後面還跟了一大群侍女。廖停雁剛開始還以為是什麼很厲害的人物，結果發現那個轎子裡坐著一名中年人，只是個築基期修士。

她看多了各路高人，沒想到自己現在也能算上高人了——對，因為雙修，她的修為又上了一層樓，已經是化神後期的巔峰，差一點就能到煉虛期。

雖然很厲害，但認真考慮後廖停雁還是覺得沒用，他們這一方，祖宗一個人能單挑一堆人，她就是個零頭湊數的，就算能單挑對方一個人，對司馬焦來說也沒差，所以她可以安心地繼續鹹魚。

其他修士動不動就碰上瓶頸，要突破，還有大雷劫和小雷劫要度，廖停雁壓根都沒遇過。她好奇地問了，司馬焦就嗤笑一聲，也不知道在嘲諷什麼：「不然妳以為，為何人人都想要奉山血凝花？」

「我還以為這花不難得到。」廖停雁回想起當初他直接折了一朵，轉身丟給她的大方模樣，實在沒辦法像其他人一樣感受到那種珍貴。

司馬焦瞥了她一眼：「要開一朵花，需要我一半的血。只有新月時才能生長，每一次我都會元氣大傷。若不摘，一朵花能存上千年。」

就算是師氏一族，這麼多年來的積累，手中也絕不會有超過十片花瓣。和他們對比後，一次性得到了幾十片花瓣的廖停雁可謂財大氣粗，而她自己卻毫無概念。

一次性流一半的血量，人是會死的。廖停雁想起現代醫學觀念，又想起之前司馬焦破爛的身體迅速復原的樣子，決定拜服於玄幻世界。好吧，你厲害，你說了算。

以金子和各種寶石、珍貴木料做成的轎子從旁邊經過，大黑蛇就跟在一旁，仗著沒人看見，廖停雁還讓風吹開轎簾，好奇地往裡面看，中年男修士長得不錯，他旁邊坐著的少年少女長得更是不錯。

廖停雁多看了兩眼，司馬焦兩指微收，摳起轎外鑲嵌的寶石，隨手就丟進轎內，把那兩個正在奉承中年男人的少年少女砸到大聲喊痛。

廖停雁撤下風，她怕再這麼看下去，祖宗會當街把這座土豪轎拆了。

她雖然不看了，司馬焦卻要大黑蛇跟上去，反而對人家起了興趣。

廖停雁：「……」

中年修士姓木，雖說修為不是很高，但七拐八彎地和庚辰仙府內府的木氏一族有那麼一點沾親帶故的關係，才能在洛河仙坊裡當個小小的地頭蛇，享受此等風光。這回他大張旗鼓，是為了去接人。

木氏一族有位外嫁的大小姐，與夜遊宮的一位少宮主結為道侶後，生下一對龍鳳胎，這兩個孩子今年將滿十六歲了，就被送到庚城仙府的外祖家學習。

庚辰仙府內是有學府的，內側外側都有好幾個不同等級的學府，這一對兄妹的身分不是特別高，雖說只能在外府修習，但也是在外府頂尖的學府裡，這說出去已經很值得驕傲了，所以那對兄妹就像是高傲的孔雀，昂著腦袋過來了。

廖停雁和司馬焦跟著中年修士一路過去，看到了全程經過。那兩個有些身分的天之驕子見到接駕的中年修士沒有半個好臉色，特別是那個少女，直接哼了一聲就罵：「真是俗不可耐，什麼東西也配來接我們！」

那少年倒是人模狗樣，先是勸了兩句，可惜眼中的譏諷壓根沒掩飾住，是個人都能看出他的不屑。中年修士不以為意，點頭哈腰地把他們迎了進去，這兩位小祖宗對他來說是了不得的大人物，需要好好巴結著，這個接待任務也是他費了不少心思才搶到手的。

兩兄妹帶了一大群奴僕，萬里迢迢地趕路過來，想要在洛河仙坊暫作修整，於是準備停留一日。

司馬焦跟著他們去了中年修士的宅邸裡，他們大搖大擺地騎著黑蛇入宅，又大搖大擺地進了兄妹檔暫住的地方。

「哥，這地方破破爛爛的，我們真的要在這裡住上一天嗎？我可受不了，我等等就要啟程，不然就要找個更好的地方給我！」少女一進屋子就開始發脾氣。

廖停雁盯著這個充滿了銅臭味的建築與擺設，覺得除了有些太刺眼之外，和破爛兩字真的沾不上邊。這妹子一看就是嬌養出來的，還被寵壞了。

修仙世界怎麼這麼多被寵壞的仙二代？果然是家族延續久了就容易出事。

少年拿著一把裝闊用的玉扇，揮了揮手，讓自己帶來的侍從們重新裝飾屋內。他們的東西都裝在乾坤囊裡，看樣子是把整個屋子的擺設都帶來了，眾僕人們忙碌片刻後，就把屋子裝飾得煥然一新。

「出門在外，條件自然不比家中，妳就稍稍忍耐吧。」少年說。

少女哼了一聲，轉而又笑起來：「哥，你說庚辰仙府裡的學府會是怎麼樣的？比我們曾經去過的重九學府還好嗎？」

少年回道：「重九學府怎麼能和庚辰仙府裡的學府相比，就算只是外府的學府，也不是什麼人都能入學。我們這次來，母親可是說了，讓我們好好學習，若日後我們能成為庚辰仙府的弟子，說出去那才風光呢，說不定以後連夜遊宮也要靠我們庇護。」

少女：「我知道，我肯定會比其他那些野種還優秀，到時候整個夜遊宮都是我們的。」

兩兄妹正展望未來的時候，司馬焦已經帶著廖停雁在他們的院子裡轉了一圈，回到了兄妹檔面前，指著他們對廖停雁說：「就用他們的身分怎麼樣？」

廖停雁：「嗯？」這是疑問句。

但司馬焦當她答應了。

然後，廖停雁和司馬焦就變成了這對兄妹的模樣，至於那對兄妹……被司馬焦變成了兩隻灰溜溜的小山雞。

頂著哥哥外貌的司馬焦將兩隻驚恐的小山雞推到廖停雁面前：「妹妹，來，這給妳玩。」

廖停雁：祖宗，您是要我怎麼玩這種東西？

8 8 8

廖停雁看見司馬焦走在三聖山高塔上的場景。

他那個時候年紀似乎不大，因為臉龐上還帶著一點稚氣，他一個人，繞著高塔一圈又一圈，一層又一層地往下走，走到底後，再從另一側的樓梯走上去，既不知道疲倦，又形單影隻的。周圍很安靜，連風聲都沒有，有種逼人的窒息感。

她還看到了他獨自走在日月幽曇中間，這日月幽曇一株只開一朵花，永不凋謝，一旦折下花朵後，就會整株枯萎。他站在那裡看著那些花，伸手折了許多，折下後就厭煩地丟在地上，任由其枯萎。

這都是一些記憶碎片的片段，廖停雁之前進過司馬焦的靈府，接住了許多他的神魂碎片，大概是因為這個原因，從那之後，她偶爾休息時，就會看到一些關於司馬焦的記憶碎片，浮光掠影地從她睡覺的縫隙中淺淺浮現。

有時候，她甚至能感覺到一點他當時的心情。他的心情總是很不好，她醒過來時回想著，覺得他大概每天都在不高興。當然，她也能理解，被關在那裡就像坐牢一樣，誰開心得起來。

除了這一點後遺症之外，和師祖神交之後還有個好處，就是她的修為正在緩步上升中，哪怕她壓根就沒修煉，還是在逐漸上升，所以她有種自己採陽補陰的錯覺，總覺得很不好意思。

司馬焦卻沒有半點害羞的樣子，他除了對她表現得更加親密一點之外，沒有其他異常，這讓廖停雁感到放鬆。

但她沒什麼實感，可能是因為這祖宗太高端了，她的人生觀在科學世界被固定了，對於親密關係的定義就是肉體關係，反而對這種修仙人士的親密關係沒有真實感。

至於司馬焦，他也不是會因為和別人有什麼親密關係就改變的人。但他這樣，神奇得讓廖停雁更能接受，所以沒過兩天，廖停雁就又像以前一樣，自然地癱在他身邊了。

他們冒充夜遊宮的公子和小姐，被護送前往庚城仙府的辰學府，如今已經走完了一半的路程。

廖停雁現在的身分是大小姐永令春，司馬焦是她的「哥哥」永蒔湫。他們兩個一個沒演技、一個懶得演，難免和之前那兩位小祖宗人設不符，夜遊宮派遣來保護他們的兩位元嬰修士自然也懷疑過，可是他們找不到異常，也只能當成是這個年紀的孩子性格古怪。

真正的小祖宗們成了兩隻毛茸茸的小山雞，被司馬焦丟給廖停雁玩。廖停雁不愛玩小雞，但是被司馬焦變成拇指大小的小黑蛇倒是很喜歡這兩隻小山雞，經常在桌子上圍著牠們轉，把兩隻可憐的小山雞追到嘰嘰直叫。

他們離開洛河仙坊時，那位地頭蛇修士為了討好他們，還誇了他們養的小山雞非常有靈性，並且送了用稀有金屬打造、鑲嵌著寶石珍珠的迷你籠子，剛好能放下兩隻袖珍大小的山雞。

於是廖停雁被迫養了兩隻寵物，好在不需要她餵，傻黑蛇自己吃完東西後，會叼著一些零零碎碎的食物去餵兩隻小山雞，非常樂在其中。

廖停雁：也行，就靠你養了。

雖然這兩位野心勃勃的驕傲青少年變成了小山雞，但是對比之前司馬焦搞死的那些老大，牠們已經非常幸運了。

司馬焦敲敲籠子，嚇得小山雞瑟瑟發抖，牠們很怕司馬焦，見到他就發抖，司馬焦無聊時也會逗逗小雞，看牠們抖成一團。

不過他更多時候並不理會那兩個小東西，他更喜歡湊過來抱著廖停雁，然後睡覺。

這個睡覺，不是普通的睡覺，因為他的神魂還沒恢復，所以他喜歡進到她的靈府裡面睡。

這是什麼意思呢？要比喻的話，大概就是他自己家裡的環境太惡劣，他沒辦法好好休息，但廖停雁家的氣候宜人，很適合睡覺，於是他就到她家裡去睡。他的神魂進到她的靈府裡，只要不去故意糾纏她的神魂，就不會有什麼奇怪的感覺。

雖然司馬焦的神魂連只是靜靜地待在她的靈府裡都顯得特別有存在感，導致廖停雁已經兩天沒睡好了，但廖停雁的適應能力很強，一旦確定司馬焦沒有其他動作後，就隨便讓他待著了，她還是睡自己的。

對於司馬焦來說，睡覺成為了一種新奇的體驗。

他以前很難理解廖停雁對於睡眠的熱愛，直到現在，他的神魂跑到廖停雁的靈府裡休息後，沒有半點血腥味和窒息感，也沒有焦土、火焰，只有花香和風，舒緩得熏人……司馬焦擁有了生平第一個香甜的睡眠。

在那之後一發不可收拾，只要廖停雁癱著開始休息，旁邊就會冒出一隻司馬焦，要睡就一起睡，不只搶了她一半的床，還搶了她靈府的地盤。

不知道是不是因為最近得到了充足的休息，廖停雁覺得司馬焦的脾氣好了一點，他們上路已經半個月了，他竟然一個人都沒殺。

她還以為他換了一身新器官回來，是要繼續去大殺特殺的。

但是，他堪稱規矩地做著符合目前身分的事，來到了庚城仙府。仙府外府的木家與內府的木家關係親密，而內府的木家又和掌門師氏一族多年聯姻，所以在外府地域來說，木家也有不小的勢力。

永令春和永蒔湫兩人的外祖是木家的一位長老，因兩人的母親在外祖的子女中還算得寵，那位長老就親自接見了兩人。

如果是最一開始穿越時，像這樣一道一道地闖關去見那位大家長，廖停雁覺得自己大概會承受不住，但她現在就像是滿等的分身帳號，連位在庚辰仙府食物鏈頂端的司馬焦都睡過了，還怕什麼其他人？哪怕木家規矩再多、人再多，她也能淡定地跟著司馬焦去湊熱鬧。

有師祖的大腿能抱就是這麼爽。

長老「外祖」顯得很年輕，年紀看起來比較像是他們的父輩，但氣勢很足，顯然是長年身居高位的人物，哪怕是對兩個晚輩有點好感，說起話來也帶著幾分紆尊降貴的感覺。

在木長老眼中，是外孫和外孫女乖巧地向他請安問好，但實際上廖停雁從進來開始，就被司馬焦帶著坐在一旁的椅子上，看著木長老對著面前的空氣表演。

障眼法，厲害！

廖停雁曾經請教過司馬焦各種技法要怎麼學，結果這位大爺詫異地說：這哪需要學，不是本來就會了嗎？

廖停雁：小的告辭。

這大概就是先天的差距。

見過木長老後，兩人又被木家的管事帶去辰學府印名，他們之後就要像其他外府家族的子弟們一樣，先住在辰學府內，直到成績優異畢業後，被吸納到內府學府進行更深一層的教育，又或者學術不成，遣送回家，另找出路。

「所以祖宗……您是帶我來打基礎的？」廖停雁盯著這個玄幻世界版的大學學府，感覺有點不太好受。

她懷疑是自己先前表現出了好學的一面，所以才會被帶到這裡，頓時感到非常後悔。其實，她不是很想學習技法什麼的，會就會，不會就算了，她不強求的。

在原本的世界就學習了快二十年，花掉了人生至少七八成的時間，好不容易穿越了，想當成度假生活卻還是要學，那不如死了算了。

司馬焦：「學什麼？我是來殺人的。」

廖停雁：「那我就放心……不是吧，您還要殺誰？」

司馬焦臉色一沉：「殺師氏一族和他們關係密切的所有家族。」

廖停雁第一個反應竟然是，還好這祖宗沒準備殺了庚辰仙府所有人，不然那麼多，要到什麼時候才殺得完。

司馬焦看了她一眼，忽然說：「我已經看在妳的面子上，放過其他人了。但師氏我一定會殺光，妳不用再想其他。」

廖停雁：「？」

我想什麼了？看在我的面子放過其他人？我的面子這麼大！不是啊，為什麼要看在我的面子上，我有勸過你別亂殺人嗎？廖停雁腹誹著，為什麼司馬焦表現得好像自己吹了陣枕頭風一樣，這祖宗是不是腦補太多了？

司馬焦似笑非笑地一指點在她的額頭上：「妳是不是不知道，神交的時候我能看到一些妳的想法。」

所以她雖然沒說，但對於殺人這件事的抗拒還是非常明顯的。他願意稍微遷就她一點，哪怕他之前根本沒想過自己會願意遷就別人。

好吧，破案了。

在這種時候，廖停雁不由自主地想到，下次要是再來場神交，腦子裡千萬不能亂想什麼……

我為什麼要考慮下次？不能想，想了就是腎虧。

他們分到辰學府的天字班，住進了高等學生別墅——獨門獨棟的大院子，能住下他們兩個及一大群侍從和保鏢。在這裡上學的諸位關係戶幾乎都是這樣的標準配置，還有些格外脫俗的，只差沒把父母帶過來這裡陪讀了。

學府裡除了他們這些關係戶的公子小姐們，還有因為天分過人而被挑選出來的底層弟子。因為庚辰仙府地域廣、人口多，每年在範圍內的城池裡就能收滿弟子，不用像其他中小型門派一樣，還得四處尋找修仙的好苗子。

進入學府學習第一天，悠揚的學府鈴聲響了第一下，廖停雁就從床上直挺挺地坐了起來。原本雷打不動、整天吃吃睡睡，一旦睡著就很難醒過來的廖停雁，今天醒得格外得早，並且糾結地坐在床上，再也睡不下去了。

司馬焦睜開眼睛：「怎麼了？」

廖停雁的表情不太美妙，她這個人，以前上學的時候也是普普通通的，很多時候普通就意味著遵守規矩，所以她算是個好學生，不遲到、不翹課，哪怕現在穿越進到別的世界，都換了一副樣子，聽到學校的鈴聲，還是有種想要起床聽課的強迫症，不然良心不安，睡得不安穩。

現代教育的荼毒，恐怖如斯，簡直就像是在訓練狗狗。

廖停雁看了一眼旁邊被自己帶壞、愛上賴床的祖宗，將他拉了起來。

司馬焦：「嗯？」

廖停雁推著他去上課。

「上課？」司馬焦用「妳腦子是不是壞掉了」的眼神關懷她。

然後一路保持著這個眼神，來到了教室的門口。裡面已經開始上課了，一位元嬰期修士正在上頭講述著五行之術法，和不同靈力運轉對靈根的影響。

廖停雁扯著司馬焦的袖子：「祖宗，來用個障眼法，我們悄悄地走進去。」

司馬焦：「……」

片刻後，廖停雁拉著心情不太好的祖宗在老師的眼皮子底下進了教室，找個角落坐下。

廖停雁坐下後，看了一眼周圍的同學們，放鬆地打了個呵欠：「好了，我們現在可以繼續睡了。」

第九章　愛情和災難一樣，總是來得非常突然

最終還是沒睡成，因為司馬焦沒有要繼續睡的意思，哪怕是他們這兩個奇葩，把進入對方靈府睡覺這種事當成吃飯喝水一樣，但是這終歸是一種很私密且危險的事，有眾多陌生人在場，司馬焦也不可能安心入睡。

既然不能，他只好百無聊賴地坐在那裡，手指微動，在掌心間浮出許多小球。廖停雁一開始以為他只是無聊想打發時間，結果看了一會兒後，發現那些小球上都寫著字，好像是姓氏，他也不是在玩，而是在挑選。

廖停雁毫不懷疑被選中的，就是司馬焦的下一個目標。

司馬焦對上課興致缺缺，在這裡玩死亡抽籤，廖停雁不睡則是因為被講課內容吸引了。元嬰期修士講的都是一些比較基礎的五行靈根和靈力運轉之類的，恰巧就是廖停雁搞不清楚的部分，所以她趴在那裡聽了起來，還拿了個軟枕墊在手腕底下，就為了趴得更舒服。

他們這一角因為司馬焦，基本上成了視線死角，誰都不會看到他們在這裡做什麼。廖停雁用最舒服的姿勢聽了一會兒課，開始覺得自己有點收穫了。

她空有一身修為，就像空中閣樓一樣虛浮。修為的高低決定了他們能用多少的靈力、用出來的術法有多強，而在這之中，靈根的多寡和不同，則決定著他們對五行靈力的掌控力，以及他們能使用什麼類型的術法。

之前廖停雁自己亂琢磨出來的技能大概就像是寫數學。雖然不知道公式，但對於一些簡單的題目，還能靠數數手指頭解決，更複雜的她就沒辦法使用了。

修仙界的前輩們留下了無數術法，修士們不僅要修煉提升修為，還得學習各種術法。庚辰仙府能成為第一仙府，其中一個原因也是因為他們存有最多的術法典籍，那些威力巨大的術法，也不是所有弟子都能修習的。

如果用修為來比作人物的等級，學習的術法就是人物的技能，用遊戲來思考，清楚又明白。

「師祖，你也學過很多術法嗎？」廖停雁扭頭問正在玩球的同學。

學霸同學的表情不太愉快，但還是回答了她的問題：「沒有。」

所以這個人用的術法都是自創的。廖停雁也沒有覺得特別驚訝，因為這個人用的所有術法大部分都是殺傷力強大的那種，使出來就是為了殺人，所以他大概是在殺人的過程中領悟到的。那些自創術法——還是殺傷力強大的術法肯定非常難，不是天才的話，就別想學會了。

面對這樣一個學霸，廖停雁想到自己唯一的自創術法，是用水敷面膜這種低端小法術。她不由得生出一點慚愧的心思，厲害，厲害，還是祖宗厲害。

上頭的老師正用一個水型術法舉例，廖停雁跟著學了一下，結果失敗了。基礎不紮實，就是容易考試不及格。她又試了一次，還是失敗了，旁邊的司馬焦看不下去，一把抓住她的手，一小股靈力直接衝進她的靈脈之中，帶著她體內那堆迷路的靈氣飛快地運轉了一遍。

廖停雁攤開的手掌上立刻湧出寒冰的氣息，順著她的心意凝成一座冰雕小塔，雖然她現在的造型活像個托塔天王，但她還是有點小興奮。

在司馬焦簡單粗暴的引路之下，她用最快的速度掌握了這一個術法。她現在還只是試驗，就可以凝聚出這一座小塔，如果她用盡全力，甚至可以凝成一座巨大的冰雕高塔，或者變成其他的樣子，比如武器什麼的。

「就這種小術法，還能試兩次都失敗，真是……」司馬焦碰了一下那座堅硬的冰塔，灼熱的溫度將之融化，變成一片水氣，在他手掌翻覆間凝成一堆尖銳的冰針——在這轉眼之間，他又自創了一個術法，轉換自如，就像呼吸一樣那麼簡單。

廖停雁：「……」

司馬焦：「妳跟那個半吊子學什麼？」他手指一動，那一片冰針竟然變成了閃著寒光的金屬色。

師祖，冰怎麼變成金屬的？您開外掛也符合一下化學邏輯吧？

司馬焦：「我的靈根特殊，妳不能這樣用，但是妳可以用別的。」

他好像突然間體會到了當老師的樂趣，抓著廖停雁的手，教她各種術法在身體靈脈裡流轉的路線，還試圖讓她學會以五行相生來做特殊玩法。

「妳用水、木和土屬為最佳，能攻擊、速度和防禦，妳還可以用衍生術法。」司馬焦一邊說，一邊抓著廖停雁試驗，靈力在她的靈脈裡不停沖刷著。

「這個，如果周圍水行的靈力足夠，妳用全力可以淹沒周圍方圓百里內的城池。」

廖停雁：「……」不用了、不用了。

「木屬的修士大多都沒用處，但他們沒用是他們，妳還可以這樣……把人的身體變成木頭，再加上一把火，燒成灰就很簡單了。」

廖停雁：「……我覺得……」

「土與石之間只是質變，妳可以凝土成石，修為低於妳一大階的，妳可以用這個術法隨便砸，他們必定連肉帶骨，被砸成爛泥。」

廖停雁：「夠了，師祖，真的夠了！我的靈脈承受不住您這樣的實踐型教學，要裂了。」

司馬焦收回手，不太滿意：「化神期的修為還是太弱了。」

廖停雁相信，如果不是那血凝花瓣吃過一次之後效果就不大了，他肯定會直接要她再吃個十幾二十片，直接讓她升到最高級。

「我已經滿意了，足夠了，真的。您先休息，您喝點啤酒。」廖停雁掏出之前收藏的清心祛火靈液，替他倒了一杯。

如果不是和司馬焦比，她現在這個修為真的很不錯了。

司馬焦端起那杯子，目露嫌棄：「啤酒，這是什麼東西？」

這祖宗從來就不吃不喝，要他吃點東西，比要他不殺人還難。

最後那杯靈液還是小黑蛇喝掉的，牠變小後存在感直線降低，跟著他們來到教室，過了大半天兩人都沒注意到牠。牠也不在乎這個，爬出來後喝完靈液，又盤在桌面上玩小球。

司馬焦弄出來的那些小球散在桌上，到處都是，有一顆還被小黑蛇頂到了廖停雁手邊。

廖停雁看了一眼上面寫著的木字：「你要處理師氏一族和他們關係親密的家族，但是你怎麼知道他們到底和哪些家族親密呢？」

她是真的不明白，這位祖宗被關在三聖山上那麼久，什麼都不清楚，被放出來沒幾天就開始搞事，也沒看他做過什麼調查，他是怎麼知道那些複雜的家族關係的？

司馬焦又用那種像在看傻子的表情看她：「他們不是自己告訴我了嗎？」

廖停雁：你到底在說什麼？感覺自己好像失智了。

司馬焦往後靠在低矮的椅背上，一手把玩著那些小球，說：「靈岩山臺，挑戰百人比鬥，看他們犧牲了什麼人、那些家族怎麼聯合，所有的關係自然就一目了然了。」

啊？廖停雁還以為他那時候只是單純發瘋，沒想到還有目的嗎？

她扭過頭，把自己的目光奉獻給了前面講課的老師。算了，司馬焦這個人就是最複雜的問題了，不要替他考慮，鹹魚生活的精髓就是閒。

司馬焦把那些小球聚攏在一起，摩挲她的指尖：「妳抽一個。」

廖停雁敷衍地把小黑蛇抓過去，放進小球堆裡：「讓傻孩子來。」

小黑蛇興奮地在小球堆裡鑽來鑽去，一次性地圈出了三顆小球玩了起來。司馬焦彈開牠的蛇頭，把三顆小球拿起來看了一眼。

當天晚上，他不知道去了哪裡，一個晚上都沒回來。

廖停雁沒了作弊機器護航，只能打著呵欠進教室。因為她獨自一個人，今天就過來上另一堂課，旁邊便主動坐了個人模狗樣的青年。青年的模樣一般，但穿著一身看起來就很貴的法衣，扭頭看她，臉上的神情寫滿了蠢蠢欲動的搭訕樣。

「妳是夜遊宮那對兄妹的妹妹吧？之前沒怎麼見過妳，妳哥哥呢？」青年果然湊過來搭訕。

廖停雁覺得他可能是在找死，忍不住悲憫地看了他一眼。

青年湊得更近了：「我叫齊樂添，妳是叫永令春是不是？我們齊家與木家關係一向很好，妳可以叫我齊大哥，我日後說不定還能照顧妳。」

齊……昨天小黑蛇圈出來的一顆小球中，好像就有齊字。

永令春長得還滿好看的，這個大小姐脾氣不好，看起來格外高傲，但現在披著這副皮囊的是廖停雁，她看起來十分無害，還有點犯睏，就顯得格外軟綿，齊樂添最喜歡這種軟綿綿的小女生了，見她沒有反應就當是她害羞，湊得越來越近，想占一點便宜。

突然，他提著身體叫了一聲，捂著屁股從座位上跳了起來。

上頭那嚴厲的元嬰修士拉下臉，以沒規矩為由將他趕了出去。廖停雁一臉好學生的認真神情，繼續聽課，心裡想著，昨天跟司馬焦學的那個冰針還挺好用的。她剛才試著凝出十幾根冰針，刺了那位兄弟的屁股。

就是技巧還不夠熟練，刺了一下那些冰針就化了，把那位兄弟屁股處的衣服弄溼了。看他表情那麼難看地走出去，大概是屁股太冷了，廖停雁突然得到了一點欺負弱小的快感。

「今日講的是神魂與靈府。」上頭的嚴肅修士清了清喉嚨，繼續說。

廖停雁被神魂靈府這些關鍵字拉回了思緒，聽到老師告誡大家：「一個人的靈府是最為隱祕的地方，絕對要保護好，若被擅闖入靈府，非死即傷。」

有學生問：「那道侶又怎麼說？」

這些學生大多十幾二十多歲的模樣，也有調皮搗蛋的人，和廖停雁從前的那些同學沒什麼兩樣。問出這種話的調皮學生一笑，果然引起了教室內的一陣喧嘩和議論。

老師拉下了臉：「哪怕是雙修的道侶，也不會輕易進入對方的靈府。這是很危險的行為，若你有幸遇到能同舟共濟、同生共死的道侶，或許可嘗試。但如今你們還年輕，也不知道險惡，可千萬莫要貪圖一時歡愉，與人嘗試做這種事。」

廖停雁聽到這裡算是明白了，原來這堂是異世界的健教課啊。

她想起自己和司馬焦，頓時覺得自己像個偷嘗禁果的問題學生。

老師還在強調神魂、神思、神識的重要性和殺傷力，以及靈府的私密性：「……神魂的交融是最親密的聯繫，庚辰仙府從前便有幾對聞名修仙界的道侶，他們往往是一人死，另一人也無法獨活，這便是因為神魂的聯繫太過緊密，感情太過深刻，以至於無法分割彼此，所以大家萬萬不可在此事上輕忽。」

廖停雁：「……」

∞ ∞ ∞

廖停雁這天晚上沒能早早入睡，當然不是因為白天那堂健教課程，而是因為她被同學們邀請去參加宴會了。

她如今的身分是夜遊宮的大小姐永令春，這個身分階級的人，大家除了吃喝玩樂之外，也需要結交人脈，因此群眾聚會就是必不可少的潤滑劑。整個教室的人都去了，廖停雁也就跟著去了，畢竟社畜也要有社交生活的，她沒在怕。

一大群人由一男一女兩位身分最高的學子帶頭，去了辰學府外的錦繡畫堂開啟夜生活。男女分席而坐，隔著燈火與朦朧的花枝能互相看到對面，有樂伎坐在花下彈奏吟唱，有侍者奉上酒水靈食，場面甚是和諧友好，和諧到讓成年人廖停雁有點失望。

永令春坐在女席中段，剛上席沒多久，大家喝著酒就聊開了，左右兩邊的人前來搭話。

「令春，我聽說妳是與兄長一同來辰學府的，怎麼現在卻沒見到他？」

廖停雁只能放下吃到一半的芍藥花樣小肉丸，說：「兄長另有要事去做，大約過幾日便會回來了。」

長得清麗柔弱的女子挽著她的手：「既然妳這幾日沒伴，不如與我一同去上課，我也是獨自一人，還怪孤單的，我們住的院子也不遠呢。」

看她的表情，好像自己應該要知道她是誰，所以連名字都不用報，但廖停雁很頭大，她可不認識這位小姐啊。沒辦法，只能演了，用上社畜生涯鍛煉出來的社交能力，寒暄完後把她順利送走。

剛走一個，又來一個，這回是個看起來甜美可人，但脾氣似乎不太好的姊妹，一走來就說：「妳在課堂上是不是與我表兄吵架了？是不是妳讓他出醜的！」

跟她吵架的？不就是那個被她刺了屁股的齊姓男子？廖停雁滿臉無辜，茫然的神情生動得令人無法懷疑她：「我沒有啊，令表兄是哪位？」

鹹魚技能之一：都行、可以、我隨便。

鹹魚技能之二：什麼、我不知道、不是我。

把這位妹妹打發走了，廖停雁又吃了一口小肉丸，還沒吞下去，第三個搭話的也來了。這個明顯就不懷好意，是過來拆臺的：「唉，明明是夜遊宮的人，怎麼還要到我們庚辰仙府裡來求學呢？不過這也難怪，夜遊宮那麼小，人也不多，確實是怕沒人能教呢。」

廖停雁放下筷子，滿臉誠懇：「沒錯，妳說的很對。」

鹹魚技能之三：是的、沒錯、您說的都對。

妹子：「我看妳靈根也不是特別好，過來這裡大概也學不到什麼，還是早早找個道侶依附算了。」

廖停雁：「好，妳說得好啊，有道理。」

妹子：「……妳今日過來，莫非就是為了道侶來的？可惜這裡的諸位同道們，家世都是妳高攀不上的，妳最好有點自知之明。」

廖停雁：「對，我也是這麼想的。」

妹子：「……」媽的。

妹子特地過來挑釁卻全被堵了回去，反而把自己氣到不行。她咬著牙走了，心裡想著不是說永令春一向脾氣不好，一點就爆嗎？怎麼像個木頭一樣，說什麼話都沒反應？

人走了，廖停雁終於能吃掉最後一口小肉丸，在心裡嘆了口氣。這裡就沒有一個人是為了吃來的，全都在那說說說的，她連想吃個肉丸都被打斷了三次。她吃完就去添了另一道乳白色的甜羹，味道爽口香甜，算是不錯。

她在這度假的日子，伙食待遇時好時壞，當初在三聖山上，吃食都得自備自理，那段時間連塊肉乾都沒吃到。後來出了三聖山，過了幾天逍遙的日子，在白鹿崖裡想吃什麼都只管吩咐，各種大餐隨時隨地端上來，任君挑選，那時候吃的東西也是最好的。

之後搞事逃命，又開始自備伙食了。還好有帶上不少保鮮菜餚，還能一逞口腹之欲，至於現在，吃食雖然比不上白鹿崖那陣子，但相比之下也是有餘了。

吃第二口甜羹的時候，又有個小妹子蹭了過來，對她說：「妳的脾氣真好啊，剛才元融雪那樣說妳，也不見妳對她生氣。」

廖停雁：「沒什麼好氣的。」畢竟她是罵永令春，跟她廖停雁又有什麼關係？

她現在啊，就是師祖司馬焦一派的人。司馬焦的身分呢，大概就相當於一個公司老董事長留下來的親孫子，空降進了公司，公司的元老們表面上捧著他，實際上卻架空他，現在把他下放到底層分公司說是歷練……也不對，應該說這位勢單力孤但很瘋的小老闆，為了搞垮自己看不順眼的自家公司，主動申請下放，決定炸毀公司的基石。

作為小老闆這方的貼身助理，她無所畏懼，不說別的，老闆罩人的罩子可都是金鐘罩。

大家吃吃喝喝一陣後，場面更加火熱，也終於開始說一些內部消息，有人神神祕祕地提起：

「你們可知道，近來內府發生了一件大事？」

「喔，可是與那位師祖有關？」

眾人臉上帶著八卦的神情，用遮遮掩掩的假稱指代，談論起慈藏道君的軼事。這些人都是大家族分支裡的公子和小姐，年齡不大，所以他們不會知道太多，卻又比一般人的消息更多。

廖停雁之前就覺得奇怪，司馬焦搞了那麼一樁大事，又弄死了不少管理高層，怎麼庚辰仙府各處都像沒事一樣，沒人在談論這件大事？現在終於聽到有人提起一點話頭，她豎起耳朵湊過去聽八卦。

「聽說師祖大發雷霆，殺了不少人，只因為他寵愛的女弟子對他吹了陣枕邊風，掌門還要替他隱瞞此事呢。」

「那位師祖聽說是與掌門起了爭執，如今在白鹿崖閉關不出了。」

廖停雁：好，是不實消息。肯定是為了收買人心，所以上層把真實的情況掩蓋了。

「我以前還聽說師祖出關，我們庚辰仙府定會更加強盛，如今看來，有這個師祖，真不是件好事。」

眾人被這句直白的話說得一陣沉默，哪怕有人心裡也是這麼想的，都不好直接說出來，而且有些人的想法完全相反。

看起來有些高傲的一個男子便說了：「師祖的修為極高，還是司馬氏一族唯一的後裔，隨性些也很正常。諸位也不是沒看過庚辰史，像師祖這樣的司馬氏子弟有許多，可他們每一個人最後都成為了我們庚辰仙府的頂梁大柱，為我們仙府帶來了榮譽，是值得我們尊敬膜拜的前輩大能。若有機會，我倒願意為師祖效死。」

像男子一樣這麼想的還有許多人，他們大多也覺得，殺些人又沒什麼，只要不殺到他們自己頭上，當然更願意去追隨這樣強大的人。

可惜司馬焦沒有拉攏勢力再去和人鬥的意思，他從頭到尾都沒掩飾過對整個庚辰仙府的厭惡，要做什麼也都是獨自去做。

「吃完了嗎？吃完了就回去。」

說師祖，師祖到。失蹤了一天半的司馬焦頂著永蒔湫的臉突然出現，站在廖停雁身後說。

因為此刻場中安靜，所有人的目光都看向了他。司馬焦也不以為意，只對廖停雁示意了一下。廖停雁乾脆地放下吃了一半的甜羹，起身跟著他離開。

「稍等，是夜遊宮的永蒔湫吧？今日我與道友在此設宴，供學府裡這些新學子們互相認識，何必急著走呢？不如與令妹一起留下，之後還會有更精彩的節目，若錯過就太可惜了。」領頭男子出言挽留。

司馬焦看了他一眼，是那種看到一隻螞蟻爬過腳背的目光：「設宴？我看你們只顧著聊天了。」

廖停雁：這話說得對，說到我心坎裡去了！不愧是老闆。

司馬焦轉頭看了她一眼，是那種「半個月不見，怎麼就瘦了？」的表情。

廖停雁：我肯定是看錯表情了。

假兄妹拂了所有人的面子，直接大步走出這片花宴林，把所有人臉上那尷尬、不愉快的表情留在身後。

「妳喜歡這裡嗎？」司馬焦走在水榭長廊上，隨意問道。

廖停雁舔了舔嘴：「還行吧，東西比學府裡好吃了一點。」

司馬焦不太理解她對於食物的執念，直接指出：「如今妳的修為，根本不需要吃這些食物，除了一飽口腹之欲，也沒有其他益處。」

廖停雁：「喔，我吃東西就是因為想吃。」

這祖宗的人生真是太可憐無趣了，要是一個人連好好睡覺和吃好吃的都不想，那活著真的失去了很多意義。

廖停雁：「其實你也可以嘗試一下不同的美食，對保持心情愉悅很有效果。」

司馬焦不屑地呵了一聲。

他們沒有離開錦繡畫堂，因為廖停雁今天的晚飯只吃了肉丸和半碗甜羹，還沒吃夠，所以他們另外又叫了一桌，廖停雁負責吃，司馬焦就坐在一旁。從某種程度上來說，廖停雁覺得祖宗像個孤僻自閉症的兒童。

司馬焦：「我能察覺到妳在想什麼。」

廖停雁止住腦袋，開始配上美食節目的主題曲吃東西，並且不斷用《中華一番》裡配角們的語氣誇讚起食物的美味。

司馬焦還是盯著她。

廖停雁：「……不然你嘗嘗看？」

司馬焦湊了過來，把她勺子上顫顫巍巍的乳白色蛋羹吃了。

廖停雁：……那裡不是還有一碗，為什麼非要搶我的，搶別人的你才覺得能吃是嗎？

她放下勺子，用筷子夾了一顆瑩白如珍珠的鳥蛋，迅速塞進了嘴裡，朝司馬焦露出個假笑。呵，我都吃進嘴裡了，你他媽再搶啊。

司馬焦托著她的下巴，湊近。

廖停雁：「！」

柔軟的唇舌貼近糾纏時，廖停雁的腦後一麻，好像想起了之前神交時的某個瞬間。

司馬焦放開她，靠在桌邊，嚼了兩口嘴裡的鳥蛋。廖停雁下意識地抿著嘴，發現嘴裡除了口水之外什麼都沒有。她不由自主吞下口水的時候，司馬焦好像笑了一下，但他這個笑容很淺很快，立刻又顯露出了煩人精的一面，說：「這有什麼好吃的？」

廖停雁想把那一盤在湯裡沉浮的珍珠鳥蛋全都塞進他那張嘴裡，然後再把湯從他鼻孔裡灌進去。

下一刻，司馬焦端起那碗珍珠鳥蛋，連湯帶蛋一起潑到一旁的花叢下。這麼做之後，他好像才愣了一下，把空著的盤子丟回桌上。

廖停雁：「……」去你的。

不遠處，某位宴會遲到、誤入此處的齊姓男子正好目睹了方才那幕，此刻臉色乍青乍白，格外難看。齊樂添認出了在那邊親密接吻、打情罵俏的男女，其中那位女子不正是他看上的永令春嗎！他都還沒到手，沒想到會被別人捷足先登，她旁邊那個男人又是哪來的？

齊樂添整理好表情，走了過去，裝模作樣地對廖停雁道：「令春妹妹，怎麼會在此處？不是要與其他人一同參加花夜宴嗎？」又看向司馬焦：「不知這位是？」

廖停雁壓根沒注意到剛才的事被這個人撞見了，說了句：「這是我兄長永蒔湫。」

齊樂添的表情霎時僵了，他的腦海裡閃過了許多汙穢的思想，最後匯聚成四個大字：兄、妹、亂、倫！

司馬焦似笑非笑地看了他一眼，用勺子撥了撥那些沒興趣的菜色，「沒事就滾。」

齊樂添鄙夷地看著他們，然後一句話也沒說，僵著臉走了。

廖停雁滿頭問號：「他為什麼一臉便祕的表情？」

８ ８ ８

「我覺得，你好像能知道我心裡在想些什麼。」廖停雁盯著司馬焦，心情略為沉重。

他們回到自己的房間後，廖停雁擺出一副要促膝長談的模樣。她懷疑司馬焦真的會讀心術，但是沒有證據，所以她決定找出證據。

司馬焦：「對啊。」他竟然不要臉地直接承認了。

以為自己還需要多花些功夫才能得到答案的廖停雁，表情定格在痛心疾首的樣子：「祖宗，你騙我，你又騙我！不是說好你不會讀心術的嗎！」

看她這樣，司馬焦竟然笑出聲來，一隻腳抬起，就架在一旁的圓凳上，他往後一躺：「我確實不會讀心術。」他只是從小就對別人的真實情緒很敏感，而且會真言之誓。

「最近妳心情激動的時候，我偶爾能聽見妳心裡在想什麼。」司馬焦說道：「只有妳。」

這是什麼人間真實慘劇？只有我？廖停雁差點哭出來，我區區一隻鹹魚，我何德何能！

然後她靈光一閃，猜到了其中的內情——這很有可能是因為她和祖宗神交過的後遺症，肯定是因為親密接觸過，導致祖宗原本那個逆天的技能在她這裡變種了！

廖停雁：……我窒息！

說來說去，這是因為年紀太輕，又沒好好讀書惹的禍。要是早在這個玄幻世界裡上學，上過一堂健康教育課，她也不會輕易和別人發生關係，導致出現了這麼頭大的歷史後遺症。

睡睡睡！祖宗哪能隨便讓人睡！是要付出代價的！

廖停雁覺得自己現在就好像是不小心弄出了人命，滿心苦悶又不知道該怎麼辦，而讓她弄出問題的罪魁禍首還在那邊笑著，好像覺得她這個崩潰的樣子特別有趣。

廖停雁：我他媽怎麼就不是美少女戰士呢！我如果是美少女戰士，我還會是廢柴嗎！

她忍不住又在心裡想像自己痛揍司馬焦，並且大罵這個糟老頭壞得很。

司馬焦掀起眼皮，那張過分年輕的小白臉上帶著點警告：「我聽得到。」

廖停雁開始在腦子裡默念九九乘法表，想用數學刷新自己腦子裡的血腥暴力。

司馬焦拉長了聲音說：「妳怕什麼？我又不會整天沒事聽妳腦子裡在想些什麼，而且我什麼汙穢骯髒事沒見過？妳除了整天吃和睡，難道還會想什麼怕我知道的事？」

廖停雁覺得祖宗對自己的認知還不夠全面，比如聽他說起汙穢，她腦子裡不由自主地回憶起前世看過的各種色情電影。

她生活在一個資訊爆炸的時代，想當年年輕時，網路警察也還不盛行，那是遍地的花叢啊。因為好奇，她看過不少奇葩的東西。那些以A開頭以V結尾，或者以G開頭以V結尾的各種影片，她都見識過不少。

人的腦子就是這樣，越不能去想的時候，越是忍不住去想。而且思想這種東西，真的很難控制，一不注意就飛躍。

司馬焦看著她的神情越來越古怪，最後他似笑非笑地動手按了按太陽穴：「我還真的沒見過這樣的。」

廖停雁趕緊把自己腦子裡的東西攪亂，全部丟進垃圾桶，就聽到司馬焦說：「不愧是魔域教出來的，真是讓我大開眼界，受教了。」

廖停雁：魔域掃到颱風尾，我對不起魔域。

她炸毛了十分鐘，又縮了。算了，沒什麼大不了的，只要保持平靜的心，不要隨便激動，這祖宗就不會聽到她在腦子裡罵他混帳。從今天起，要做一個心平氣和的人。

說起來，她之前可沒少在心裡罵祖宗髒話，莫非都被他聽到了？廖停雁還是控制不住，又激動了起來。

司馬焦：「聽到了。」

廖停雁慘嚎一聲：「求你，祖宗，不要再跟我的腦子隔空對話了。」

廖停雁猛然意識到了另一個問題，她那樣罵司馬焦，他都沒反應，也沒惱羞成怒地一巴掌打死她，莫非是真愛？

司馬焦沒反應，好像沒聽到。

就當他沒聽到吧。

廖停雁替自己倒了一大杯香甜的飲料，一口喝盡，鎮定了心情。這時候司馬焦好像突然想起了什麼，拿出一本超厚的大辭典丟給她。

廖停雁：「這是什麼？」她抱住像石頭一樣又厚又重的書。

司馬焦隨意道：「之前去解決一點事，看到這本書，順手帶了回來。」

書的表面是一片鬼畫符，廖停雁打開後，覺得書中散出一道光芒，與自己的神識輕觸，立刻知道了這是什麼書。這是一本術法錄，包含了天地玄黃的四階術法，以及五行和另外變異十二種靈根的特殊術法，共計十萬五千條。

整個修仙界能說出口的術法，幾乎都收錄在上面了。這樣的一本靈書，價值不可估量，有這麼一本，足以成為一個中型門派的鎮派之寶，就算在庚辰仙府這種豪門大戶內也算得上是珍貴的寶物，能稱為立身之本。是會被收藏在重要的寶庫裡，普通弟子一輩子也見不到，長老們也無法獨有，只能供奉在堂上的東西。

所以……祖宗把這東西隨手帶了回來，他到底是去幹什麼偷雞摸狗的事情了？

「不會明天就有人到處尋找失物，找到我們頭上吧？」廖停雁抱著書，僵著脖子看司馬焦：「就是全城戒備封鎖，然後尋找賊人。」

司馬焦：「……他們的人我還殺得還少嗎？這妳都不怕，拿本書妳反倒怕了。」

這……好像很有道理啊。廖停雁被他說服了。

靈書和一般書籍的不同之處在於它是自帶教學的。用神識在書內選定一種術法，就能沉浸式學習，所以這就是個線上課程學習庫，不過能學到多少，還得看自己的悟性。

廖停雁：這沉重的學習任務好燙手。

「我熱愛學習，我以後每天都要背五十個單字……不是，是學十五個術法。」廖停雁聲調平板地道。

司馬焦：「不，妳不想。」明明在腦子裡大哭著說不想學習。

廖停雁：「既然你知道，為什麼還要給我這本超厚的教科書！」她摔書。

司馬焦被她大聲嚷嚷到腦子都痛了，黑著臉：「妳再吵一句，就神交。」

廖停雁軟硬模式切換自如，立刻癱平直念阿彌陀佛，並在腦門上貼了片清心靈草葉。在巨大的壓力下，她只花了三分鐘就原地睡著了，司馬焦都懷疑她貼在腦袋上的靈草是不是有什麼助眠效果，就揭下來看了看。

草沒有助眠效果，有助眠效果的是廖停雁本人。她渾身上下都散發著一股生「魚」憂患，死「魚」安樂的氣息。司馬焦成功被催眠了，一頭鑽到她的頸脖處，閉眼休憩。

不知道從什麼時候開始，只要在她身旁，就能自然而然地感覺到睏倦，也能很尋常地入睡，就好像……他只是個正常人。

§ § §

廖停雁發現了不對勁。

周圍的同學們，看她的目光帶著奇異的鄙夷與獵奇，甚至還有不屑。她看了眼自己身上的衣裙，沒有發現哪裡不對勁。光看他們的表情，還以為自己沒穿衣服，只穿著拖鞋就出門了。

她一開始以為是花宴那天晚上太惹眼而被孤立，結果沒過幾日，木家來人，永令春和永蒔湫的外祖父派人來抓他們回木家去問罪。

廖停雁：搞什麼鬼？

外祖父痛斥他們丟臉，敗壞了木氏一族的名聲。廖停雁坐在一旁的凳子上，聽著木外公對著他們的幻象大罵了半個小時，才總算明白這一齣無妄之災是為什麼。

因為最近，永令春和永蒔湫這對雙生兄妹亂倫的事在辰學府流傳甚廣，已經不是祕密了，大家私底下都知道。還有小道消息指稱他們在新生花宴的那天夜晚，旁若無人地在錦繡畫堂裡做著那種事。

那種事是哪種事？

廖停雁一拍自己的腦門：天啊，差點忘了還有這個兄妹設定。

司馬焦：「哈哈哈哈哈！」

廖停雁：「祖宗！這種情況下你的反應也不該是大笑吧！」

司馬焦卻笑得停不下來，回去學府的路上，坐在雲車上還在笑。

廖停雁心想，真的有那麼好笑嗎？

司馬焦從大笑變成了陰森森的冷笑，又開始玩他的死亡抽籤小球，搖晃著那些小球並漫不經心地說：「聽說我的父母當初就是兄妹，當初那些人為了得到司馬氏的純淨血脈，日日替他們洗腦，催促他們誕下孩子……我還以為這些人都是不在乎這些的，如今看來，原來他們竟也知道廉恥，知道什麼能做，什麼不能做。」

「看剛才那老頭罵得多痛快。」司馬焦直接從那堆球裡拿出了一顆寫著木字的小球，內定了下一個目標。

廖停雁猜他是在搞庚辰仙府內府的那些家族本家，但是不知道他具體做了些什麼，好像也沒聽到什麼大亂的消息。

司馬焦把那顆木字小球捏碎了，星星點點的靈力飛散在雲車裡，像灑金一樣灑在廖停雁的淡紫色裙襬上。

看他這個樣子，廖停雁就知道今天晚上他又要出門繼續搞事，所以她又能一個人睡了。倒不是說兩個人睡不好，只是司馬焦老是愛把腦袋鑽到她的脖子旁邊睡，頭髮搔著她的脖子，真的很癢。

還是一個人睡開心。

司馬焦果然說：「今晚我要離開。」

廖停雁：「喔，那你一路順風，注意安全。」

過了一會兒，廖停雁覺得自己好像一個叮囑丈夫出門小心的妻子，頓時頭皮都被自己弄到發麻了。

司馬焦一勾唇，探身上前，盯著她的眼睛：「妳想要什麼嗎？」

廖停雁：「我想要什麼？」她不是很明白祖宗突然問這個要做什麼。

司馬焦：「我出去，妳想要什麼，我帶回來給妳。」

更像了！這是什麼丈夫出差幫妻子帶禮物的劇情！但你明明是出門去搞事的，為什麼說得像出差一樣，還會帶禮物回來？這樣對嗎？難道你要帶敵人的人頭回來嗎？

廖停雁：「啊，都可以，我不挑的。」

「那妳等我回來。」司馬焦摸了摸她的臉，竟然顯露出一點從未見過的溫情，嚇得廖停雁差點當場去世。祖宗！你怎麼了？祖宗！

廖停雁沒事就上上課，翻翻那本術法靈書，學一些小技能，在同學的孤立裡過著自己的小日子。學會了小範圍的障眼法之後，修為低於她的人都看不到她上課時在睡覺，而她學會了什麼小術法，就拿那些愛嚼舌根的同學們試驗一下。

找不到惡作劇凶手的同學們爆發了好幾場的小型鬥毆，廖停雁則表示打得好，再來一場！

兩天後，司馬焦果然回來了。他是半夜回來的，披著一身濕潤的夜露，坐在床邊把廖停雁搖了。

廖停雁迷迷糊糊地看到他，含糊道：「回來了。」

司馬焦見到她好像準備繼續睡，拉開她的衣襟，把一個冰涼的東西塞進了她懷裡。廖停雁被凍得一陣打顫，拉開自己的衣襟，把那個東西掏了出來。

「這什麼東西？」

「在……嗯，不記得哪家的寶庫裡看到的。」司馬焦靠著她的靠枕，說：「覺得不錯，帶回來給妳玩。」

冰涼、堅硬、圓形，還是扁的。

廖停雁做了個手勢，弄出光團來照明，把那東西掏出來仔細看。竟然是一塊和臉差不多大小的鏡子，邊緣還有精緻的花紋，充滿了古樸之味，看起來就很珍貴。

她把鏡子對著臉照了照，發現兩邊都有鏡面，而且同樣模糊不清。不太明白這個寶貝怎麼用，廖停雁上供給司馬焦，虛心請教。

「這個要怎麼用？」應該不會只是個單純的鏡子。

司馬焦的手指又白又長，很是漂亮，他拿著那面鏡子，不知怎麼地兩三下轉了轉，一個鏡子就分成了兩個，原來還是可以拆卸的一套。

「只要有靈力，哪怕這兩面鏡子相隔萬里，也能看到鏡中對面的情況。」司馬焦說。

廖停雁滿臉淡定，講真的，雖然玄幻世界的人動不動就飛天，呼風喚雨好像很厲害的樣子，但現代科技也很厲害。比如這種東西就比不上手機，手機要是有電有網路，同樣相隔萬里也能看到對面發生了什麼事，而且功能更多樣、更便捷。她看了眼鏡子，嗯，手機的畫質也會更好。

司馬焦敏銳地察覺到廖停雁並不喜歡這個東西，於是他捏著兩面鏡子，直接就掰斷了其中一面。

廖停雁：「？」你又搞什麼？

她趕緊把剩下一面放到一邊，免得被這喜怒無常的祖宗一起「啪嚓」地捏碎了。

「不喜歡就碎了它。」司馬焦說。

廖停雁連忙道：「喜歡喜歡！」不能讓這敗家祖宗繼續無法無天下去了，好不容易從他手裡明明白白地拿到一個禮物，還被他自己搞壞了一個，這是什麼小學生式低情商送禮方式。

司馬焦並不太相信她的回答，他還是不太高興，沉著臉，盯著她的眼睛又問了一遍，還是開了誠實豆沙包的那種問：「妳喜歡這東西？」

廖停雁：「喜歡。」嘴裡說著喜歡，心裡卻在滿頭問號。你有事嗎祖宗，這種小事你特地用誠實豆沙包來問？你以前用誠實豆沙包的時候，都是一副說錯話就要殺人的表情，剛才卻是說錯話就會生氣的表情，你什麼時候降級了？

事態好像有點不對，好像要逃不開穿越人士必定要談戀愛的準則了。廖停雁不動聲色地穩了穩心神，沒關係，談戀愛這種事需要兩個人，他單方面也沒辦法談，只要自己穩住。

剛這麼想著，司馬焦就勾起她的腦袋，俯身親了她的唇。含了含上唇，鼻尖在一起蹭了蹭，姿態纏綿又親昵。

廖停雁：「……」穩、穩住，我還能再穩一秒。

司馬焦的氣息糾纏著她，他垂著那雙看人時總是不太友好的眼睛，唇微微揚起了一點，心情好像又變好了。

冰涼的手指托著她的下巴和耳後，還有一隻手撫在她腦後，壓著她的頭髮。他似乎很喜歡捏她的後頸，那是個不允許別人退後的姿勢。

廖停雁感覺後腦一陣發麻，也不知道是因為被拿捏了要害，下意識地感到危險，還是因為司馬焦像隻魚一樣，一直在輕啄她的唇。

他的神情和動作都太自然了，自然得就好像他們本來就該如此親密，她本來就是這樣能夠靠近他、親吻他的人。

他身上有露水的氣息，有院外花朵的淡香，還有一點幾乎察覺不到的血腥味。顯然，這個靠坐在她身邊親吻她的男人，不久前還殺過人，或者從某個血腥味濃重的地方走過。她本該感到害怕的，可是此時此刻，她卻只感覺到心裡顫得厲害，不是恐懼，而是一種奇怪的激動情緒。

還有點……嗯，那個的衝動。

我是變態嗎？廖停雁心想，我的立場終於從混亂中立變成混沌邪惡了？

後來發生了什麼事顯而易見。總而言之，他們又搞了一次神交。如果說之前那次是她為了救人，懵懵懂懂地莫名其妙做了，那這次，就是因為鬼迷心竅。鬼是司馬焦，他就像是個水鬼，在水裡把人纏住後就掙脫不開了。

神交其實非常愉悅，不只是身體的愉悅，還有神魂，甚至連帶到了思想。那種滿足和暢快的感覺就像一望無際的藍天與白雲，什麼憂愁都沒有了，在雲中自由飛翔，非常快活。

甚至這種感覺在結束之後還會久久不退，讓人覺得平靜，感到安心。

她一直以來，雖說把這場突然的穿越定義為度假，但心裡難免有些許漂泊的彷徨和世界之大孤身一人的孤獨感。可是這種時候，那些孤獨感都散去了，因為另一個更加孤獨，又更加暴躁的人與她相容了。

她好像待在一個極度安全的地方，能香甜地入睡，也不用擔心醒過來之後發現獨自一人，不會覺得明日不知去何處，人也不知往何歸。

廖停雁發現神交其實是種很公平的交流方式，如果只是肉體，或許男女的身體構造天生就有上下之分。可是神交是所有感覺都是相互的，她有一刻清晰地感覺到了司馬焦的心情和感覺像溫水一樣朝她漫了過來，把她淹沒。

他這個人，就算在柔軟的時候，也帶著一點能刺傷人的鋒銳。他的神魂太過強大，廖停雁有些承受不住的時候，他摸在她腦後的冰涼手指就會像在安撫一般，輕輕揉按一會兒，那是與他平時臭屁煩人精那一面不同的，少有的體貼。

可能還能稱作寵愛。

廖停雁睡到日上三竿，神清氣爽地醒來，躺在床上反省了一下自己。昨天晚上司馬焦是不是用了什麼迷魂咒之類的術法？她怎麼就這麼把持不住呢？

想起晚上的事，恨不得自己失憶了。他們到底是怎麼說著說著就開始的？她想起自己半途因為太舒服了，還抱著人家的脖子亂叫。

司馬焦當時眼角微紅，唇色也非常紅潤，反襯得皮膚更加白皙，眼睛更加幽黑，如豔鬼一般抱著她蹭了幾下——那種抱著小嬰兒哄的摩蹭聲，聽的人心都酥了。

臉貼臉，耳朵蹭著鼻子……

廖停雁摀住了自己的臉，不再繼續回想了。不能想，再想就是變態。

司馬焦睡在她旁邊，應該是醒的，但懶得睜開眼，搶了她的枕頭用手圈了個圓，又在圓裡給了她一個不錯的位置放她的腦袋，讓她必須用情侶標準姿勢貼著他睡。

男人，哪怕是司馬焦這樣的男人，在這種時候也顯得放鬆很多，無害又自在地癱在那裡，是曬飽了太陽的貓咪那種癱法，讓人想衝上去對著他的肚子一陣亂擼。

廖停雁用一巴掌把自己打醒了，擼個屁，毛都沒有還擼什麼擼。

可能是她想得太頭大了，情緒波動比較劇烈，終於把旁邊假寐的人逼得睜開了眼睛。

他朝她伸出手，廖停雁往旁邊一滾，剛好避開了他，腦袋卻「叩」地一下撞在了一個硬物上。是她昨晚收到的鏡子，倖存的鏡子本該是昨天晚上的主角，卻被遺忘在角落裡，現在才再次被拿了出來。

「沒用就丟了。」不知人間疾苦的老祖宗司馬焦如是說。

廖停雁：「可惜捏壞了一個，不然還是有用的。」

她想了想，這個鏡子要是多幾面，可以放在各個地方，再把所有畫面集中到手上的這塊鏡子上，不就是現場直播了嗎？放一面鏡子在庚辰仙府的大廣場上，能看弟子們比武打架；放一面在鬧市的街坊中，能看人生百態、市井生活；放一面在山林花樹裡，還能看野生動物生活實錄呢，豈不是太方便了。

廖停雁把這些想法揉在一起，隨便說出口，司馬焦露出思索神情，片刻後道：「是不錯。」然後他把那完好的一個鏡子拿過去，摩挲上面各種複雜至極的花紋。

他們去上課的時候，司馬焦仍然在把玩那面鏡子。

廖停雁不明白自己去上課，他這不需要聽課的人為什麼也要浪費時間一起去，不過她從來就搞不懂他想做什麼，所以就隨他去了。

司馬焦拿著那面鏡子一連思索了好幾天，之後出門三天，就把鏡子還給了廖停雁。

「妳看。」

廖停雁拿過那鏡子，回給司馬焦一個疑惑的神情。司馬焦癱在她身邊，用手指點了點鏡面，那鏡面泛起一陣陣漣漪後，顯現出三聖山的模樣。

鏡子裡的三聖山和他們離開時的三聖山不一樣，高塔重建了，旁邊的宮殿也開始重建，有看起來很厲害的高層們站在那裡，神情嚴肅地像是在商討著什麼。

司馬焦再敲了敲鏡子，畫面一變，變成了白鹿崖下的那棵藍盈花樹。

廖停雁算是明白了，她上手把畫面往旁邊拖了拖，發現竟然還能三百六十度視角旋轉，她看到雲山霧罩的白鹿崖宮殿，也看到了附近有巡視的修士，各個表情緊張警惕。

她學司馬焦敲了敲鏡子，畫面毫無反應，只有鏡子裡的人在交談走動，聲音有點小，聽不太清楚。

司馬焦：「靈力。」

廖停雁默默用了靈力，發現這次畫面改變了，是一座焦黑的山，這座山好像經歷了火山爆發，整個山從山腹中炸開了，只剩下猙獰焦黑的石頭朝天聳立。一點活物都沒有，畫面半天沒變，廖停雁都懷疑是不是網路不好卡住了。

她猜到這些都是司馬焦弄出來的，也是他選出來的，但是這片焦山有什麼特別的嗎？

她再換了個地方，是個她不認識的集市，但是很熱鬧，因為小販的叫賣聲極為響亮，街上嘈雜的聲音都一同傳遞過來了。

還有山間一片瀑布小湖的視角，廖停雁換到這個視角，看到有長角的白色毛茸茸靈獸在湖邊喝水，雪白的鳥掠過湖面，站在溫馴的毛絨靈獸身上，畫面寧靜美好。

下一個場景是一間店，有很多漂亮男女陪客人聊天、彈琴、說笑的店，還有個臺子，上面正在進行表演。廖停雁看完了一曲飛天舞，覺得跳舞的那群小姐簡直美呆了，好久都捨不得切換到別處。

司馬焦催促她：「下一個。」

廖停雁又換了畫面，畫面換到如鏡的平湖，不過鏡頭太晃了，在湖面上一掠而過，下一刻又飛了起來，飛在天上，能看到下方的山川河流。沒過多久，視角又落入樹叢中。

看起來應該是一隻鳥所見。不行了，有點頭暈。

繼續切換視角，切到一尊巍峨的神像，神像之下有人在講道，底下坐了一堆安靜聆聽著的弟子，神像下方的大石上刻著問道原三個字。廖停雁聽過這個地方，是庚辰仙府內府高級上層為了優秀弟子，另闢課外補習的地方。

下個視角是廚房，也不知道是哪裡的廚房，非常大，各種食材擺放整齊，二十多個廚師忙碌地做各種吃食，有的在蒸糕，有的在切魚，有的在混肉餡，還有在做點心的，一派熱火朝天的忙碌景象。

看完所有直播頻道，廖停雁略微感動地看向司馬焦，祖宗懂我！

司馬焦：「妳想要的是這個？」

廖停雁：「沒錯，看這種直播最容易打發時間了，還很催眠。」

司馬焦不置可否，看著那鏡面裡各種冒油的食物出鍋，問：「還有呢，妳還想要什麼？」

廖停雁：「……」完了，看師祖這個要什麼都能弄來的昏君模樣，他們真的開始走「霸道師祖小妖妃」的劇本了。

第十章 談戀愛能有效治療失眠症和抑鬱症

如果廖停雁是個事業型的女主角，她可能會藉著司馬焦來幫助自己提高修為，並且每日勤奮地修煉，積極尋找各種天材地寶和祕境來磨練自己，順便再學點什麼煉丹術、煉器術，用陣法做個發明家，引領出一次修仙界大改革，幫助司馬焦一起有冤報冤、有仇報仇，打怪升級後，最後再感化司馬焦，兩人一起建設災後的庚辰仙府，一起走上人生巔峰。

如果廖停雁是個柔弱型戀愛女主角，她可能會和司馬焦上演你追我逃的囚寵劇情。什麼害怕他又不由自主地被吸引，想逃離又被他抓了回去，認識其他人會被司馬焦誤會，身分暴露後再誤會，被人挑撥再再誤會，兩人就上演「你相信我、你不相信我」進行五十次來回的虐戀情深戲。

但真實的廖停雁，只是個無心事業與戀愛的鹹魚。人生的魅力或可在靠自己的努力爬上頂峰，或可在發生激烈的感情碰撞，當然也能在於度過平凡又容易滿足的小日子。

發奮圖強？可以，但沒必要。如果為了讓生活更加方便快捷，她願意多學幾個有用的小術法，什麼清潔防塵術之類的，再學兩招防身的術法，一天最多就學三個，不能再更多。反正讓她每天修煉、閉關探索大道，她是拒絕的。

為了感情糾結？這個也有點做不到。在現代社會時，她身邊那些同學朋友們都是覺得不錯就湊合著過，過不下去了再分手，畢竟愛情最多只占人生的五分之一。所以廖停雁現在對與司馬焦的感情問題，沒有太大的反應，想一想就覺得好累，只能放置處理。

好在司馬焦也沒有什麼戀愛腦，不會抓著她問「妳到底喜不喜歡我」，他還要忙著四處去搞事，下班後才有時間癱在她身邊。

是的，不知不覺中，他也學會了「癱」這個毫無求生欲的姿勢，廖停雁懷疑他可能是在自己的靈府裡待久了，被傳染了懶惰病。

病人目前情緒良好，抑鬱兼自閉日漸消減，連黑眼圈都有所改善。

司馬焦搞事的時候，廖停雁一個人不是去上課瞭解基礎知識，順便學幾個小法術，就是出門覓食，和她在原本世界時的週末一樣，去超市採買一些生活用品，再吃點好吃的。

她一個人逛完了周圍的坊市，看到喜歡的東西就屯一點在自己的空間裡，以免哪天迫不得已去什麼邋遢的地方流浪，餐風露宿的。鑒於司馬焦這個人陰晴不定，這是很有可能發生的事。就算哪天他半夜把她搖醒，說想去沙漠挖煤要她陪著一起去，廖停雁也不會覺得奇怪。

除了生活用品和她喜歡的一些東西，她還會存些食物。買東西不缺錢的那種極致快樂，從前根本想像不到，現在她感受到了，所以每次出門買東西都非常滿足。

偶爾廖停雁也會帶上永令春的侍女們一起出門，這樣試衣服的時候就有人誇獎她了，粉紅泡泡的芬芳充滿了周圍的空氣，令人購買的欲望大幅度提升，幸福感也是。

要是把全隊護衛帶上，還能享受招搖的快感。不過廖停雁大多都喜歡自己出門，這樣的話，她就會找地方吃個飯，算是隔幾天一次的犒賞時間。

打扮到賞心悅目後，再去嘗試新的美味食物，是取悅自己的一種生活方式。

有時候她吃到合胃口的食物，會連續過去幾次，平時在辰學府裡想吃了，也會讓侍從們特地打包送回來。

辰學府裡的同學們雖然看她的表情仍舊怪怪的，還有意無意地搞排擠，但其實廖停雁的日子過得很豐富，好像回到了大學的那段時間，那大概是她前二十幾年人生中，最自由散漫也最開心的日子了。

她越來越覺得，司馬焦會用別人的身分待在這個辰學府裡，可能有很大一部分的原因是因為她。

以前廖停雁不會這麼自戀，但現在她慢慢覺得這個可能性才是最高的。司馬焦看似什麼都不怕，想做什麼都看心情，想怎樣就怎樣，從不顧及他人。可實際上他事事都想得清楚明白，還能做最好的安排打算。

學府裡終歸比庚辰仙府的其他地方少一份功利和混亂，在這裡的日子可以說是悠閒的，而這種悠閒，對司馬焦來說沒有意義，只有對廖停雁的意義比較大。

她最近總是能感覺到司馬焦的「寵愛」，不只是感情方面的，還有他做的事。

從前在三聖山，她和他還沒有這麼親密的時候，他都會在和別人打架前先把她隨身攜帶，不讓她被波及到。這種護著自己人的習慣到現在愈演愈烈，她直接遠離了他的戰場，在一片本該是腥風血雨的情況中，她獨自歲月靜好。

司馬焦這個男人，不能再深想下去了，想多了就容易泥足深陷。

夏至時節，暑熱難消，雖然作為修仙人士不太怕熱了，但每日的午睡是必不可少的。要是夏天沒有睡午覺，人就好像沒了靈魂。

拜廖停雁這個小習慣所賜，司馬焦也習慣了每日休憩一小段時間。不過他會泡在池子裡，看在夏天天氣熱的份上，廖停雁還會陪他一起到水裡泡著。

如果按照司馬焦那不講究的個性，隨便挖個長方形的池子，再往裡面灌水躺下就完事了，但廖停雁不要。

她找了一塊僻靜的溪流石灘解決了場地問題。石灘上的石頭被沖刷得光滑，手感溫潤，摸起來就像玉石一樣，溪水清澈清涼，細沙鵝卵石在溪水中閃閃發亮著。大片的濃綠樹蔭蓋在溪流上，漏下幾點璀璨的光點，綠色和夏日獨有的藍天白雲，令人睡意更增。

廖停雁很快就從一開始勉強陪祖宗泡著水睡覺，變成每天主動過去睡午覺。她還做了個漂浮竹盤，弄了些果汁靈液，配上西瓜什麼的，製造出冰塊來冰鎮，睡醒就喝口冰茶、吃塊瓜果，簡直快活得似神仙。

這天睡醒了，廖停雁也不太想動，瞇起眼睛看著頭頂的樹枝發呆。那裡落下一片綠葉，墜在司馬焦的頭髮上。

廖停雁伸手撿過來，看了一會兒上面的樹葉脈絡就將它放到一旁，讓它順著溪流而下。過了他們這一道平靜的溪流，下方的水勢還挺湍急的。盤在水底睡覺的小黑蛇遊了上來，頂著那片綠葉子，又把它推回了廖停雁手邊。

這小黑蛇日漸變成狗樣，非常有哈士奇的氣質，尤其喜歡把他們丟出去的東西撿回來，搞得廖停雁都不能當著牠的面倒垃圾。

上游沖下一些紅色的花瓣，那些花停在司馬焦身邊，綴著他黑色的長袍衣袖，還滿好看的。

廖停雁看久了，司馬焦也睜開眼睛，看她一眼。

他把她拉到身邊，抱著腰，再度閉上眼睛。

廖停雁：……我真的不是這個意思。

司馬焦：我聽到了。

廖停雁：……你聽到什麼了？我自己都不知道，你就知道了。

司馬焦有三天沒回來了，這是一個並不寧靜的夜晚，廖停雁穿著睡裙靠坐在窗前看直播，直播鏡頭裡還是那群跳舞的漂亮小姐們，笑顏如花的年輕女子旋轉起來，裙襬如花一般綻放。

院外傳來附近的同學在院子裡的歡笑聲，大概是在聚會，有點吵鬧。

廖停雁看了一會兒跳舞直播，移開目光看向院子外面的夜空。看到夜深了，隔壁院子的吵鬧聲降了下去，可能是散會了。直播鏡裡面的小姐們早就不跳舞了，各自陪著客人說笑喝酒，一對對的野鴛鴦打情罵俏著。

她換了個頻道，可是換來換去都沒什麼喜歡的畫面。做菜的廚房裡現在沒人，是一片漆黑，熱鬧街市也寂寥著，街上也沒什麼人了。那隻鳥的視角許久未動，牠在窩裡安靜地待著，旁邊沒有老婆孩子，可能是隻單身鳥。

廖停雁將一隻手伸出窗外，腦袋枕在手臂上，手指隨意揮動著。

忽然，有一隻冰涼的手點在了她的手背上，像是突然落下了一片雪。

廖停雁抬頭一看，發現果然是司馬焦回來了，他握住她伸出窗外的那隻手問：「為什麼不睡。」

這應該是個問句，但他沒有用疑問的語氣，他的神情有種透徹一切的小得意，特別像個小學生。

不是，你得意什麼？廖停雁和他隔窗對視了一會兒，聲明：「我不是在等你。」

司馬焦探身進來親她。

廖停雁在黯淡的燈光裡看到他的唇失去了鮮紅的顏色，顏色是淡的。但他的語氣、姿態一如往常，彷彿並沒有什麼事。

然後他接連半個月沒出門，似乎成了一個無業遊民，每日無所事事的，抱著廖停雁摸她的肚子，搞得廖停雁每天都懷疑自己是不是要失身了。

「你不出去了？事情做完了？」廖停雁忍不住問。

司馬焦：「沒有，讓他們多活一段時間。」

廖停雁莫名有種「從此君王不早朝」的負罪感。但她也不能勸人出門，她一勸，不就是會死人嗎？所以保持沉默。

關於為什麼讓他們多活一段時間，廖停雁沒問，司馬焦也沒說，他只是問她喜不喜歡熱鬧。

廖停雁：「滿喜歡的。」心裡想著，該不會是祖宗開竅了，準備帶她去熱鬧的地方約會什麼的。

這麼一想，還有點小期待。心裡的小鹿蹦蹦地亂跳著。

結果司馬焦說：「過段時間，庚辰仙府會非常熱鬧，到時候帶妳一起去看，庚辰仙府裡數萬年來最熱鬧的時刻。」他是帶著笑說的，很可怕的笑。顯然，他說的和他近來搞的大事有關。

廖停雁：「……」小鹿踉蹌兩下後就摔死了。

司馬焦突然就大笑起來，笑得連肩膀都在顫抖，把旁邊的小黑蛇嚇得揚起腦袋四處看。

廖停雁明白了，這祖宗又在搞逆天的讀心術，他肯定聽到小鹿摔死了，不然不會笑得像癲癇症一樣。

「說好只有在我心情特別激動的時候，你才能清楚聽到我心裡在想什麼的！」廖停雁大聲吼道。

司馬焦：「妳覺得妳剛才心情不激動嗎？心跳很快。」

廖停雁不想看他了，拿出鏡子看直播。但是一打開，看到三聖山宮殿裡有兩位不怕死的男女在偷歡，秀了她一臉活春宮。

丟出去的直播鏡被小蛇屁顛屁顛地叼了回來，司馬焦看了眼雙手放在腹部，一副安樂死狀的廖停雁，伸手接過鏡子，問她：「妳不看了？」

廖停雁：「你好，本人已睡著，請在嗶一聲後留言。」

「嗶——」

司馬焦：「哈哈哈哈哈哈！」

這個人的笑點真低啊。

廖停雁做了兩天的高冷美人，直男司馬焦似乎完全沒看出來她隱藏在鹹魚本性下的策略，試探性地生氣。

只是有一天，他突然用誠實豆沙包問她：「妳最喜歡做的事情是什麼？」

廖停雁一臉呆滯，還沒反應過來問題是什麼，腦子裡就已經下意識迅速給出了鏗鏘有力的答案。

——摸魚。

作為社畜，大家都懂的，試問哪個社畜上班的時候不愛摸魚呢？如果上班不摸魚，上班最大的樂趣就沒有了。

但司馬焦不懂，他得到了答案後，直接把人帶到了一處守衛很森嚴，靈氣很充裕，景色很特殊的白湖岸邊。

指著透明湖水裡正在游動的冰藍色小魚，司馬焦說：「去吧。」

廖停雁：……去你妹，你當我神奇寶貝嗎！

8　8　8

這一片湖邊是雪白的沙子，上面還零星開了許多白色的小花，乍看像是雪地，湖不大，岸邊的水位特別低，大約只到人類小腿的位置。湖底也是白沙，再加上湖水清澈，裡面那些遊動的冰藍色半透明小魚反而特別顯眼。

廖停雁站在那邊，大半天都沒動靜，司馬焦眉頭一挑，奇怪道：「妳不去摸魚？」摸魚？廖停雁現在就想抓一把沙子塞進這祖宗的衣領裡。

「我不去。」她說道，語氣硬邦邦的。

比她更硬的直男師祖司馬焦，上前就從湖裡抓出一條魚，往她面前一放：「妳摸吧。」他滿臉寫著「妳真的太懶了，喜歡摸魚都要別人抓了送到面前來才肯摸」，廖停雁被他氣到「精神煥發」，抓住那隻還在動彈的小魚想丟回水裡去。

司馬焦：「聽說這種冰藍魚吃了能養顏美容。」

廖停雁收回了手，決定不遷怒於無辜的小魚，畢竟是司馬焦造的孽，跟這條可以養顏美容的小魚有什麼關係。

司馬焦：「妳要是摸完了魚，還能烤來吃。」廖停雁的能吃和能睡，司馬焦已經有了深刻的認知。

廖停雁：「就在這裡烤？」他們進來的時候那麼多守衛，顯然這地方並不簡單，大搖大擺地來摸人家的魚也就罷了，還要當場烤魚，這也太叛逆了。

司馬焦，就是這麼叛逆。

廖停雁自從有了空間，就致力於把自己打造成哆啦A夢，想要什麼都能當場拿出來，所以她一邊說著這不太好吧，一邊拿出了燒烤架。

這燒烤架和現代的不太一樣，是她之前在一個食鋪裡，看到老闆娘做烤肉時使用的自製工具很不錯，找人買下來的，還訂做了好幾套，就為了這種需要野餐的時刻。

「一條魚太少了。」廖停雁掂量著自己手裡這隻靈氣濃郁飽滿的小魚，覺得還不夠自己吃兩口，她難得想主動動手做吃的，不能這麼寒酸。

這回不用司馬焦說，她就自動下水去摸魚了，而司馬焦完全沒有想幫忙的意思，坐在廖停雁拿出來的軟墊上，人已經癱了下去，彷若一個軟飯男。

廖停雁也沒管他，反正司馬焦又不吃東西，魚都是她自己要吃的，自己抓也沒什麼。她本來以為以自己化神期的修為，抓幾條小魚，那肯定是手到擒來，完全沒問題，可是下水十分鐘後，她竟然什麼都沒抓到，不由得開始懷疑人生了。

這些能在她手底下逃生的，真的是魚嗎？牠們真的不會什麼瞬移嗎？上一刻還在眼前悠閒游動的小魚，眨眼間就能消失得無影無蹤，剛才司馬焦是怎麼抓的？

她都已經用出自己所有能想到的術法了，還是沒用。總不能動用很厲害的雷系術法來電魚，如果弄出了大動靜，豈不是會招來更多守衛？

廖停雁空手而歸，默默在司馬焦旁邊躺下了，擺出了和燒烤架上孤零零的那一條魚同樣的姿勢。

司馬焦：「……」

廖停雁：「……」

雖然表面上兩個人都保持了沉默，但實際上廖停雁的腦子裡正慷慨激昂地重複一句話：『誰能幫我抓到好多魚，就是世界上最好的男人！我超喜歡、超崇拜的！會抓魚的男人太帥了！好讓人有安全感，真的，那魚好難抓，能抓到的都是超絕厲害。』

司馬焦按著額頭，坐起來，往水邊去了。

廖停雁也迅速坐了起來，在燒烤架旁邊等待。在司馬焦提著一大串魚回來的時候，廖停雁還有模有樣地遞給他一塊方巾，殷勤地說：「辛苦了辛苦了，來擦擦汗。」

根本沒汗的司馬焦接過那個小方巾擦了擦手，指揮道：「不要都烤了，替我煲個湯。」

廖停雁：「嗯？你要吃？」

司馬焦：「我抓的魚，我不能吃？」

廖停雁：「能能能，當然能。」

廖停雁處理魚的時候心想，是什麼讓從不愛吃東西的的祖宗開了金口要吃，是這能養顏美容的魚嗎？不是！是愛情啊！

沒想到，他竟然這麼喜歡自己，喜歡到願意克服厭食症，只為了吃她做的東西。這個念頭在吃魚的時候動搖了。媽啊！怎麼會有這麼好吃的魚！烤魚表面酥脆，魚肉軟糯沒有半點腥氣，還沒有刺，又鮮又香，燉的魚湯更是好喝得舌頭都要被吞掉了。

本該是司馬焦的湯，他只喝了兩口，剩下的都被廖停雁咕嚕咕嚕地大口喝完了。

「好喝？」司馬焦撐著下巴看她，眼中有一點戲謔。

「好喝。」廖停雁抱著肚子坦蕩地說。

破案了，司馬焦肯喝那兩口湯，肯定不是因為什麼見鬼的愛情，而是這湯實在太好喝了。她這麼隨隨便便一搞都這麼好吃，要是讓大廚用心去做，簡直無法想像。

司馬焦：「我幼時在三聖山，每日都會有人送許多吃食過去，這種魚也有，就是吃太多有些厭煩。」

廖停雁：……原來您不是厭食症，只是嘴刁挑食。

要是從前天天吃這麼好吃的東西，難怪現在會都不吃東西。媽的，好羨慕啊！

廖停雁搓了搓手：「您看，我們能打包回家嗎？」

司馬焦袖子一揮，撈空了半個湖的小魚，全都被廖停雁保存在保鮮盒裡，只要嘴饞了就能拿出來加個菜。

廖停雁：「夠了夠了，留一點讓資源再生嘛。」

這片湖名為雲空境，湖裡的魚是蘊靈飛魚，巴掌大的魚至少要長一百年，牠們吃的食物都是最精純的靈氣凝聚出來的小顆粒，還只吃水靈氣，所以呈現出一種漂亮的冰藍色。

一開始這裡是司馬一族的某位先人開闢的，不過時過境遷，現在已經屬於師氏一族的了。管理此處的是掌門師千縷同父異母的弟弟師千記，師千記本性貪婪又愛刁鑽，仗著兄長是掌門，手裡積了不少的寶貝，這片湖和魚就是他的寶貝之一。

平時他自己要吃也捨不得多抓，只過段時間就抓個兩三條解解饞，他最疼愛的孩子們，也只有在討了他歡心的時候，才能得到一條當作賞賜。

這一天，心情愉悅前來抓魚的師千記，發出了心痛至極的怒吼。

這一場摸魚風波，連身在庚辰仙府外府的廖停雁都很快聽說了，鬧得很是沸沸揚揚。師千記因為自己寶貝被偷的事大發脾氣，怎麼樣都不肯善罷甘休，派出了不少弟子門人追查賊人蹤跡。

他是個什麼身分，他的寶貝被盜當然也是大事，消息很快就傳遍各地，到處都在討論是誰那麼大膽，有那種修為，敢做出這種事。

當初司馬焦大鬧天宮，殺了那麼多高層都沒傳出消息來，帶她隨便去摸個魚就鬧得如此轟轟烈烈，你們可真是有趣啊！廖停雁聽到消息時心想。

她聽見周圍的同學們討論時，手裡還拿著剛炸出來沒多久的香酥小魚乾。

原來是這麼珍貴的東西，頓時覺得嘴裡的小魚乾更香了。

司馬焦聽著這些，面無表情，玩著他自己的小球，又是那副準備要出門搞事的預兆。

廖停雁多看了他兩眼，司馬焦忽然伸手拉過她的脖子，按著她的後腦勺靠近親一口。

他嫌棄道：「一嘴魚味。」

廖停雁擦了擦嘴，繼續喀嚓喀嚓地吃魚乾。

她吃完魚乾，理智地分析：「我建議你找點更好吃的給我，那下次就會有一嘴其他的味道，我想想……牛肉味怎麼樣？」

司馬焦：「牛肉有什麼好吃的。」

廖停雁：「你這句話臣妾已經聽厭了，臣妾都愛吃，都想吃。」

司馬焦：「妳最近吃太多，肚子上長肉了。」

廖停雁瞬間站起：「胡說，修仙人士怎麼會長胖！」

司馬焦：「那就是懷孕了。」

廖停雁腿軟坐下：「不可能，神交怎麼懷孕！」

司馬焦滿臉無所謂的表情：「妳沒聽說過『有感而孕』？」

他說的和真的一樣，廖停雁神情驚恐地看著他：「什麼亂七八糟的東西，你們這麼會玩嗎？既然這樣都能懷孕，你都沒有做好保護措施嗎？」

司馬焦：「噗。」他用細長的手指遮住了額頭和眼睛。

廖停雁：「你笑了，所以你是在騙我的是不是！」

司馬焦搖頭大笑，看她的神情就好像看智障般的憐愛。

廖停雁怒從心頭起，張牙舞爪地撲了過去，想要給這個欺負女同學的小學生一個教訓。被他伸腿一絆，又抱著腰壓倒在桌子上，動彈不得。

被人全面鎮壓，廖停雁神情嚴肅而殘忍地說：「我要減肥，把我肚子上的軟肉全都減掉，以後就再也沒有這麼好的手感了！」

司馬焦：「……」

他這次出門回來，還帶了一隻牛。

反正他每次都是半夜回來，廖停雁次次都會被他搖醒，這次被搖醒後看到屋內還有頭哞哞叫的牛，她簡直無言以對。

這隻牛披著華麗的墊子，牛角上還鑲著珠寶，頸上戴著寶圈，打扮得珠光寶氣的，比廖停雁還像貴婦。顯然不是什麼普通的牛，普通的牛怎麼會哭著求饒呢？

牛說了一嘴人話：「求前輩不要吃我！」

廖停雁一頭塞回被子裡，不想面對這個夜半三更的噩夢，但又被司馬焦不依不饒地撈了起來：「妳不是說要吃牛肉？」

廖停雁怒了，你他媽帶回來的是牛嗎？管牠是牛妖還是牛精，總之就不是牛。

「我只吃不會說話的牛。」廖停雁漠然。

司馬焦滿臉理所當然：「切掉舌頭就不會說話了。」他還冷冷地看了那嚶嚶哭著的「牛」一眼，陰氣森森地說：「不許再說話了。」

「牛」嚇得抽抽噎噎，如果不看牠那壯碩的身軀和有力的蹄子，真像個可憐的良家婦女。司馬焦的凶殘是純天然的。

廖停雁也想學那隻「牛」抽噎了，她握著司馬焦的手：「我真的不想吃，求你了祖宗，來，肚子給你摸，隨便摸，這隻牛從哪裡來的，就讓牠回哪裡去行嗎？」

司馬焦捏著她軟軟的肚子，還是很不高興：「妳近來愈發膽大妄為了。」不是很凶的語氣，在這樣的情境下更像是抱怨。

廖停雁不僅不害怕，甚至還想罵人：你說那是什麼屁話，我有你膽大妄為嗎？

心裡平心靜氣地大罵，嘴上卻是飛快地認輸求饒：「是，我膽子超大的，大半夜的不要吵架啦，我們睡吧？好不好？」

第二天早上起來，屋裡的牛沒了，廖停雁還以為是自己昨晚作夢了，誰知道一低頭，看到小黑蛇推著關小山雞的籠子過來，籠子裡面多了一隻變小的牛。變小的牛還挺適應的，追著那兩隻小山雞玩。

黑蛇要餵的，除了兩隻小山雞，又多了一隻牛。

廖停雁問司馬焦：「這隻牛究竟是什麼身分？」

司馬焦說：「一隻牛妖的妻子。」

廖停雁：「你把人家的老婆搶了過來，牛妖先生不會來尋仇嗎？而且莫名其妙被搶了老婆，有點慘啊！」

司馬焦考慮片刻：「妳說得對。」

然後他消失了半天，把牛妖也帶回來了，讓牠們夫妻團聚。兩隻變小的牛待在另一個小籠子裡，又成了小黑蛇的寵物。

廖停雁：好流暢的操作！

廖停雁：「請問，您是怎麼想的？」

司馬焦：「災難的慘痛，不應該只讓其中一隻承受，既然他們感情好，當然要一起承受。」

還以為他會把牛大姐放回去的廖停雁服了。她面前的這位祖宗，神色理所當然，顯然他就是打從心底這麼想，並且不覺得這有什麼不對。

老大，你是反社會人格嗎？

沒過多久，廖停雁發現那對被抓來的牛妖夫婦對於司馬焦不僅沒有仇恨，還異常地恭敬，總是想要討好這個深不可測的祖宗，非常期望能成為他的小弟。為此他們主動承擔起了獄卒的責任，開始放牧那兩隻小山雞，連小黑蛇都升了一級，成為牛妖夫婦的大哥。

小黑蛇的智商不高，但對人的敏銳度和司馬焦一脈相承，對生活的態度則和廖停雁異曲同工，還多了份天真稚嫩的憨傻，簡稱少一根筋。司馬焦對牠雖然不是很好，但總有一份縱容，廖停雁則時常為牠帶些吃的喝的，偶爾摸摸牠的腦袋，跟牠玩一會兒寵物飛盤。

牛妖夫婦私底下聊起來，猜測那位把他們抓來的前輩說不定是隻高深蛇妖，因為修為太高所以他們看不出來他的原型。而小黑蛇，就是前輩和那個女子生下的孩子。

「肯定是那女子生的，只有對自己的女人、自己孩子的媽，才會這麼縱容！」牛妖信誓旦旦地，他的老婆也點頭贊同。

於是對於廖停雁這個祖宗的女人，牛妖大姐十分熱情地恭維著，還試圖載她上街。

「我跑起來很快很穩！騎在我身上很舒服的！」

廖停雁：「不了、不了。」

廖停雁完全不知道自己在那對夫婦眼裡是什麼形象，她看著那對變成拳頭大小，還試圖融入敵營的牛妖，再次見識到了這個強者為尊的世界。如果司馬焦想，以他展現出來的實力，估計分秒鐘內就能成立一支庚辰仙府反抗軍，可他卻完全沒這個意思，自信自我到了偏執的程度。

「你們人那麼多有什麼用，老子一個人能搞死你們全部！」——這大概就是司馬焦的真實心理寫照，真實傲慢。

他這樣的男人，不會把那兩隻小牛妖看在眼裡，既然廖停雁不吃，他很快就忘了這件事，兩隻變小的牛妖只好保持著這個體型，勤勤懇懇地表現，期望哪一天能真正被司馬焦收入麾下。

又到了廖停雁出去吃飯的日子，眼看要換季了，她還準備買點衣服，所以這次是帶著侍女出門的。四個侍女、兩個護衛，算是低配版的大小姐出行。

辰學府裡多的是富不知道祖宗幾代的小姐公子，手裡都很有錢，各個出手闊綽，直接帶動了周邊坊市的年收入。學府周圍這一片算是庚辰仙府外府最熱鬧的地方，諸位小姐夫人們最愛的衣裙首飾、香水膏藥等商鋪，自然也少不了。

廖停雁最常去的是主街上最大的那家雲衣繡戶，專營高階女子服飾，幾千種布料製作成彩蝶飛舞在寬敞的室內，供女客們挑選心儀的布料，有已經製作好的衣裙售賣，還可以訂製款式。

來過好幾次了，灑下大把靈石的廖停雁是位貴賓級客戶，一走進去就有笑成花的侍者前來帶她去專用的花廳看布料和新式衣裙。這裡的貴客都有些專用的小廳，避免和其他客人一起在外面等，還有專人全程陪同，其貼心程度，絲毫不亞於海底撈服務生。

「您請看，這是本月新到的一種布料，星雲紗，若是在夜晚，裙襬上的星芒閃爍，如同天上的星河流轉，極為美麗。而且這些星辰會巧妙地刻印上陣法，基礎的防塵功能自不必說，還可以用來防禦……」聲音清脆的侍者一樣樣地介紹新品。

「還有這緞花錦，這一種花錦圖案可不是普通的花，若是一般的人別說是見過，就是聽都從未聽過。這花名為『日月幽曇』，可不得了！」

侍者介紹到這裡的時候，神情崇敬而肅然：「庚辰仙府最富盛名的司馬一族您想必知道，這日月幽曇被稱作那些大人們的伴生花，很少有人能見到這種花的真容，而這花紋，只有我們雲衣繡戶才有！」

廖停雁：「……嗯，滿好看的。」

但是作為親眼見過這種花，甚至還吃過的人，廖停雁發現這花朵的形狀不太對，葉子也不太對。

不過這花繡的確實很好看，用黑白兩色織出來的花不顯單調，反而隨著光線移動、花枝搖顫，大概不是用普通絲線製成，也不是普通方法繡出來的。

介紹的侍者似乎對這獨有的花紋很是自豪，說道：「這花錦向來最是難求，我們雲衣繡戶每年也才得十幾匹，從來都是供不應求。」

廖停雁看她吹得這麼賣力，點點頭：「那就這一樣，和剛才那種星雲紗都要了。」

侍者笑吟吟地繼續為她介紹下一種：「您再看看這個，這是溶金縷……」

剛說完一句話，穿著青衣的小侍者從外面匆匆走進來，小聲對介紹員說了兩句什麼。

在單獨小花廳裡介紹的侍者都是藍衣侍者，比青衣侍者的等級要高一些，聽到那青衣侍者的話後，藍衣侍者皺了皺眉，對廖停雁告罪一聲，到另一邊說話。

廖停雁雖然不是故意要聽，但她修為擺在那裡，所以聽得清清楚楚。

旁邊好像有個身分滿高的大小姐，看上了日月幽曇緞花錦，放話說全都要了，所以廖停雁剛才訂下的那匹，也要送去給她。

如果是脾氣不好的，說要把看中的東西讓出去，肯定會生氣。但廖停雁無所謂，反正她也不是非要這日月幽曇緞花錦不可，畢竟花紋不對，看著總覺得是假貨。

過了一會兒，藍衣侍者硬著頭皮過來了，很是抱歉小心地賠笑：「真是不好意思，這日月幽曇緞花錦已經被預訂，是我疏忽了，不知道這件事……為表示歉意，您今日在這裡隨便選二十匹新布，當做給您的賠禮，不知可否？」

這種事說起來怎麼做都討不了好，主要看誰家大勢大，更不能得罪。侍者把搶布匹這事說成是自己的錯，也是為了避免發生爭執，把事情鬧大。

廖停雁身後的侍女都是永令春調教出來的，脾氣很大，在夜遊宮裡霸道慣了，到了辰學府沒有從前那麼得寵，時常被她們小姐冷落，正焦急地想要了表忠心，重得小姐的喜愛，如今遇到事情了，她們比廖停雁還要生氣，立刻站出來身先士卒。

「什麼疏忽，我看是有人搶我們家小姐東西，你們狗眼看人低，不敢得罪，才想這樣隨便打發我們吧！」

「正是，所謂先來後到，哪有要我們把東西讓出去的道理！」

「你們可知道我家小姐是誰？我們家小姐是夜遊宮的大小姐，木府暮修老祖的外孫女！」

廖停雁一個字還沒吐出來，就被幾個侍女連珠炮般的話堵住了，她們誇獎讚美自己的時候很能說，罵人的時候也很能說，只是有個問題——這語氣和說法，真的很像十八線惡毒女配角身邊的狐假虎威丫鬟，等著被女主角打臉的那種。

「呵，區區一個夜遊宮。」花廳門口傳來一聲冷笑：「就算是夜遊宮宮主和暮修老祖親自來了，在我面前也只配下跪磕頭。」

你看，果然，打臉的人來了。

站在那裡的妹子渾身上下散發著高貴的氣息，身上戴了好幾個珍稀的天級靈器，腦袋上的釵歡首飾不僅別致特殊，還有著許多個陣法禁制，身上從衣服到鞋和配飾，沒一件是凡品。

不只是她，她身邊伺候的那些男男女女，一個個都是高貴優雅的，還有一群修為極高的護衛，和廖停雁一樣的化神期修士有四個。

廖停雁看得眉心一跳，看來打不過啊。

而且這眾星拱月的妹子，她認識！

當初她和司馬焦還住在白鹿崖，有一次祖宗鬧脾氣，莫名其妙關她禁閉，禁閉地點就在白雁飛閣。就是能在空中飛的，被白雁群托起的一座小閣樓，那是月之宮宮主女兒月初回的東西。

當時司馬焦帶著她，把白雁飛閣的主人月初回踹了出去。因為當時那個倒楣妹子被踹飛的表情實在太猙獰了，讓她記憶十分深刻就記住了。

那不正是此刻站在前面，這個一臉譏諷不屑的妹子嗎？

這種在庚辰仙府內府的小公主，怎麼會跑到外府來？這是何等孽緣？

這件事說起來還與司馬焦有關，司馬焦之前殺了內府那麼多人，各家閉關的老祖宗們都被他弄死、弄傷了許多，引起了不小的動盪。掌門與其他人雖然極力穩住了消息，沒有傳出去，但他們都知道司馬焦不會善罷甘休，最近的庚辰仙府內府都人心惶惶。

月之宮宮主在那一戰裡也受了不輕的傷，最近月之宮內發生了一些事，她焦頭爛額，又擔心司馬焦回來報復，於是把女兒打包送到外府的分支裡，讓她散散心，也讓她避避禍。

而月初回自從被慈藏道君毫不憐香惜玉的一腳踹碎了一顆少女心，鬱鬱寡歡了許久，脾氣也越發不好。這次被母親送到這裡，她更是心情煩悶，才在外府月家分支的諸位小姐陪同下來看新衣服。

她也不是很喜歡那日月幽曇的緞花錦，畢竟她從小到大要什麼沒有，她可是見過真正的日月幽曇的。不過她不喜歡，不代表她不要，她如果要了，別人就不能要。

廖停雁這回就是純粹倒楣，掃到人家的颱風尾了。眼看事情無法善終，廖停雁站起身，先退一步道：「既然妳想要，那就給妳。」

她自覺自己的語氣還是很友好的，對方人多勢眾，未免吃虧，她決定先走為妙。

然而月初回不讓她走。

「我讓妳走了嗎？」月初回認不出她那張永令春的臉，但不妨礙她覺得廖停雁討厭：「妳是夜遊宮的？」

廖停雁坦坦蕩蕩：「是。」

月初回只冷笑一聲，她自己都不用說話，旁邊那些陪客們就三百六十度開始語言羞辱，氣得廖停雁身後那幾個侍女臉色通紅。

廖停雁巍然不動，連眼皮都沒抬。

月初回就是想羞辱她，沒想到她什麼反應都沒有，她更加生氣了。恰巧這時候纏在廖停雁腳腕上的小黑蛇醒了，爬出來看了一眼。

月初回看到這條小黑蛇，一下子想起慈藏道君養著的那條大黑蛇，心情更加不好，對著廖停雁微抬起下巴，吩咐道：「把這條蛇留下給我，妳滾吧！以後不要再讓我看見妳，不然我要妳的小命也只是一句話的事。」

廖停雁把小黑蛇抓起來，塞進了袖子裡。

這位小朋友，妳知道嗎？要妳的命，也就是一句話的事。

8 8 8

山脈地下千丈之地，有靈氣沖刷多年形成的空洞，這些空洞形狀各異，如同人靈脈上的細小筋膜。交錯的靈氣脈絡會在山腹中結出一地靈池，這處靈池便是一座靈山裡最重要的心臟。

高挑修長的黑色身影在靈池邊俯身，他屈指一彈，金紅色的液體落入靈池，彷彿火星落入酒池。火焰在靈池裡鋪開，無聲而迅速地燃燒了起來。

燃燒的靈池散逸出更加濃郁的靈氣，穿過那些空洞向外彌漫，黑影冷白的手指微動，揮開那些依附而來的靈氣，轉身往外去。

靈池所在之處並不容易尋找，想到靈池旁也不容易，若不是庚辰仙府中的靈山幾乎都與奉山靈火有一絲聯繫，司馬焦也找不到此處。

在他身後留下的那一點火焰，開始慢慢藉由散逸的靈氣，燃燒到各處。

庚辰仙府內府的九座靈山山脈裡，住著師氏一族的幾乎所有人，幾位宮主與掌門的宮闕也在此處，還有祭壇廣場、奉山神殿，全都在山脈中心。而這些山脈的靈池，此時都已經燃燒著暗火，只等有朝一日，東風來了。

司馬焦離開山腹，一個身穿師氏家紋衣袍的男子在外面等著。男子眼神空洞，神色恭敬。司馬焦從他身旁走過，在他額心輕點，他也毫無反應，只是半晌後眼神清明了一些，毫無異樣地朝另一個方向走去。

像這個男子一樣的人，內府已經有了不少，都是一些身分不太高、修為也不高的家族邊緣弟子，因為種種原因在主支內不得重視。這些都是司馬焦選中的「火種」，等到了那一日，他們就會像真正的火種一樣，點燃整個庚辰仙府。

龐然大物看起來固然不好惹，可是正因為身軀龐大，才有許多顧及不到之處。樹大根深，無法輕易拔起，但若在樹中心放一把火，又會如何？大概會火乘風勢起，全燒個清清靜靜。

今日身上沒有沾上血，也就沒有看到什麼能帶回去的小東西，司馬焦走到學院門口，才發現自己空著手。

不知道哪一次起養成的習慣，回來總要帶點什麼。

算了，既然今日沒帶什麼，就讓她好好睡吧，不把她搖醒就是。

自顧自決定好後，他走進屋。

人不在。

以往他每次回來，那張大床上都會鼓起一個小坡，屋內有淡淡的香氣，床邊擺著的小桌子上面還有小盤子裝的零碎小吃，和大瓶的靈液。那面千里鏡會掛在床邊，發出細微的響聲。裡間燭火總是熄滅的，但外間會掛著一個光線不太明亮的小花燈，花形的影子安靜落在地面和床帳上。

但今日，屋內一片安靜，那股暖香都散得差不多了，有些寥落冷清，小花燈也沒亮。她又跑出去玩了。

司馬焦在黑暗裡坐了一會兒，心情不太好，站起來準備去把人抓回來睡覺。

他剛站起來就聽到窗邊有一陣動靜，一隻小黑蛇從窗邊溜進來，小黑蛇見到他，猛搖了兩下尾巴，嘶嘶地衝過來咬住了他的衣角。

司馬焦低頭看著自己養了很多年，但腦子完全沒好過的蠢坐騎，牠不知道想要表達什麼，身體糾結得都快打成麻花了。

「放開。」

小黑蛇顫顫地鬆口，委屈地在地上打轉。忽然，牠往地上一躺，躺得僵直。

司馬焦看了牠一會兒，神色漸漸冷了下來，問道：「廖停雁？」

小黑蛇聽到這個名字，扭動著轉了圈，又換了個姿勢僵硬地倒下。司馬焦的臉簡直冷得快要結冰了，他一把捏起在地上團團轉的小黑蛇，把牠丟了出去。

「去找她。」

小黑蛇落地後變回了大黑蛇，司馬焦踩在牠身上，被牠載著風馳電掣地爬向辰學府外的紫騮山別宮。

這一處別宮如今是月初回在住，整座別宮依山而建，月初回就住在山頂最高處的宮殿雲台，讓幾十位侍女和上百位護衛守著這個小公主。

月初回住在別宮裡最好的宮殿，而廖停雁作為階下囚，住的當然是禁閉宮牢。當時在雲衣繡戶，廖停雁不肯交出小黑蛇，還在月初回眼皮底下把小黑蛇放走了，讓這位小公主氣極，當時就直接差人把她抓回來了。

她還以為廖停雁是那個什麼夜遊宮永令春這種小角色，完全沒在怕的，找人收拾了一頓後，就把人隨便關進了陰冷的地牢，然後把她忘在了腦後。

距離那場衝突已經過了一天多，廖停雁都睡過兩回合了。

司馬焦找到人的時候，發現廖停雁蜷縮著身子躺在角落裡，一張小臉蒼白著，十分可憐。他大步上前半蹲在廖停雁身邊，伸手撫摸她的臉。

地牢裡很冷，她的臉頰也很冷。司馬焦剛開始以為她暈倒了，後來才發現她是睡著了。

司馬焦：「……」

「醒醒。」

廖停雁睡迷糊了，睜開眼睛就看到司馬焦一張凶凶的冷臉，聽到他問：「妳醒了，睡得舒服嗎？」

她下意識點了點頭：「還行。」

眼看那張臉上的神情都扭曲了，她頓時清醒，立刻改口：「不舒服，我太難受了！你終於來救我了嗚嗚嗚！」

司馬焦：「起來。」

廖停雁嘆了口氣：「不是我不想動，我是動不了。」

司馬焦這才發現她的情況確實不太好，她帶著內傷，靈力也被壓制住了。

廖停雁看著他的臉色，清了清嗓子憔悴地道：「是這樣的，要是等級比我低，我就動手試試了，但是對方有四個化神期修士，我打不過，就沒動手了。」

有四個跟她差不多修為，身經百戰的化神期高人，要是真的動手，她不僅沒勝算，還很有可能會暴露身分。只好先吃點悶虧，反正他肯定會來找她，等師祖來了再說。

雖說想是這麼想，可當時被踢在肚子上又打在臉上，也是真痛。一個人在這裡躺著還好，此刻見到了司馬焦，她放鬆之餘，立刻覺得難受起來。

司馬焦的神情已經很久沒有這麼難看過了，廖停雁多看他一眼就覺得更怕一點，好像他回到了最初三聖山的時候，那個立刻要屠幾個人祭天的殺人狂模樣。

司馬焦將她抱了起來，讓她靠在自己身上，這才發現她側著的那半張臉上還有一道長長的劃痕，凝聚著血塊，像是用鋒利的東西割的。他的眼神又冷又沉，伸手摸了一下那道沒再流血的傷口。

廖停雁：「疼疼疼！」

司馬焦沒理她，捏著她的臉動作越來越重，把她臉上那個傷口又弄裂了，鮮血像露珠一樣，從傷口縫隙裡溢了出來。

廖停雁被他捏到直往後躲：「祖宗，你住手，我要痛死了！」

司馬焦捏著她的後頸，把她按回自己懷裡，不許她躲，探身上前貼著她臉頰上的傷口舔了一下，舔掉了被擠出來的血珠。

廖停雁看到他的下巴，看到他的鎖骨，還有滾動的喉結。臉上一熱——這個熱，來自於面前這男人的唇舌，也來自於自己的身體反應。

不是，你在幹嘛？修仙世界不流行口水消毒吧！能別做這種變態變態的動作嗎？

她忍不住下意識地遮了遮自己的肚子，那裡還有一道傷口呢，要是都這樣來她可承受不住，成年人了，不能這麼亂來的。

司馬焦的唇上沾了她的血，神情十分可怕，又往她的唇上貼了貼，然後將她抱起來。

廖停雁掛在他身上，伸手攬了一下他的脖子，整個人放鬆地癱著，無意識抱怨道：「這地方真是要命，連個床都沒有，地上又涼。那個大小姐的手下動手特別狠，打得我靈力都用不出來了，本來我的空間裡還放了床的，吃的也拿不出來，我還沒洗澡，等回去了要先泡個澡。」

司馬焦：「住嘴。」

廖停雁：「我再說一句話，我們這是要去哪裡？」

她還以為救了人，這祖宗要先帶她回去，結果他直接朝著別宮最高的雲台宮去了。

廖停雁試探地問：「去殺人？」

司馬焦：「不然呢？」

廖停雁：「我覺得可以先把我送回去再說。」

司馬焦沉著臉：「等不了那麼久，妳安靜待著，不然連妳一起殺。」

廖停雁：「？」

不是，老大你已經氣瘋了嗎？說這什麼傻話？我是你的小寶貝啊！你捨得殺我嗎？

司馬焦完全不像是在開玩笑，語氣陰沉：「死在我手中，總比死在別人手中好。」

廖停雁不敢出聲了。

這祖宗好像又發病了，不能講道理，先鹹魚一番再說。反正今晚最危險的，肯定不是她。

全場最倒楣，月初回。

月初回在她以雲霞錦鋪成的床上醒來，發現門外有火光，不由得顰眉揚聲道：「外面什麼動靜？朝雨，滾進來！」

門開了，進來的不是她誠惶誠恐的侍女，而是一個沒見過的陌生男子，他長衣帶血，懷裡還抱著個女子，女子遮著眼睛，一言不發。

月初回認出那是之前忤逆自己，被關起來的永令春，立刻喝道：「大膽，誰給你的膽子敢闖入我的月宮！」

「人呢？韓道君、角風道君！」

月初回喊了兩聲不見回應，終於發覺不對勁了，眼中露出些許疑慮：「你是什麼人，你們做了什麼把他們引開了？我告訴你，就算一時把他們引開，他們也很快就會回來的，到時候你們都跑不掉！」

她根本沒考慮過自己的那些保鏢護衛已經死了，畢竟除了四個明面上化神期修為的護衛，她還有一個暗地裡保護的暗衛，那個人的修為已經到了煉虛期，有他在，她在這外府都能橫著走路。

廖停雁放下遮著眼睛的手，看了一眼坐在床上的月初回。事故現場，誰會出事誰知道。

司馬焦把她放在一邊坐著，走到床邊，捏碎了月初回祭出的幾個防禦法陣，又攔下了她求救的訊號，掐著她的脖子把她從床上拖下來，一路拖到門口。

掙扎不休的月初回看到門外的場景時，雙眼睜大，不敢置信，連身體也僵住了。

廖停雁很能理解小公主現在的心情，她跟了司馬焦這麼久，也看過不少他的殺人現場，都沒有這次的重口味。以前那些還能忍住，今天這次她實在忍不住了，不遮住眼睛就要吐出來了。

「不可能、不可能的，怎麼會……」月初回顫抖著身體，低聲喃喃，看向司馬焦時的神情變了，滿是恐懼。

面對死亡，施暴者大多都是這樣的姿態，與他們殺死別人時截然不同。

司馬焦把人掐著脖子拖到廖停雁面前，對廖停雁道：「妳來，剝了她的臉皮，再殺了她。」

廖停雁：「嗯？」

她當場就滑下椅子跪下：「我不要。」

司馬焦抓住她的手，捏著她的手指往月初回臉上探去，指尖凝聚出鋒利的刀形，是鐵了心要教她親自動手剝皮殺人。

廖停雁把手往回縮，奈何比不過司馬焦的力氣，他還環著她的身體，壓著她的背，臉頰貼著她的側臉，在她耳邊說：「這個人欺負妳、傷了妳，妳就要親手報復回去。她傷了妳的臉，妳就剝了她的臉皮，她讓人打妳，妳就打斷她身上所有的骨頭經脈，她讓妳疼，妳就讓她劇痛而死。」

司馬焦語氣森然，眼睛帶著惱怒的紅，嚇得在地上不能動彈的月初回眼淚狂飆，大聲求饒。

廖停雁手抖得厲害，還疼得直叫，叫得比月初回還大聲：「我真的疼，肚子特別疼，真的，你先放手，有話好好說，我們回去再說行不行！」

司馬焦：「不行。」

廖停雁當場吐了一口血給他看，奄奄一息：「我受了好嚴重的內傷，再不救我就要死了。」

司馬焦一口咬在她脖子上，咬得她像隻魚一樣亂顫。

廖停雁發覺他手上的力道鬆了一點，立刻掙脫他的手，一把抱住這位凶殘老祖宗的腦袋，胡亂地親了幾下：「我錯了，我好怕痛，先回去養傷行不行，求你啦祖宗！」

第十一章 怎麼逗笑一個「暴走」狀態的祖師男友

廖停雁又是裝死又是撒嬌，終於把半瘋狀態的祖宗哄動了。

他用那種超可怕的眼神盯了她一會兒，微不可察地動了動眉頭，然後彎腰把她抱了起來。廖停雁知道，他這是放棄逼自己親手報仇了，她也放鬆下來，把手放在自己肚子上輕輕吸了一口涼氣。痛是真的痛，不是裝的。

在這個世界，或許哪一天迫於無奈，被逼到絕境後，為了自保她會動手殺人，但在現在這種情況下握著她的手逼她殺，她是不會聽的。

當然，這主要是因為現在逼她的，應該算是她關係比較親密的人，她清楚對方不會真的傷害自己，所以有恃無恐，還敢撒嬌。

雖然撒嬌這招不熟練，好歹有用。

司馬焦抱起廖停雁走到月初回身前，月初回越發恐懼，哭喊起來：「放過我！不要殺我，我是月之宮的少宮主，只要你放了我，我母親會給你很多珍貴的寶物、天階功法、靈器還有靈丹，什麼都可以！」

她被司馬焦定在原地，無法動彈，只能看著死亡降臨，崩潰地大哭起來。這許多年來，她擁有著尊貴的身分，過著無憂無慮的生活，被所有人捧在頭頂，怎麼都沒想到，只是因為自己鬧脾氣收拾了一個身分不高的女人，就會招來殺身之禍。

她到現在還不知道面前這兩人究竟是誰。

司馬焦沒有和她多說的意思，冷漠地抬起腳，踩在月初回的臉上。

月初回慘叫了一聲，更加急促地哭喊：「如果你們殺了我，就是和月之宮作對，我母親絕對不會善罷甘休，只要你們現在放過我，所有的事情我都既往不咎，還給你們身分和名望……永、永令春是嗎？妳幫我求情，我讓母親幫夜遊宮！」

廖停雁把臉埋在司馬焦的胸口，不想看到血腥現場。

她只是不肯動手殺人，真的要說起來，也就是她不適應這個世界的法則，但沒有想用自己的標準干預他人行為的意思。再說，她現在是算是反派陣營的，怎麼會幫害自己的人求情，這個遠近親疏心裡有頭緒的好嗎？

「啪嚓。」

像是踩碎了西瓜的聲音，還有一點黏膩的水聲。

司馬焦一腳踩碎了月初回那顆美麗的腦袋，連帶著她飄散而出的神魂，都一併踩碎了。

廖停雁一動也不動，被他抱著離開雲台宮。這一路上，廖停雁也沒有抬頭看周圍，因為周圍一片都是血腥的現場，多看一眼大概晚上會作噩夢的那種。

大黑蛇還在外面，正對著一地的屍體愁眉不展。不知道一條蛇是怎麼表現「愁眉不展」的，總之牠對著那些屍體張著大嘴，猶豫躊躇著。

牠在三聖山被司馬焦養久了，就是個垃圾桶，要負責吃掉屍體、保持主人的居住環境整潔，所以養成了看到屍體就主動過去吞掉的習慣。

以前沒有其他吃的也就算了，跟在廖停雁身邊被投餵了那麼多好吃的，哪樣都比屍體好吃一萬倍，牠真的好嫌棄這些「垃圾」，現在就不太想吃。

可是不吃的話，牠又怕主人發脾氣。這一陣耽擱，就耽擱到司馬焦把人帶回來。

大黑蛇看到主人那熟悉的可怕氣息，立刻就怕了，張開大嘴準備吞屍體。

司馬焦見到黑蛇的行為，罵了一句：「什麼髒東西都吃，住嘴。」

大黑蛇：「……」你以前不是這麼說的，好委屈。

但是不用吃這些屍體，開心開心。

廖停雁如願以償地洗了澡，躺回自己柔軟的大床上，感覺身體裡的疼痛感都減輕了幾分。在她洗澡時消失的司馬焦回來了，這麼短的時間，不知道他是去了哪家的寶庫走了一圈，帶了很多丹藥回來。

這位老大進庚辰仙府的寶庫就像是進自家後院一樣，來去自如，廖停雁吃了他拿出來的兩顆白色丹藥，覺得身體暖洋洋的，傷處瘀滯的雷屬靈力被化解散開。

這是一個化神期雷屬修士留下的傷，因為月初回覺得她不服管教，要那修士用雷屬長鞭抽打。那傢伙為了哄小公主開心，還故意把爆裂的雷靈力埋進傷處，痛得她差點暈過去。

司馬焦的手按上她的傷處，緩緩移動。他的手是冷的，可是隨著他的動作，剩下的那一絲四處肆虐的雷靈力也被他引出，靈脈好受了許多，再有藥力緩解，破損處便開始慢慢修復。

被阻斷的靈力也緩緩流動了起來，開始自行修復身體的受損，另外比較嚴重的傷處是腹部，是月初回身邊一個土屬修士踢出來的。

短小肥厚的胖子踢人超痛，如果不是她有化神期的修為，估計會直接被他踢到肚子都炸開來。不過現在也沒好到哪裡去，臟腑受創，肚子上一團青黑，不知道是不是那胖子用了什麼特殊能力，看起來特別可怕，一直在抽痛。

司馬焦撩起她肚子上的衣服，看到傷處時，神情難看，冷聲道：「剛才處理得太簡單了，早知道那些東西這樣傷妳，就該讓他們死得更慘。」

廖停雁：「……」還要怎麼死得更慘？那幾位仁兄還不夠慘嗎？其他的不說，就那位雷屬修士，您老人家用暴雷從他的天靈蓋灌了進去，連同腦袋一起炸碎了人家的靈脈；那個土屬修士，靈府都直接撕開了，肚子也被人挖破了，腸子拉出來好長一截，用來勒死了其他弟兄。

「嘔。」不能回想，要吐了。

而現在，司馬焦用那雙挖人家肚子的手，輕柔地撫摸著她的肚子，她都覺得毛毛的，怕他一個想不開對她使出黑虎掏心。他之前氣瘋了說連她都要殺，現在看起來也很氣，挖個肚子什麼的也有可能。

而且他之前撕人家肚子的時候至少是笑著的，現在摸她的肚子，臉色比掏人家肚子的時候更難看。

大概是感受到她的緊張，司馬焦瞇了瞇眼睛，大手蓋上她的肚子，手指沿著傷口邊緣滑動，俯身問她：「害怕？」

感覺這是個說真話就會送命的問題，既然沒用誠實豆沙包，就表示祖宗允許她用假話絕地求生，於是廖停雁說：「不怕。」

司馬焦：「妳到現在還不知道怕？」

他說這句話的語氣很平靜，平靜到令人害怕。廖停雁心想，我這選項錯了嗎？

司馬焦一手扶著她的臉，摸了一下她臉上的那個傷口：「妳應該受點懲罰。」

廖停雁：「……」我做錯什麼了，這就要受到懲罰？

什麼懲罰？真的要挖肚子嗎？別了吧，挖完還會再幫我治療的吧？廖停雁緊張地遮住了自己的肚子，卻被剝掉了衣服。

一時之間，廖停雁的心情竟然有點複雜。你是這個「懲罰」的意思就早點說啊，搞得我這麼緊張。

司馬焦：「妳好像沒有掙扎的意思。」

廖停雁：「啊？如果你有這方面的要求，我試試吧。」

她敷衍地扭動了兩下，說：「不要這樣，快住手。」

暴怒的司馬焦差點被她逗笑了，但是他臉色扭曲了一下，忍了回去，捏著她的臉：「不許逗我笑。」

廖停雁：誰知道你清奇的笑點長在哪裡，你這個人真的很難伺候知不知道？

司馬焦：「不許掙扎。」

可是他低頭去親吻她肚子上傷痕的時候，廖停雁還是忍不住掙扎了一下，那感覺太奇怪了，只是腰被人家捏在手裡，掙脫不了。

「妳的臉很紅。」司馬焦抬起頭，用拇指蹭了一下她的臉，俯身過去親她。

這個很凶殘的男人，動作有著和他性格完全不同的溫柔繾綣。

不過，廖停雁很快就明白為什麼他把這種事說成懲罰了。

「你們司馬家的男人做這種事的時候，女方都要受這種罪嗎！」廖停雁實在忍不住哭著大喊出來，摟著司馬焦的脖子用手掐他的肩，用力扯他的頭髮。

她全身的皮膚都紅了，像火燒一樣的感覺，難受的她用腦袋去撞司馬焦的下巴，神智不清地哭：「我要被燒死了！」

司馬氏很少與外人結合，其中一個原因也是因為他們體內的奉山靈血帶著靈火的氣息，會讓外族人很難受。尤其是第一次時，說是「懲罰」絕不為過，司馬焦這種蘊養靈火的人，如果廖停雁不是曾喝過他那麼多血，今日絕對承受不住這種靈火燒灼的感覺。

但是這種感覺，卻是司馬焦多年來日日夜夜都在承受的。

「本來不想讓妳這麼難受，但妳讓我不高興了，所以這一次是妳必須承受的，知道嗎？」他親了親廖停雁紅通通的腦門，啞聲地說。

廖停雁難受地勾住他的脖子，準備把他勒死在自己身上，好像沒聽到他說的話。

司馬焦咬了一口她的臉，又舔了一下從傷口溢出來的血珠，像是某種成年的獸類安撫受傷的幼獸，但又克制不住自己的凶性，總想再加諸一些疼痛給她。

他撥開廖停雁臉頰邊的碎髮，貼著她的臉。

神交不是第一次了，但身體力行和神交一起還是第一次，廖停雁簡直被他這種超高端玩法弄壞了。

「不用怕，有我在這裡，不會再有任何人能傷妳了。」

「這樣的疼痛，以後也不會再有了。」

「向我哭訴，不許忍著。」

「不許妳再讓我感到疼痛。」

司馬焦睚眥必報，所有讓他痛苦的人他都會動手殺死，可是廖停雁也讓他痛苦，他卻不能殺死她，只能忍受她帶給他的痛楚。

多麼令人生氣。

「要是有下一次，我就殺了妳。」能把殺人威脅說得像是情話一樣，司馬焦這男的真是夠了。

廖停雁感受到他在神魂交融中想傳達的內心真實想法，瑟瑟發抖著。祖宗，原來你是說真的嗎？

可是，她不僅不害怕，還有點鼻子發酸。

她想起之前上課老師講過的那些神交「後遺症」。感情越好，越喜歡對方的話：「傷在你身，痛在我心」就不只是一句話，而是真實存在的。不然，為什麼那些多年相伴相愛的道侶會在愛人死去後，選擇結束自己的生命。

同生共死，不是某種強制機制，只是情到深處，不願一人獨活。

她在不知不覺中越來越依賴司馬焦，這份感情是相互影響的，她也不知道究竟是自己影響司馬焦多一些，還是司馬焦影響自己多一些。

愛意在心中開出花來，每一次的神魂交融都是一場雨露，接著一直往外盛放。

廖停雁的靈府裡從前是一片悠遠藍天，不知什麼時候又有了大片花叢。司馬焦的神魂到她的靈府裡來休息時，最喜歡落在那片花叢裡。

司馬焦的靈府是一片焦土，只是不知道何時，也出現了一片淨土，那裡沒有紅色的業火、沒有乾涸焦黑的土地，只長著一小叢花，享受著唯一的一道陽光。

在廖停雁昏睡過去之後，司馬焦摸了摸她額頭的溫度。

她的身體內部正在發生改變，這一次之後，她的身體會比普通修士更特殊，以後再受傷，她會恢復得很快。

說起來有趣，司馬氏一族血脈越是強大，身體受傷就越難癒合，卻有著給予他人傷勢快速癒合的能力。

司馬焦取下了掛在外面的山雞籠子，將兩隻山雞倒了出來，讓他們變回了人形。

永令春和永蒔湫兄妹二人會回歸他們自己的身分，不會記得這段時間發生了什麼，而他和廖停雁的行跡會在這裡被掩埋。

他們必須離開這裡了。

8 8 8

月之宮宮主得知女兒月初回的死訊時，幾乎瘋了。她一輩子只有這麼一個女兒，如玉如珠般地養大，卻死得這麼突然，連神魂都尋不到，想寄魂托生都沒有辦法。

月宮主雙眼泛紅，帶著浩浩蕩蕩的月宮弟子趕赴紫騮山。

這曾經華美的宮殿被死亡蒙上一層陰翳，所有前來的弟子都看到了山上的慘狀，月宮主無心在意這些人，直接衝進內殿。已經有人守著月初回的屍身，卻不敢去動，月宮主見到女兒屍體的慘狀，悲鳴一聲，撲上前去。

「是誰？是誰殺了我的初回？」月宮宮主不復往常的端莊美麗，神情猙獰恍若惡鬼，一手抱著月初回冰冷的屍體，雙眼恨恨地看著旁邊的修士。

那修士是依附月之宮的外府家族眠氏，月初回來到外府住進紫騮山，都是他們負責讓家中女子前來陪伴解悶，並且每日過來問安，送些禮品什麼的。

今日他們過來，發現紫騮山被血腥味籠罩，一片無人的死寂，察覺到不對而上來看看，這才發現紫騮山竟被人屠了乾淨，連月初回和好幾個化神期以上的修士也慘死此地。連忙遞了消息，如今站在這裡等待的是眠家中有為的弟子，這些時日常陪月初回出門遊玩。

「你說！是誰做的！」月宮主幾乎失去理智，眠氏修士暗中叫苦，他如何能知道是誰，能做出這種事的，肯定不會是等閒之輩。

他跪下低聲勸慰了幾句，月宮主卻仍舊悲怒交加，厲聲道：「我的初回住到此處，我吩咐了你們好生照顧，你們倒好，連我的初回被人殺死了都不知道！」

眠氏修士慌忙解釋，卻被月宮主憤而一掌拍出，砸落在遠處。其餘眠家人臉色難看，目露恐懼，不敢多看，全都低頭站在一邊，生怕像他一樣被月宮主遷怒打死。

月宮主收起月初回屍體，對自己帶來的月宮眾人道：「查，去給我查，我一定要找到殺害我兒的凶手，抽筋扒皮、撕碎神魂，讓他們為我兒償命！」

又看向那些眠氏修士，沉聲道：「這些日子，凡是所有照顧過我兒的修士，全都要為我兒的死賠罪！」

月初回之死，因為月宮主的憤怒變成了庚辰仙府內最大的事。能教出月初回那樣的女兒，月宮主也不是良善之人，她月家幾代家主都是月之宮的宮主，是站在庚辰仙府頂端的幾大勢力之一，如今月初回死了，她不只失去了唯一的女兒，還感到了一種濃重的危機感。

月之宮的權威被人挑釁，臉面被人踩在腳下，一日不把凶手找出來處死，她就一日不能紓解心中怒火，恐生心魔。

庚辰內府外府因為此事死了不少人，一個悲傷的母親陷入瘋狂，什麼事都做得出來，因為行事太過，掌門師千縷不得不前去勸告她。

師千縷前去月之宮時，月宮主正在發脾氣，她的幾位弟子去追查月初回死因，卻沒有什麼發現，只知曉殺死月初回之人修為之高，手段之狠辣絕非一般人，而且看其行事，似乎對月初回懷有深仇大恨，所以極有可能是月之宮的仇敵所為。

月宮主並不想聽這些，她只想找出仇人。

「再給你們半月時間，若是找不到其它有用的線索，就都去替我的初回陪葬，她與你們感情好，替我去陪她，我也放心！」

那幾位弟子的額上冷汗都沁出來了，跪在原地，神情各異。

其中一人猶豫地道：「師父，我們在查看紫騮山時還找到一個活口，是一個被關在山腳地牢，無人看守的女子，名為永令春，夜遊宮少宮主之女。據說是之前惹怒了月師姊，才會被關在地牢，只是不知她與此事有沒有關係。」

站在月宮主身側的一人道：「此事青師弟已經報過了，那永令春修為低微，身分卑賤，不過是在地牢，僥倖未死罷了，我看她與凶手未必有什麼關係。阮師弟，我看你還是再用心一點查，不要用這種無關緊要的事浪費師父時間。」

月宮主冷聲：「不管她和凶手有沒有關係，讓我的孩兒不痛快，就殺了她為初回消氣。」

師千縷帶著兩位弟子進來，淡淡道：「月宮主，還是不要再造殺孽了，妳這些日子著實鬧了不小的動靜，近來有不少人到我這裡來閒話。」

月宮主冷笑一聲：「你倒是裝成好人似的，論手裡的人命，我還比得過你嗎？少給我在這裡裝模作樣。死的不是你的女兒，你當然體會不了我的心情！」

她盯著師千縷，忽而說：「若是無事，你定然不會來管我的閒事，你在想什麼，不妨直說吧。」

師千縷也不生氣，只讓眾人下去，對月宮主道：「這件事，我要插手。我懷疑此事，與司馬焦有關。」

月宮主神色一變。

師千縷自顧自道：「自從那次，司馬焦一直未再出現，可我知道他絕不會輕易放過我等，只要有機會，他就會再回來。我懷疑，他現在就在庚辰仙府內，之所以遲遲不現身只是因為他傷重未癒。妳也知曉，他若受傷極難痊癒，此時恐怕還在養傷，我們必須儘快將他找出來。」

月宮主終於緩緩開口：「若按你所說，他為何會殺我的初回？」

師千縷反問道：「司馬焦那個人，想殺誰還需要理由嗎？」

月宮主知曉師千縷一直在尋找司馬焦，但凡有什麼異樣，他都會派人暗中調查，草木皆兵，此次發生這麼大的事，他會懷疑到司馬焦頭上也很正常，只是凶手太高調了，月宮主反而覺得不太可能是司馬焦所做。

他受了那麼重的傷，現在應該像陰溝裡的老鼠一樣好好躲著，怎麼敢這麼大張旗鼓地殺她的女兒？他莫非真的不怕死？看他受了傷還知道要躲，就知道他畢竟還是怕死的。

月宮主心中轉了幾次，語氣稍緩：「你要查儘管去查，若是能替我找到殺害女兒的凶手，這份恩情我自然不會忘。」

師千縷從月宮回去，便讓人將所有與月初回見過面的人全都控制起來，連帶著永令春也一起被關到了另一處地方。

8 8 8

廖停雁覺得自己就像是發了場高燒，病得迷迷糊糊，等到恢復神智，已經過去了好幾天。

臉上的傷好了，臉頰滑嫩。肚子上的傷也沒了，還是一片光滑緊緻的白嫩肌膚，身體裡的靈脈更是完全沒問題，她一覺睡醒，從病號又變回生龍活虎的鹹魚一條。

果然，雙修能治病救人，古往今來的故事誠不欺我。

司馬焦摸著她的肚皮，捏了捏，似乎不太滿意手感，手往衣服裡的其他地方伸，似乎在想哪個地方手感好。

不對。

廖停雁立刻捂住胸口躺下，「我好柔弱啊。」

司馬焦：「妳覺得我眼睛瞎了？」

廖停雁……不是，我只是以為你會配合我的演出，忘了你是個死直男。

她拉起自己的衣襟，商量著：「我真的不行，我覺得我可能腎虧了，如果真的要選，神交行不行？」

司馬焦被她氣笑了，他沒想著那件事，但廖停雁這個被他嚇到怕的感覺他不喜歡，於是作勢要壓上去。

「嘿！」

廖停雁一個翻滾，身手敏捷地滾到了床裡。然後她發現，這床好像不太對，不是她睡習慣的那張大床，而是另一張超級大床，花俏浮誇，還透著一股怪氣。地方也不對，怎麼又換了個陌生地方？

發現是在陌生的地方，她一個翻滾又滾回到司馬焦身邊，抱住他手臂：「我們是在哪裡？」

司馬焦被她抱著手臂，就不想再嚇唬她了，躺在柔軟的大床上，隨意解釋了幾句：「風花城，妳現在是這個城的城主師余香。」

師？廖停雁捕捉到這個姓氏，又看了司馬焦一眼，他們這是直接深入敵營了？

風花城是個小城，但是位置很好，在庚辰仙府內府。師余香則是師氏一族內府的族人，身分還滿高的。就是掌門師千縷的弟弟師千記，也就是上次那個魚塘塘主的孫女。

師千記這個人雖然其他能力比不過兄長師千縷，但生孩子的能力比兄長強多了，是所有庚城仙府裡頂層高官中的佼佼者，他生了一堆孩子，孩子們又再生了一堆孩子，師余香就是師千記眾多孫子女中的一個，並不受寵，但因為她師家人的身分，還是得到了許多資源，能讓她過著逍遙快活的日子。

這位師余香小姐，平生鍾愛小白臉，搞了個風花城大開聲色場所賺錢，還養了很多美男子陪伴自己，所以外面都把她的風花城另叫風月城。

這樣一個有身分但存在感不高，屬於大家族邊緣人物又沒人管的角色，不得不說，司馬焦真的很會選。

而且……他自己現在的身分，就是師余香養的小白臉。他還真是不講究那些虛名，能屈能伸。

廖停雁：「你應該知道，我演技不太好吧？」天將降大任於斯人也，但我不幹。

司馬焦一開始不知道，後來知道了。他斜斜看了一眼廖停雁：「妳覺得我腦子有問題？」

但凡腦子沒問題的，都不會讓她去當間諜。

廖停雁：「當然沒問題。」雖然我嘴裡說沒有，但我心裡在說有。

司馬焦：「不用妳做什麼，睡妳的就行了。」

廖停雁就放鬆地躺下了。

小黑蛇興沖沖地爬了過來，尾巴上還捆著一隻白老鼠。

廖停雁：「……吃老鼠到旁邊去吃，不要在床上吃。」她心想，自己睡著了，祖宗大概都沒餵蛇，看牠都餓到自己去抓老鼠了。

小黑蛇扭了扭身子，把用尾巴捆著的白老鼠放到她眼前。

廖停雁：「不了，你自己吃，我不吃。」

司馬焦：「噗。」

廖停雁：「？」您是怎麼樣，又突然嘲笑人？

司馬焦抱著她：「我笑一下妳就知道我的意思，怎麼就看不出來這條蠢蛇的意思？」

廖停雁：這個人是在騙她說情話，真是個心機的小男孩。

司馬焦：「這隻老鼠是師余香。」

廖停雁這下明白了，原來小黑蛇是在向她介紹新的小夥伴。原本那兩隻小山雞和牛妖夫婦去哪裡了，廖停雁沒問。少了點問題，生活才會更輕鬆。

小白鼠生無可戀地被小黑蛇綁著拖來拖去，在廖停雁面前展示過一圈後，就被帶去玩耍了。

只剩兩人靜靜躺在那裡，直接躺到晚上，司馬焦起身，撓了一下廖停雁的脖子：「起來，跟我去個地方。」

廖停雁：「喔。」

她還以為司馬焦要帶她出去耍浪漫，沒想到他是帶她去了某個寶庫掃蕩，弄了一大堆的高品階法寶。

司馬焦走在積滿灰塵的寶庫裡，就像逛超市一樣，看兩眼旁邊擺放的法寶靈器，合適的就讓廖停雁拿著。

廖停雁翻著好像很厲害的法寶靈器，覺得奇怪，司馬焦以前從來不要這些「身外之物」的。

「這些法寶都有什麼用？」

司馬焦：「防禦。」

廖停雁：「還有呢？」

司馬焦：「防禦。」

廖停雁：「還有？」

司馬焦：「我說了，防禦。」

廖停雁：「……」所以說，全都是防禦類法寶。

懂了，這些都是給她的。

這些防禦法寶各式各樣，有做成玉釵、手鐲、耳環款式的，做成臂釧、腳鐲的。這些倒好，她還能戴著，可是做成盔甲，還是最大尺寸的，她哪能穿上？

拿了盔甲也就算了，那個圓形的、紋路看起來像龜甲的大盾也要？司馬焦不是想把她改造成一個移動堡壘吧？

廖停雁看到司馬焦拿起一副沉甸甸的鼻環掂了掂，似乎還很滿意的樣子，心裡對他早亡的審美觀有點痛心，上前握住了他的手：「這個鼻環就算了吧，真的讓我戴上，我這個漂亮的鼻子恐怕會掉下來。」

司馬焦：「嗯？這個是鼻環？」

廖停雁：「是啊是啊，這鼻環大概是給牛的，太誇張了，就不要了吧。」

司馬焦：「我覺得可以。」

廖停雁：……祖宗！我不可以啊！

他越過廖停雁，又拿起了一塊肩甲，那是塊布滿了晶瑩倒刺的超大號肩甲，估計能讓一個擁有十八塊腹肌的壯漢穿上。看他的神情還滿喜歡的，就把肩甲也拿走了。

廖停雁沒想到他內心的喜好竟然如此狂野，臉上的表情都控制不住了。司馬焦走在前面，彷彿能看到廖停雁的表情，又露出忍俊不住的表情。

廖停雁不死心，還想掙扎一下，扯著司馬焦的衣袍：「這些都要給我用？」

司馬焦慢悠悠地說：「當然都給妳用。」

廖停雁不得不拿出自己的實力撒嬌：「但是人家不喜歡，算了行不行！」

司馬焦嘴角往上翹，他聽到廖停雁在心裡罵他，罵得可凶了。他拿起一個十分漂亮的瓔珞項圈給廖停雁看，問她：「這個喜歡嗎？」

那瓔珞項圈墜有玉燕祥雲的纏絲花紋樣，鑲嵌著紅色寶珠，又綴著金色流蘇，項圈上也有細細鏤空的花紋，精緻異常。

廖停雁：「喜歡啊！你看這個多好看！」祖宗正常一點的話，還是有審美觀的。

司馬焦把那個瓔珞項圈往旁邊一扔，發出匡噹一聲：「可惜不是防禦法寶，所以不要。」

媽的。

這男的怎麼回事？他真的對我有感情嗎，這什麼垃圾感情！

師余香在自己的風花城裡就是老大，沒人能管她，身邊伺候的還全都是一群修為不高但賞心悅目的小白臉，廖停雁到了這裡，過得比之前在學院裡還要自由，畢竟她現在連課也沒了，還有種放假的悠閒感。

師余香住的地方比學府裡要好，和白鹿崖宮殿比起來也不缺什麼，由此可見師家人真的是待遇超好。廖停雁自從來到這個世界，看到的華美宮殿太多，寶貝也太多，現在都有點視金錢為浮雲的意思。

如今的她，睡著最狂躁的師祖，住進最華麗的房間……還戴上最醜的防禦法器。

廖停雁回去後，拒絕把那一大堆東西往自己身上穿戴，直挺挺地撲倒在軟綿的大床上，把自己埋進花團錦簇的雲被中，一動也不動，用沉默抗議。

司馬焦沒管她，看也沒多看她一眼，只帶著那些東西去了其他地方。廖停雁沒聽到動靜，爬起來找了找，也沒看到人。

廖停雁：祖宗肯定在搞事。

她覺得司馬焦純粹是在逗自己玩，都幾百歲的男人了，有些時候還跟小孩子一樣幼稚，說他是小學生一點都沒錯，她正在讀小學的外甥都比他還穩重成熟，小外甥會送花給自己喜歡的小女生，早上還會帶羊奶給對方喝。

廖停雁撇撇嘴，在外面找了個舒服臺子坐下，又憂愁地摸出一瓶丹藥啃了兩顆。這是在那寶庫裡拿的，她只是覺得瓶子好看就拿了起來，司馬焦看了一眼，說這丹藥味道還行，吃了能平心靜氣，廖停雁就帶回來了。

不知怎麼的，她從高燒醒來後就一直覺得心裡燥燥的，做什麼事都心神不寧。把這當清熱去火的小糖果吃了兩顆，果然覺得靈府一片寧靜。

廖停雁：甚至想念經拜佛。

8 8 8

司馬焦找了個安靜的房間煉器。那些防禦法器隨意堆放在一邊，他一個個拆開來看了看，琢磨一陣後，動手把它們熔煉，煉成各種圓珠與花樣。

最後，他拿出那個之前當著廖停雁的面扔出去的瓔珞項圈，將那些珠子和這個法寶熔煉在一起。

廖停雁從平靜中醒來，發現自己被擠到一邊，司馬焦大剌剌地占據了她寬敞的寶座，讓她躺在身上。

她爬起來後發現胸前多了點重量，低頭看去，身上多了個瓔珞項圈。

這瓔珞項圈原本就好看，多了些點綴的小圓珠和小花後更好看了。廖停雁愛不釋手，心裡想著，祖宗之前還裝模作樣地說要丟掉，現在還不是拿回來了？她仔細感受了一下，又發覺不對。

原本這瓔珞項圈的功能是儲物，對於自帶開闢空間的化神期修士來說有點多餘，但現在，好像成了個防禦法寶，附加儲藏功能。

她摸索使用了一會兒，心裡忍不住咂舌，心想，司馬焦究竟是個什麼品種的神奇寶貝？他怎麼還會煉裝備啊？

司馬焦睜開眼看著她。廖停雁撈起瓔珞項圈：「你親手煉製的？」

司馬焦從鼻子裡「哼」了一聲算是回答。

廖停雁好奇：「你從哪學到煉器方法的？」她之前聽的那些課也不是白聽，老師講解基礎知識時還挺全面性的，據說煉器超難，和其他修行比起來，大概就像現代學生課程裡的數學物理那類，沒天分就弄不懂。

反正她不行，看了一會兒煉器入門玉簡，就馬上識時務地放棄了。

這位祖宗以前被獨自關在三聖山，他從哪學來的這些技能？

司馬焦反問她：「這麼簡單的東西，還需要學嗎？」

對他來說確實很容易，三聖山有些書籍術法流傳，他雖然不想學，但日子實在太長了，無聊時就看了一些，稍加琢磨就會明白了。而且他比一般修士更有優勢，因為他身懷靈火。

廖停雁：被這傢伙身上的主角威能光芒閃瞎了眼。

「我是不是，不用再往身上戴那些肩甲鎧甲了？」廖停雁捧著祖宗送的漂亮項圈，覺得逃過一劫。

司馬焦：「用腦子想一想就知道，我難道會讓妳穿那些東西？」

嗯……以司馬焦那神祕莫測的套路，這還真不一定。

廖停雁朝他笑：「你當然不會啊，你最好了。」

司馬焦：「妳心裡可不是這麼說的。」

廖停雁：「我的心情很平靜，你應該聽不到我在想什麼。」

司馬焦一掌按在她腦門上，把她按倒在身側，神情似笑非笑：「不用聽，我能猜。」

喔，猜到就猜到。廖停雁一點都不怕他，還在低頭仔細看那個瓔珞項圈，數著上面有多少防禦禁制。他除了融入已有的防禦法寶，好像還自己煉製了新的防禦法寶，再利用原本的儲存功能，微縮了很多防禦類法器在裡面。

越看越數不清，廖停雁躺下了。

司馬焦：「數完了？」

廖停雁：「不數了，這麼多，我覺得大概都用不上。」

司馬焦哼笑了一聲，「很快就能用上了。」

廖停雁：「？」

她扭頭去看司馬焦，卻見他閉著眼睛：「過兩天妳就知道了。」

他要做什麼事不愛說出口，都是等到他自己覺得差不多了，就突然開始搞事。廖停雁習慣他這個做法了，要不然怎麼會說他是祖宗呢，難搞程度就是祖宗級別的。

要是換成別人，可能會被他逼瘋，但廖停雁的好奇心最多就十分鐘，想要探索什麼的念頭也很有限，所以她懶得多問，就等著船到橋頭再說。

這兩日她心裡抓心撓肺地難受，又找不到原因，連睡都睡不好了，還很暴躁，是條暴躁的鹹魚。壞脾氣的司馬焦看她這樣倒是很淡定，偶爾還用一種稀奇的眼神看著她暴躁，看他那副樣子，就差鼓掌要她再發飆一遍看看了。

廖停雁：好想喝收驚後退火用的符水。

這天晚上有陣大雨，還有驚雷。雷聲特別響，好像劈在人的頭頂上，廖停雁莫名覺得一陣敬畏，有點怕。她第一次半夜不是被司馬焦推醒，而是被雷聲吵醒。

我是怎麼了，做了虧心事，開始怕打雷？廖停雁坐在床上百思不得其解，又一陣驚雷落下，她覺得心臟狂跳，忍不住開始搖晃司馬焦。

司馬焦不睡覺，他只是閉著眼睛而已。廖停雁搖了他半天，也不見他睜開眼睛，只看到他嘴角一股勁地往上揚。

廖停雁沉默片刻，手朝他的某個部位一按。

司馬焦終於睜開了眼睛。

廖停雁滿臉肅穆：「我聽到雷聲感覺有點心慌，你說這是為什麼？以前都不會這樣的。」

司馬焦：「把手放開，不然妳馬上就會被雷劈。」

廖停雁瞄了一眼他那裡：「您向我說說這是什麼因果關係？」難不成您那個部位還會通電，能劈人嗎？她故意心情激動地在心裡大喊。

司馬焦翻了身，大笑著，又被她莫名戳中了笑點。

他笑夠了，勾住廖停雁的後腦勺，把她抱在自己身上：「妳快要突破了，很快會遇到雷劫，才會這樣。」

廖停雁恍然大悟，想起了這回事。

對，她好像是快要突破了，這不怪她沒有真實感，畢竟不是自己一步步修上來的，之前因為奉山血凝花，她突破那麼多次也沒雷劫，一路順風順水，壓根沒有經驗，這還是頭一回。

她的修為升得太快，之前和司馬焦雙修，又提升了一大截。他剛才那句話的意思，指的是他要是現在再雙修一下，她大概就會當場突破，當然會在這裡被雷劈了。

廖停雁吸了一口氣，搓了搓自己的手指，好險好險。

不過，怎麼要突破前的狀態那麼像更年期症狀？

還有，原來祖宗替她搞這麼多防禦裝備，是為了幫她擋雷劫，還以為是因為之前被她受人欺負的事刺激到了。

廖停雁想了一會兒，虛心請教：「我不會是第一個因為撐不住雷劫，就被劈死的化神期修士吧？」畢竟是走捷徑上來的，她有點心虛。

司馬焦還在那裡開掛：「我不讓妳死，妳就死不了。」

行行行，您最厲害。

第二天，廖停雁才發現，祖宗是真厲害。

「知道我為什麼選師余香嗎？」司馬焦拎著師余香本尊變成的那隻白老鼠，對廖停雁道：「因為她也是化神期修士，快要突破了。」

師家人都有特殊待遇，他們家的人要突破，可以去一處庚辰仙府祕地——雷鳴山谷突破。在那裡，有天然的屏障能阻擋大部分雷劫，就算是最廢柴的師家弟子都不可能被雷劈死。

而且，那裡還藏著一個祕密，能讓在那裡突破的修士修為在幾日內再增長一個小境界。越往後，修為越難提升，這一個小境界，尋常人士便要修煉幾十年上百年。

司馬焦要讓廖停雁頂替師余香，前往雷鳴山谷突破。

８
８
８

師氏一族十分龐大，主支在內府，說得出名字的本家子弟也有幾百人，這麼多人又各有子女，越是修為低的，子女越是多。師家人出生之後，只要血脈得到承認，都會擁有一塊代表身分的玉牌，這塊牌子能讓他們通行內府裡的那些，早被師氏一族掌控的試煉以及提升之地。

譬如能最大程度阻擋雷劫的雷鳴山谷、能治癒傷口，洗去魔穢的藥潭、能壓制心魔，使人安心修煉的靜神台等等，只要師氏族中子弟達到一定的標準，就能進入其中。他們擁有許多這樣的寶地，一代代傳下來，師氏一族人才輩出，更是牢牢地掌握住庚辰仙府。

這些地方自有其特殊之處，守衛也很嚴格，除了師氏一族的弟子，連與師氏一族關係最親密、與其代代聯姻的木氏一族弟子，都不能得到進入的名額。

廖停雁不知道這些內幕，司馬焦從來不多說這些，他有什麼安排，也不會詳細地解釋。她帶著那隻小白鼠師余香，成功走過重重守衛，進到了雷鳴山谷內。

這處山谷與外面仙府的華美精緻度完全不同，裡面彷彿是另一個空間。入眼不見山水草木、走獸靈鳥，只有深紫色的雷石遍布，高的如樓房高聳，矮的如公園長凳，高低錯落，毫無規律，像是一座大型的採石場。

廖停雁是一個人進來的，出發前司馬焦對她說：「我不會跟妳一起，自己去吧。」也行。

廖停雁沒什麼感覺，直到走進來後，才發現整座山谷只有她一個人，忽然又想起，自己自從來到這個世界過沒多久，好像就一直陪伴在司馬焦身邊，最多也只分開過三五天。這一次，她需要突破，恐怕得在這裡待上半個月。

但也沒有什麼不習慣的，畢竟在遇到司馬焦之前，她一個人獨自生活了很多年，哪個離家工作的社畜沒有獨自生活的經驗呢？她也沒有別的優點，就是適應能力超好。

雷鳴山谷很大，廖停雁在入口站了一會兒，張望後找了個方向走過去。

她找到了形狀很像長椅的雷石，捏個術法弄出水，把雷石洗了洗，用風術吹乾之後，接著往上鋪了軟墊，再張開一把遮陽傘。

她也沒忘記自己用來當通行證帶進來的倒楣小白鼠師余香，拿出一個籠子替她罩起來放在一邊，這籠子還是隔音的。

做完這些，她琢磨了一下，使出預警的術法把自己休息的地方圈起來，畢竟一個人在外，多注意點準沒錯。

其他的人進來，都是緊張地趕緊找個地方盤腿修煉，鞏固好修為，廖停雁倒好，她做完這些就準備躺下了，就當自己是過來補眠的。

遠處一塊高高的深紫色雷石上，說自己不會進來陪度雷劫的司馬焦正坐在那裡。他一手搭在膝頭，一手把玩著一枚小小的深黑色雷石，遠遠地望著廖停雁那邊。

見到廖停雁的行為，他忽然想起第一次見到她的時候，她也是這個樣子。那麼多被人以各種目的送到他身邊、接近他的人裡，其他人都十分緊張擔心，只有她，一個人在那裡偷懶睡覺。

她到哪裡都是這樣的，會把她自己安排得舒舒服服。

司馬焦玩了一會兒那塊雷心石，天色慢慢黯淡下來的時候，他動作一頓，身軀微微向前。

廖停雁那邊有了動靜，不是她醒了，而是距離她不遠的雷石底下鑽出了長蟲，不只鑽出了一條，有很多條，幾乎快把她包圍了。

這些長蟲叫做隱聲蟲，會吞吃聲音，這雷鳴山谷裡因為有許多這樣的蟲子，才會這麼寂靜，不然這樣空曠又特殊的地形，有一點聲音就會引起層層迴響。

這些蟲子對化神修士來說不值一提，只是廖停雁如果手忙腳亂，不知道該怎麼對付，大概會吃點苦頭。

司馬焦從來沒見過廖停雁動手殺生，這個懶蟲好像什麼都不太會，她也不願意殺人，有時候司馬焦會有種她和這個世界格格不入的錯覺。

他的手都按在石面上，身形往前微動，可是忽然間又頓住了。

廖停雁醒了，她看到了那些長蟲，沒有驚嚇，也沒有慌亂，直接掏出幾顆丹丸捏成粉，灑了出去，接著她還拿出來一個寬口大缸，把那些暈乎乎的長蟲都收進了大缸裡。

司馬焦發現她好像早就有準備，這有點出乎他的意料之外。不過，她收集這些長蟲幹什麼？

另一邊，廖停雁收拾完了長蟲，洗了手和臉，又敷上面膜，吃了點東西。然後她拿出一本書和兩片玉簡，翻看了起來。

司馬焦看出來了，她現在是在為突破做準備，不過臨陣前還翻那些東西做什麼？

司馬焦並不知道，現代填鴨式教育培養出來的考試人才，最出色的就是心理素質。考試前先休息好，保持良好放鬆的心情才能迎接考試。都要考試了，當然要有前人總結的重點，考試之前翻一翻求個安心，也是廖停雁的習慣。

總之她按照自己的想法準備妥當了，迎接雷劫。

這個時候，廖停雁的心情還是很放鬆的。她之前在學府看過一些書，補充了基礎知識，像她這樣的資質和靈根，只算是普通中上的程度，在化神期要到煉虛期的昇華之間，一般而言都是要受「四九天劫」，指的是九道大天劫，每一道大天劫中間又有四道小天劫。

雷鳴山谷地勢特殊，能削弱雷劫，她又帶著祖宗做的超強防禦裝備，還有這一身修為擋著，怎麼樣都出不了事的。

只是，這種放鬆的心情，在她功行圓滿，將要突破之時，天上蘊生出雷雲後變成了不安。她的雷雲非常厚重，隱隱帶著紫色，鋪陳了整個天空，雲中有隱隱的電光，還沒有雷劈下，就已經給人很重的壓迫感。

廖停雁第一次經歷雷劫，看到這樣的大陣仗，心裡覺得有些不對勁，似乎比書上描述的要誇張很多。

第一道天雷，比她想得還要恐怖，粗壯的雷柱夾著萬千氣勢直劈而下，那個氣勢，是沖著把人劈到灰飛煙滅來的。

廖停雁心道，這才第一道雷劫啊，這個世界的修士太不容易了吧！

一輪過後，她驚了，她這似乎不是四九天劫，而是九九天劫！九個大雷劫，兩個大雷劫之間還有九個小雷劫，她數了一輪，確認無誤後，心立刻涼了半截。這他媽的九九天劫，上頭派錯了雷劫數量？

九九天劫是非常稀少的雷劫，不輕易來，大多都是大乘期即將飛升了才會有九九天劫，這麼嚴厲是因為以人身成仙神，逆天而為，當應處最嚴厲的雷劫。像她這樣的菜雞，何德何能。

簡直就是去考小學六年級數學，結果發了高中考卷。

廖停雁想半天想不通，看著雷劫轟隆轟隆往自己腦袋上灌，電光雷光亮成一片，讓人連眼睛都睜不開。哪怕她身上有防禦法寶，天靈蓋還是被劈得隱隱作痛，肌膚都有種發麻的感覺。

她還聽到胸口的瓔珞項圈傳來隱隱約約的破碎聲，那是防禦功能爆發替她擋住雷劫，支撐不住而碎裂的聲音，這接連的破碎聲和雷聲交錯，廖停雁毫不懷疑，等到防禦法寶報廢的那一刻，自己就會被雷炸成碎片。

可能是因為身在雷劫之中，有一點連通天地的感覺，她清晰地感受到了雷劫之中的殺意，就是那種「我用雷劈不是為了考驗，就是純粹準備劈死人」的意思。

廖停雁在此刻想的，竟然是司馬焦。

她想起自己來的時候，那祖宗還說什麼「我不讓妳死，妳就死不了」，一副矜貴又狂傲的臭屁樣子，萬一她真的在這裡被雷劈成碎渣，他不就被打臉了嗎？臉肯定特別痛。

她還是稍微掙扎一下吧。

廖停雁注意著那防禦法寶的界限，自己運起身上的靈力，準備再熬一波。

她都不記得這九九天劫到第幾道了，只覺得每一道都來勢洶洶，沒有半點放水的意思，接二連三地砸下來，讓人沒有喘息的機會。她感覺到胸口的瓔珞項圈僅剩下一線防禦的時候，心頭一緊，準備自己上前頂住。

就在這時，雷聲猛然大作。廖停雁在滿眼雪白的電光中，看到身前出現一道黑色的人影。

他站在那裡，長袖與黑髮揚起，往上伸出的冷白手臂上纏繞著紫色的電弧，像是凸出的血管。他凶惡地扯住了落下的天雷，狠狠一撕，直接把一道雷光撕開了。

廖停雁：「……」徒手撕雷？

祖宗還是我祖宗。

廖停雁往前動了動，司馬焦就好像背後長了眼睛似的，一手往後按住了她的腦袋，讓她坐在原地。

她在雷聲中清楚地聽到了司馬焦的聲音，他的聲音很冷，帶著戾氣與憤怒，但不是對她的。他說：「安靜坐著，妳不會有事的。」

廖停雁下意識就想問一句：「那你呢？」只是沒問出口，安靜坐著了。

司馬焦並不是那種健美先生的壯碩身材，可他站在那裡，就好像一座巍峨高山，彷彿能頂天立地似的，看一眼就讓人生出畏懼之心，彷彿身上就明明白白地寫著「你這種垃圾登不上我這座聖母峰」。

廖停雁才發現雷劫不對勁，心裡多少有些慌亂錯愕，但現在看著司馬焦站在那裡，一下子就安心了，她自己都沒發現，哪怕雷劫還沒過，甚至比之前更加可怕，像一個正在發怒的人，但她還是不自覺就安下心了。

司馬焦雙目赤紅，身上湧出火焰，沖天的大火迎上電光與雷柱。有個詞叫天雷勾動地火，用來形容兩個人愛得非常熱烈且迅速，但現在廖停雁看到了真實自然界版本的天雷勾動地火。

司馬焦的火焰和天上的雷雲一樣鋪開，如同爆發的火山，將雷柱裹緊，纏繞在一起的雷火聲勢浩大，動靜也宛如天崩地裂一般，身在其中的廖停雁被這天地浩然之劫壓得喘不過氣，她甚至無法站起身，所以更加對司馬焦感到驚豔。

他不僅一直站著，還撕裂攪碎了一道又一道雷劫。廖停雁看到他的手指被雷電撕裂了，從他手指上灑出來的血珠漂浮在周圍，被洶湧的雷勢與火勢擠壓成花的形狀，像是紅蓮，又忽而燃燒起來。

場景淒美得有些不似人間。司馬焦往天上高高伸出的手臂蜿蜒地流下鮮血，他整個人好像都在燃燒。

天上是紫色的雷雲與紫白交加的雷電，地上是與雷電糾纏的火焰，他們周圍的雷石因為雷與火的作用，發出嗡嗡輕響，深紫色的石面上，被雷火沾染的地方都綻出淡紫色的光華，像是石中開出的繁花。

所有的光都在這裡爆發。

第十二章　能徒手撕天雷的男人，帥氣得無與倫比

終於，最後一道雷劫消散，天地間忽然一片寂靜，耳內彷彿還有耳鳴聲，有種陡然失聰的錯覺。

天上的雷雲還在滾動，好像很不甘心。

司馬焦放下手，看著天空冷冷笑了一聲，那笑聲裡充滿了怨憤與不屑。

雷雲裡又猛然落下一道雷，不過這次並不是劫雷，只是普通的雷，洩憤般地劈向司馬焦。司馬焦揮一揮袖子，將那道雷揮散，手指上凝著的血珠因為他的動作濺在旁邊的雷石上。

他轉過身，看向坐在原地仰頭看他的廖停雁，用沾血的手指在她臉上撫了一下。

他的手指是冷的，血是熱的。

廖停雁聽到胸口正在咚咚地急促跳動，不知是因為剛才的雷劫陣勢太大，讓她至今心有餘悸緩不過神來，還是因為現在這個司馬焦太令人心動。

他才剛拆了老天爺的大雷，現在還是一副冷漠嘲諷的表情沒轉換過來，廖停雁看著他，感覺好像回到了最初相識的時候，他也時常是這種表情。

他的手指在她臉上撫了一下，一開始只是輕柔地蹭了蹭，帶著一點說不清道不明的親暱與安撫，可是很快他就笑了，然後把手上的血全都抹在了她臉上。是那種手賤找死的抹法。

突然被抹了一臉血，廖停雁：……你還有臉笑？就在上一秒，我心裡的小鹿又踉蹌地摔死了你知道嗎？向小鹿道歉啊！

拜他這一手所賜，廖停雁覺得自己的心肺功能恢復正常了，腦子也能正常思考了。她拉住司馬焦的手腕，把他拉到之前布置出來的地方坐下，然後問他：「這麼大的動靜，會不會引人注意，我們現在是該走人還是怎樣？」

司馬焦隨手撒了撒手上的血珠，用袖子擦了一下傷口上的血，說：「雷鳴山谷很特殊，在這裡渡雷劫，外面不會有異象。」

他是早有準備的。廖停雁腦子裡閃過這個念頭，又被司馬焦那不講究的動作拉走了注意力。他邋邋遢遢的生活方式和現代單身男青年沒兩樣，完全不知道要照顧自己。她一把拉過司馬焦的手，替他把手上的血擦乾淨，準備上藥。

司馬焦任她抓著手折騰，也不再說話了，躺在廖停雁原本躺著的地方，像個做指甲的貴婦，擺好姿勢，好整以暇地看著她動作。

廖停雁擦著他手上的血跡，覺得特別浪費，他動不動就撒一片血出去，這要多久才能養得回來。

傷口還在流血，十指連心，廖停雁看著都替他疼。

拿出從前收起來的治傷特效靈藥，塗抹在傷口上，再用能幫助傷口癒合的藥符包紮好，如果好好照顧，就算司馬焦的傷口好得再慢，應該也能在一個月內痊癒。

包紮好一隻手，司馬焦張開自己的五指在廖停雁面前揮了揮，神色又是那種意味深長的明瞭：「玉靈膏和靈肉藥符，這些治傷靈藥妳以前不會帶，現在存了不少，看來是特地為我而準備。」

廖停雁：「對啊。」她頭都沒抬，乾脆地應下了。

她這一應，司馬焦反而不作聲了。

兩人安靜了一會兒。

沒過幾分鐘，司馬焦又動了動手指，不舒服地擰起眉頭，動手要拆手指上的東西：「我不想包紮這些，麻煩。」

廖停雁看向他，他去扯手上包紮的動作，讓她想起從前和同事一起去貓咪咖啡廳吸貓，有隻貓被人套上了小腳套，就是這副不喜歡的樣子，扯腳套的動作和司馬焦一樣一樣。

貓貓扯腳套現場演示。

廖停雁：「噗！」

司馬焦動作一停，去看她。

「妳在笑什麼？」

廖停雁心情不激動的時候，她在想什麼他就聽不見，像現在這樣，他也猜不到她為什麼突然笑出來，所以他用了誠實豆沙包。

廖停雁張嘴：「覺得你很可愛，所以笑了。」

司馬焦好像沒聽清楚一樣，看她的神情很是古怪，半晌過後，他抬手揉住廖停雁的臉，把她的腦袋拉到自己臉前，用力揉了兩下。

廖停雁被他揉得嘴嘟起來，張了張口：「手！你的手！手不要用力！傷口會裂開！」

司馬焦：「噗！」

司馬焦：「妳知道我在笑什麼嗎？」

廖停雁：「……」我怎麼知道，我又沒有天生的誠實豆沙包技能。

她扯下司馬焦的手，繼續替他整理包紮，司馬焦要往回收，她就按著他的手不許動。

司馬焦又不開心了，他不喜歡有任何束縛：「我不包紮。」

這個祖宗雖然是幾百歲的人了，但相處久了就會發現，他有些地方真的像小孩子一樣任性，大概是因為從小沒人教過他，這麼多年陪著他的就只有一隻寵物蛇。廖停雁拉著他的手輕輕晃了兩下，向他撒嬌：「剛上過藥，不包紮的話傷口很容易裂開，就包三天好不好？」

司馬焦：「……」

廖停雁：「包著吧，我看到就覺得好痛，等傷口稍微好一點就不包了。」

司馬焦：「……」

廖停雁：「求你，我好擔心啊。」

司馬焦：「……」

廖停雁看著司馬焦的神情，心裡笑得好大聲。只因為祖宗的表情太有趣了，簡直一言難盡。要說他不高興吧，也不全是，說高興吧，又怪怪的；說糾結吧，有一點，猶豫也有那麼一點，反正就是徘徊在「聽她的忍一忍」和「不想聽，不包紮就是不包紮，老子為什麼要聽別人的話」之間。

廖停雁不太會演戲，怕被他看出臉上快忍不住的笑，就乾脆撲上去，抱著他的脖子，依著他的胸口，將臉埋在他的頸窩，穩了穩音調：「你都知道我是特地為你準備的，你不用，我不是白準備了？我都用了你為我做的瓔珞項圈。」

司馬焦被她一抱，盯著自己的手看了一會兒，就把手放在了她背上，是個回抱的姿勢。

「就三天。」妥協了。

廖停雁忍著不笑出聲來。

司馬焦呵呵冷笑，很不屑：「妳以為我看不出來，妳在故意撒嬌嗎？」

看出來了有什麼用，該妥協的不還是妥協了。古人說枕邊風很有用，果然就是有用。

廖停雁抱著他的脖子，心裡感覺慢慢平靜下來。方才的震耳雷聲逐漸遠去，只有司馬焦的平穩心跳在耳邊，她忽然覺得身體裡漫過溫熱的水流，浸過了心臟，溫溫軟軟的。

她靠在上頭有些恍惚，鼻腔都是司馬焦身上的味道——每個人身上都有特殊的味道，自己可能聞不出來，但別人能注意到。

司馬焦身上的味道帶著一點點血凝花的淡香，混合著另一種說不出的氣味，脖頸邊血液流動的地方，味道會更濃郁，好像是從血液裡溢出的氣息。

這個世界上，大概只有她曾這樣熟悉而親近地嗅到他身上的味道。廖停雁自然而然地仰起頭，親了親司馬焦的下巴。司馬焦低下頭親了回來。兩人自然地交換了一個吻。分開的時候，司馬焦還低頭抿了下她的唇瓣，一副身上的毛都被摸順了的模樣，手又不自覺撫著她的背。

在這之後，司馬焦果然沒有再動手扯手上包紮的東西，只是偶爾不太高興地瞄一眼兩隻手，晾著手指的樣子讓廖停雁回想起童年看的《還珠格格》，紫微的手也曾經包成這個樣子。心裡想笑，可再想想又笑不出來了。如果換成別人，這麼高的修為受到這樣的傷，吃一點靈丹，很快就能好起來了，可司馬焦卻不能。

她想起上一次把司馬焦從死亡邊緣救回來的一顆小藥丸，也不知道那是用什麼做的，那麼有效。

司馬焦：「那是上雲佛寺的祕藥，天下間只有那一顆，若不是奉山一族當年與上雲佛寺有些淵源，我又是司馬氏族中的最後一人，那顆祕藥也不會給我。」

廖停雁：「我問出聲了？」

司馬焦：「問出聲了。還有，我說過不用擔心，我不會比妳先死。」

廖停雁：「……」這直男還會不會說話。

她坐起來：「你特地選擇這裡讓我度雷劫，之前又特意煉製了那麼厲害的防禦法寶，還自己跟了過來，你是一早就知道我這次雷劫並不簡單吧。」

廖停雁原先心裡猜測著，說不定是因為自己並非此世界中人，這裡的雷劫才會格外針對她，後來看司馬焦早有預料的模樣，又覺得說不定是因為自己升級得太快，之前的雷劫全都沒來過，所以搞得這次疊加得這麼狠。

可是，司馬焦的答案，不是她猜測的任何一種。

他說：「因為妳與我神魂交融，沾染了我的氣息，才會有九九雷劫。」

廖停雁：「……懂了。」

根據十惡不赦大壞蛋會被雷劈這種傳統，真的是反派待遇了。廖停雁的心態一片平穩。

司馬焦：「氣運天道那些說起來很麻煩，但司馬一氏到今天幾乎滅絕了，和那冥冥之中的氣運天道有關係，『祂』要絕司馬氏，要殺我。」

廖停雁：「……啊。」原來是滅九族，一人獲罪，連坐家屬。

難怪之前打雷，這祖宗只差沒對著蒼天比中指了。

廖停雁還是覺得不對：「我記得庚辰史裡有寫，許多年前，司馬一族有許多仙人賢能，早就飛升成神了。」這樣說的話，司馬一族也不能說是滅族。

司馬焦哈哈笑了起來，滿面諷刺，對她說的那庚辰史不以為然：「飛升成神，不過是一個天地間最大的笑話罷了。」

「從前每當有仙人飛升，天地就會靈氣充裕，妳說是為什麼？」

廖停雁照搬出教科書上的標準答案：「因為仙人飛升，神界與下界之門連通，靈氣充入凡間。」

司馬焦乾脆道：「是因為那些飛升的仙人其實根本無法去到神界，而是消散於天地，神魂與肉身變成了精純靈氣，反補回世。」

廖停雁聽傻了，等等！這、這是不是個驚天大祕密？他就這麼說出來了？

彷彿是為了應和廖停雁的想法，天上又來了滾滾雷雲，雷聲隆隆，好似在警告著。

司馬焦全然不理會，只接著說：「這件事由司馬氏最後飛升的人印證了，不然為什麼之後許多年都無人敢飛升。」不然師氏一族又為何敢毫無顧忌地謀算著剩下的司馬氏族人，還將人圈養起來，一步步鳩占鵲巢。

都是因為師氏從司馬氏的前輩那裡知曉，那些所謂飛升上神的許多司馬氏，再也不可能回來了。

所有的顯赫風光，都是笑話。

廖停雁一把捂住了司馬焦的嘴：「好了，我懂了，不用再說了。」再說下去，估計那個雷又要來劈一劈，手還帶著傷呢。

司馬焦拉下她的手，定定盯著她的眼睛，問：「妳怕了，怕我連累妳？」

不知出於什麼原因，他沒用誠實豆沙包。

廖停雁：「怕是不怎麼怕，就是……我以後每次遇雷劫都要這樣？」要不是在這特殊的雷鳴山谷裡，換成外面，估計要炸壞兩座山都不是問題。

司馬焦：「我在，妳就會沒事。」他露出突然變得凶惡的臉，猛然間炸起毛來。

廖停雁反手順毛：「我是想，既然雷劫這麼麻煩，我修為還是不能升太快。」這樣她偷懶不修煉的話，心理壓力就沒那麼大了。

偷懶不寫作業，和有苦衷、名正言順地不寫作業是不一樣的爽感，後面這種就全然放下了包袱，立刻覺得心安理得。

廖停雁暗自想著有點美滋滋的，順便在心裡大聲嚷嚷，雙修也別了吧，雙修修為漲太快了啊。

司馬焦：「……」

廖停雁想了想，把問題一次性問完了，不然下次懶得再問：「祖宗，您的修為到哪裡了？」好像所有人都摸不透他到底是什麼修為等級。

司馬焦依舊沒有隱瞞，直接道：「如果不是奉山靈火在我身上，剛才劫雷一過，我就會立刻飛升——然後連人帶魂變成天地間滋養萬物生靈的精純靈氣。」

明白了，這個人修為到頂點了。

8　8　8

雖然雷劫是司馬焦代考才過的，但廖停雁還是成功從化神期成為了煉虛期修士。天地間有規則，廖停雁從原本的四九天劫變成九九天劫，是算在了司馬焦的頭上，所以司馬焦擋了雷，這成績也能算在廖停雁頭上。

就像是來考六年級數學，發現拿到了高中考卷，又被外援闖進來把考卷寫完了，所以廖停雁這一場劫有驚無險地過了。

她現在若是只看修為，在內府也能算是一位高人，但是廖停雁完全沒有真實感。

如果她身邊都是些煉氣期、築基期，她說不定還會有點飄，但身邊的是個分分鐘都能飛升的祖宗，敵方陣營裡遇到的不是化神、煉虛期就是合體、大乘期，個個都不比她差，還都比她多活了幾百幾千年，這種情況下，她實在是不覺得自己這個修為有什麼了不起。

渡完劫，還要在雷鳴山谷中修煉幾日。

廖停雁倒是不想待在這裡，畢竟待在這裡修為會提升，她現在最不想要的就是漲修為了。

司馬焦：「待在這裡。」

廖停雁：「行吧。」她有點懷念幽靜的午睡地點，還有師余香那個開滿了花的花香宮殿，不管哪裡都比這光禿禿的砂石場睡起來舒服多了。而且這裡面可能有什麼不一樣的規則，那面直播鏡在這裡也沒有訊號，一下子就少了很多樂趣，如同突然斷了網路。

由儉入奢易，由奢入儉難，想她剛到這個世界的時候，什麼都能湊合著過，哪有這麼多事情講究。

司馬焦做什麼都是有原因的，他要待在這裡，肯定也有自己的理由，廖停雁想著，問他：「要在這裡待多久？」

司馬焦：「三天。」

廖停雁看向他包起來的手指，懷疑他根本就是為了報復她說要包著傷口三天，這男的也真的有可能做出這種幼稚的事情。

不過算了，管他的。

雷劫擋了很久，現在又到晚上時間了。雖然這個修為，在夜晚中視線清晰，但廖停雁還是習慣有光亮，所以她拿出了燈。她格外喜歡這種花型燈，就是燈外面的燈罩上會有各式花朵的模樣，映照出來的光落在周圍，都像是盛開的花一樣。

掛起燈，整理出桌子，拿出準備好的食物，開始品嘗美味。

廖停雁一直覺得，不管去到哪裡，只要條件可行，就必須要吃好睡好，只要吃好睡好了，心情也會跟著好起來，這是善待自己的最佳方式。所以即使跟著司馬焦浪跡，每到了一個地方，她都很注意這些。

她的空間裡有各種吃的喝的，能讓生活更加舒適，提升幸福感的物品是最多的，什麼用習慣了、最喜歡的小物件，各種軟墊、皮毛、墊子、抱枕、長榻、燒烤架、燉湯砂鍋、簡易銅烤盤等等，多得能分秒鐘內弄出好幾間適宜居住的屋子。

與她完全相反，司馬焦從來就不在乎這些。他不管是住在華美宮殿、高屋華堂內，還是坐在荒野的大石頭上，都還是那幅模樣，好像從來不需要任何東西點綴。

但他並不反感廖停雁安排生活、享受生活，還十分喜歡看她做這些事。

他看著廖停雁拿出自己喜歡的軟墊靠著腰，坐得舒服了，又拿出吃的喝的，在他的注視下吃了頓悠閒的晚餐，吃完後擦擦嘴，又掏出兩尊自己做的木頭人。

有一種天階術法，名為牽靈術，可以讓死物暫時擁有生命，聽從主人差遣辦事。廖停雁現在就是用這種術。

在司馬焦給廖停雁的那本術法大全裡面，牽靈術是比較難的那種，司馬焦還沒見過她學天階術法，她大多都是在翻看前面那些簡單的。就算看那些，她還是要抱著書扯頭髮，仰天直呼好難，她學不會。

他是第一次看廖停雁用天階術法，而這個牽靈術，他自己都沒用過，就饒有興致地看著廖停雁附靈出來的兩尊木頭人。

兩尊木頭人在附靈之前是巴掌般的大小，附靈之後就長大了，差不多到廖停雁的腰間那麼高，圓圓的腦袋，臉上的眼睛嘴巴是廖停雁畫的，她以前最常用顏文字的表情符號，一個是代表笑的眼睛和嘟嘟嘴，另一個則是圓眼睛和嘟嘟嘴。整個看起來就像是漫畫裡的可愛圓胖火柴人跳了出來。

可愛的圓腦袋們聽話又勤勞，一個替廖停雁收拾了餐桌，另一個拿著廖停雁給它的小錘子嘿咻嘿咻地替主人捶背。

司馬焦沒見過這種奇奇怪怪的「人」，所以不能理解廖停雁為什麼一臉慈愛地看著兩個小人，還說它們可愛。他看了兩個忙碌著的小人一眼，覺得它們怪模怪樣，一轉眼看到廖停雁寫在兩個木頭人背後的字，是「1」和「2」。

「那是什麼？」司馬焦捉了個小人，指著它背後的數字問。

被抓住的二號小人正在替廖停雁捶背，突然騰空，咿咿嗚嗚地在半空中揮舞手腳和小錘子。

不要欺負小孩子！廖停雁把它放回地上，還摸了摸它的腦袋，這才回答：「是數字啊，那個是1，這個是2。」

說完她才反應過來，祖宗是不知道阿拉伯數字的。說到這裡，她還有個疑惑。就是她和司馬焦雙修，偶爾看過司馬焦的一些記憶碎片，按照雙向理論，司馬焦應該也看過她的，可他沒有表現出什麼異樣。

如果他看到了她在從前世界的記憶，應該會冒出十萬個為什麼才對，可他沒有半點異樣。還有，之前她偶爾激動時心裡想過以前怎樣怎樣，說過一些原本世界的東西，他都沒反應。

所以她有個大膽的猜測，關於她從前那個世界的一切，可能被「遮蓋」了，所以司馬焦根本不知道她的真實來歷。

司馬焦：「一和二？為什麼要用這麼奇奇怪怪的符號？」他沒有探究下去的意思，覺得可能是魔域那邊的說法。

他反而對牽靈術生出了一絲興趣，攤開手說：「《庚辰萬法錄》給我。」

《庚辰萬法錄》就是他之前為廖停雁帶回去的那部術法書，廖停雁拿出來給他，他刷刷地找到了牽靈術，看了大約十秒鐘，然後閉目五秒鐘，接著從廖停雁那邊拿了個空白的小木頭人，用了牽靈術附靈。

廖停雁：「……」十五秒速成天階術法，你知道我學了多久嗎！之前一直失敗，還是到了煉虛期才終於成功用了出來！我剛才還有點驕傲的！

現在見識到了學霸的光輝，驕傲和心中的小鹿一起殉情了。

司馬焦附靈的小木頭人也是和小一、小二一樣圓滾滾的樣子，只是廖停雁還沒替它畫上眼睛嘴巴，它就呆呆地到處摸。

司馬焦一巴掌按著小木頭人的腦袋，很壞心眼地看它在手底下打轉。

廖停雁覺得他像個在玩玩具的小男孩。

廖停雁把小人抓了回去，也替它畫上表情文字，是個莫名嘲諷的表情，看起來和司馬焦有種微妙的相似。

再為它在背後編號成3。

雖然表情很嘲諷，但小三也是個勤勤懇懇的小人兒，廖停雁沒什麼事給它做，想了想就拿出一袋堅果，叫什麼她忘記了，總之很好吃，只是要剝殼很麻煩。

她給了小三一袋堅果和一個大碗，它就抱著大碗坐到一旁老老實實地剝著堅果，剝完一碗就上供，接著再剝下一碗。

司馬焦：「……那是我附靈的。」

廖停雁：「分什麼你我啊！來，吃個堅果。」能補腦子的。

司馬焦被她塞了一嘴堅果，本想說一般而言自己附的靈，只有自己能使喚，看一眼廖停雁那完全沒想到這一樁的表情，他就懶得說了。大約也是神交的緣故，看她使喚也很開心。

他嚼了嚼嘴裡的堅果，吞了下去才發現自己剛才吃了東西，就不大爽快地躺了回去。

他不喜歡吃任何東西，不是因為食物口味的問題。很小的時候，照顧他的大多都是師家人，他們給他吃過一些……不是很好的東西。總之，後來他就什麼都不想吃了。

並不是廖停雁以為的挑食。

附靈的小人耗盡了靈力就會變回去，在廖停雁看來它們就是需要充電的機器人。

廖停雁的小一和小二先變了回去，小三的持久度是前面兩個的三倍，就是好像有點呆呆的，廖停雁沒喊停，它就坐在那裡剝了一座小山高的堅果。廖停雁覺得，下次再附靈小三，就別要它剝堅果了，她存的那些差點不夠讓它剝。

他們待夠了三天，廖停雁就算沒在修煉，都能感覺到修為在這幾天內源源不斷地往上漲。

「是不是差不多該走了？」廖停雁問。

司馬焦伸手：「拆了這個就能走了。」

廖停雁：「……」行行行，幫你拆腳套，你這個臭貓貓。

她這三天裡照顧得很仔細，基本上沒讓祖宗動過手，所以此刻拆開藥符，發現癒合速度比自己想得要好一點。她捧著司馬焦的手，就像爾康捧著紫微的手，突然戲精附身，滿面深情地說：「答應我，要多注意，不要撕裂傷口了，也不要磕到碰到，我會心疼。」

司馬焦現在的表情，好像她在他衣服裡面丟了隻毛毛蟲。

廖停雁：「等一下！我們不是要出去嗎？你往裡面走幹嘛？」不會是剛才聽到她在心裡笑話，他生氣了吧。

司馬焦扭頭看了她一眼：「拿個東西再走。」

廖停雁肯定他這語氣裡彷彿是順手一拿的東西，絕不簡單。

司馬焦伸手要拉著她，帶她一起過去。廖停雁搶先一步抱上了他的腰：「我自己抱，你手別用力。」

司馬焦就把手搭在她肩上了，他在瞬息間把廖停雁帶到了雷鳴山谷中心，放開她後，俯身五指張開，按在中央一塊普通的石頭上面。

天搖地動著，但他們兩人站立的地方紋絲不動，廖停雁腳下一空，她迅速穩住身子，停在半空中，發現自己和司馬焦站在一條銀河裡。

在這片空茫的黑色中，有星星點點的璀璨紫色光點，像河流一樣漫過她的腳下。

「走。」司馬焦順著紫色星星銀河往前走，廖停雁跟在他後面，看著那些紫色的小光點。當那些光點飄到她眼前，她才看清那是花型的光點。

在這條路上走了一會兒，眼前出現好幾條銀河彙聚的終點，所有的璀璨光點圍繞著一顆拳頭大的紫色石頭，紫色石頭上又纏繞著幾圈小小的電弧。

司馬焦伸出手把它摘下來的時候，那些電弧滋啦滋啦地響，鑽進了他的手指，又被他撕開了——像是撕橘瓣上的白色絲絡。

撕乾淨後，他把石頭朝廖停雁手裡一放，非常隨意。

「行了，走吧。」

「這是什麼？」廖停雁翻來覆去地看石頭。

司馬焦：「雷石。」

廖停雁：「看它出現在這個環境，我不得不懷疑，這塊高端的雷石，是雷鳴山谷裡很重要的東西。」

司馬焦點了點那塊光華內斂的石頭：「它是雷鳴山谷的『心臟』，雷鳴山谷之所以能擋雷劫，主要是靠它。」

廖停雁：「……」所以說你把這個拿走，雷鳴山谷就毀了是嗎？

「會被人發現的。」廖停雁緊張兮兮地說著，把石頭收了起來。不開玩笑，既然它這麼有用，就算被發現也要帶上啊，下次還要用呢。

司馬焦：「不會，等他們發現，已經過一段時間了。」到了那時候，也沒人會在乎這裡了。他想到這裡，心情就不錯地笑了一下。

兩人離開的時候，廖停雁還有點不真實，「你就這麼隨隨便便地過來，又隨隨便便把人家最重要的東西拿走了，就這麼簡單嗎？」

司馬焦：「雷鳴山谷，從前是司馬一族所造，雷石也是司馬氏所有。」

廖停雁：「難怪你能進來！可是，雖然以前是你們的地盤，但師氏把持了這麼久，就沒設點什麼禁制之類的，讓你們司馬氏的人不能再來去自如嗎？」

司馬焦嗤笑一聲：「他們當然設了，但是，對我有用嗎？」

呵，垃圾，沒用。他的表情寫著這些，明明白白的。

廖停雁覺得，就憑祖宗這張嘴和這個表情，至少能氣死十個師家人。

8 8 8

司馬焦替廖停雁煉製了一個新的防禦法寶，仍舊是用瓔珞為基底，是師余香寶庫裡更加漂亮的一個瓔珞項圈，他這次將那個雷石之心也一起熔煉了進去，現在就算被雷劈也劈不壞了。用司馬焦的原文就是：妳要是遇上了像師千縷那種程度的修士，跑不掉，就躺下來讓他打，對方就算用盡全力，也要打半天才能打破防禦。

這一點廖停雁是相信的，畢竟這次這個防具，司馬焦足足做了半個月，陸續改了好幾次，能讓他花這麼多時間做出來的東西，當然厲害。

廖停雁聽他那麼說，就捏著那瓔珞項圈問：「打破防禦後呢？」

司馬焦嗤笑一聲，廖停雁看到他的下巴微微揚了起來，還未完全癒合的手指撐在下巴上，說：「在那之前我就會到，妳可以繼續躺著。」

「頂天立地」的祖宗實際身高目測一八八，剩下頂天的那部分，全都是用他的自信氣場堆積起來的。

不過，他確實有自信的資本。悟性高到離譜，實力強到逆天，慈藏道君，天上地下只此一個，也是當之無愧的第一人。

司馬氏就剩他一個，人還在三聖山裡被關著的時候，就讓諸位能人嚴陣以待，出來後把這麼大的庚辰仙府搞得人仰馬翻不說，還能全身而退，能讓正道魁首師千縷掌門束手無策，還能手撕天雷。

可是，這麼厲害的男主角，行為怎麼偶爾這麼低能幼稚呢？

他趁她半夜睡著，把她那些附靈小人的臉都塗掉了，畫了堪稱驚悚的奇怪人臉上去，還敢大言不慚地說：「這樣看起來不是更加自然好看了？」

呸，半夜起來看到立在床邊的三個面目全非的附靈小人，日常電影一瞬間變成驚悚電影了好嗎！

廖停雁有那麼一瞬間懷疑起他的審美觀，但想到他選擇了自己，審美觀肯定沒問題，所以他只是手賤。

「來，這些給你玩，你想怎麼畫就怎麼畫，別糟蹋我的小一、小二和小三。」廖停雁給了他一整打空白的木頭小人。那都是她之前閒著沒事用木片刻出來的，她刻了很多。

司馬焦看也不看那些木片，只指出：「妳口中的小三是我附出來的。」

廖停雁：「……我們還是別討論小三的問題了，討論多了容易吵架。」

司馬焦：「什麼意思？」

他又說：「妳還會跟我吵架？」

廖停雁：「我為什麼不會跟你吵架？」情侶啊，多少都是會吵架的，現在沒吵，純粹是沒遇到事情。

司馬焦：「那妳現在跟我吵一個。」他的表情動作，就和當初好奇她會怎麼罵人，想讓她罵一次看看一樣。

廖停雁：「……現在找不到氣氛，下次再說吧。」

她只是隨口一說，沒想到這個「下次」會來得這麼快。

他們這段時間住在師余香的風花城，城裡有很多師余香的小情人，隔三差五地來一波自薦枕席。師余香常和這些人尋歡作樂，私生活非常混亂，反正大家都是玩玩而已。

其中有一個她的祕密情人，是木家的一位外府公子，也是以風流著稱，每次經過風花城都要過來和師余香廝混幾日。這次他也過來了，恰好這一天廖停雁在師余香的那個花苑裡午睡，一覺醒來就發現身邊坐了個陌生男人，曖昧地摸著她的臉，湊過來就說了幾句下流話。

「聽說妳最近都沒找人來，怎麼，那些人都滿足不了妳這淫蕩的身體了？」語氣熟稔得意到不行，還試圖去揉她的胸。

廖停雁被這個神展開嚇一大跳，罵了一聲髒話，下意識地一腳把他踹飛出去，這才徹底醒了過來。往常司馬焦在身邊，這裡的其他人也不會沒有允許就進來，所以她壓根就沒有防備。

她怎麼知道這個人以往過來時，從來都是不需要這邊的守衛通傳的，因為他和師余香算是偷情，他家中還有個家世相仿的妻子，很是凶悍。

司馬焦剛好離開了一會兒，恰巧就讓他撞上這個空隙。

「啊……妳幹什麼！」木公子修為沒她高，被她一腳踹得痛叫出聲，怒氣沖沖地坐起來罵。

他的運氣著實不太好，因為這個時候，司馬焦回來了。

之後發生的事，廖停雁想起來就頭痛噁心。司馬焦當時笑了一聲，強硬地按著她的手，完全不顧她的拒絕，強迫她捏碎了那個人的腦袋。

人的腦袋在她手底下迸裂的觸感，讓廖停雁記憶深刻。

她當下就直接吐了出來，在一邊乾嘔了半天。

司馬焦不理解她為什麼反應這麼大：「只是殺個人而已。」

廖停雁知道他不理解。

他們所生的世界不一樣，司馬焦覺得殺人沒關係，就像她覺得不能殺人一樣，他們的觀念都是來自於所處世界的普世觀念，大概都是無法互相認可的。

她理解司馬焦生在一個不殺人就會被殺的環境，所以對他的嗜殺，她不予評價，只堅持著自己不被逼到絕境，不動手殺人的想法。

司馬焦這次並沒有上次面對月初回時那麼生氣，所以也沒想折磨人，是那種看見一隻不喜歡的小蟲子，所以隨手弄死的態度，動手很乾脆，都沒時間讓廖停雁矇混過去，人就死了。

看到廖停雁的反應，司馬焦坐在旁邊擰起眉：「他冒犯妳，我才要妳親自動手，只是件小事而已。我從未見過有人殺了人，反應會這麼大的。」

他雖然知道廖停雁不喜歡殺人，但也只覺得她是不喜歡而已，就像她也不喜歡吃一種黏牙的糕糖，但硬要她吃下去，她也只會皺皺鼻子，多灌幾口水，在心裡罵他兩句而已。

他生在妖魔窟裡，又怎麼會知道在太平盛世教出來的女孩，有多難接受自己殺了人，也不會理解不喜歡殺人，跟不喜歡吃的東西這兩件事，對廖停雁來說完全不一樣。

廖停雁根本沒聽到他在說些什麼，她滿腦子還是剛才濺到她手上的腦漿，下意識地覺得噁心到不行，擦洗了許多遍手。

在她的世界，殺人的人終究是少數，普通人和殺人扯不上什麼關係。就算是打仗，也有許多士兵因為在戰場上殺過人而留下心理疾病，無法排解，廖停雁又怎麼會毫無影響。

她乾嘔了半天，擦擦嘴，站起身徑自走進屋子裡找個地方躺下了，司馬焦跟著她走進屋，看到她背對著自己躺下，是個拒絕他靠近的姿勢。

廖停雁現在很難受，生理上的難受，心裡又生氣，就不會想理人。如果司馬焦只是那個殺人狂魔師祖，她不敢對他為這種事生氣，可他現在不是了，她把他當作這個世界最親密的人，所以忍不住和他生氣。

司馬焦去拉她的手臂，廖停雁一把拍掉他的手，臉也沒轉過去，懨懨地說：「別跟我說話，現在不想跟你說話。」

司馬焦沒意識到問題有多嚴重，他盯著廖停雁的背，不得其解：「妳究竟怎麼了，就因為我讓妳動手？」

廖停雁沉默片刻後，還是嘆了口氣：「你不能這樣，我從來就沒阻止或者強迫你做過什麼事，所以你也不能這麼對我。」

司馬焦長這麼大，從來沒有人對他說過不能……不，有人說過，只是他不在意，在他的觀念裡，只有想做和不想做，沒有不能做。這天底下，沒有他不能做的事。

如果面前的人不是廖停雁，司馬焦會連一句廢話都懶得說，但現在他沉著臉，還是說了：「我知道妳不喜歡殺人，妳可以不喜歡，但是不能不會，妳總要殺的，早晚有什麼區別？」

廖停雁看著帳子上的花鳥紋出神，她其實知道，她有想過，或許哪一天，她會為了身後這個人殺人，但不能是現在這樣。這次是隨隨便便，好像兒戲一樣地殺了人。

就是覺得不高興，暫時不想理他。

她不高興，司馬焦也不高興，他從來就不是什麼好脾氣的人，對廖停雁的態度已經是他這輩子從未有過的在乎和寬容了。

司馬焦轉身就出去了。

廖停雁沒管他，她睡了一覺，竟然做了個噩夢，醒來後連往常的一日兩餐都不想吃了，實在是沒胃口。附靈小人舉著小木槌靠過來，要替她捶背，廖停雁甩甩手拒絕了，小黑蛇爬過來要和她玩，廖停雁也沒動彈。

司馬焦在外面待了三天，消了一大半的氣才回來。他不想對廖停雁發脾氣，但沒了氣，心裡仍然是煩躁著，好像回到了一開始還沒遇到廖停雁時的狀態。

他沉著臉走在師余香的花苑長廊，衣襬和長袖擺動都帶著戾氣。快走到門口時，他頓了頓，還是走了進去。

人不在。他很快地走了出來，感受了一下，竟然沒有在周圍任何地方感知到她的氣息。她走了？因為害怕，因為這種小事就離開他？

司馬焦一揮袖子，整個花圃中的錦繡花苑都塌了下去。他看也不看，唇線繃緊，滿身寒氣地循著一個方向找過去。那個瓔珞項圈上，有能讓他追查到人的術法。

他一直追到雲河畔，看到了那個熟悉的身影。

廖停雁坐在那裡握著一根釣竿，正在釣飛鰩。飛鰩是這片雲河裡的一種妖獸，一般人很難釣到，司馬焦看到她身旁擺放的大桶裡裝了好幾條飛鰩，而她用來釣飛鰩的餌，是之前在雷鳴山谷抓的那些長蟲。

原來她那時候收集那些長蟲，是為了釣飛鰩，她是怎麼知道那些蟲能釣飛鰩的？

司馬焦發現她並不是想跑，身上的怒意散了一些，他站在不遠處的樹下盯著廖停雁的背影，沒有上前的意思。

他還是不覺得自己有哪裡做錯，可他感覺到廖停雁很難受，他認識她之後，第一次在她身上感受到這種沉重的心情。

他就站在樹後看，看廖停雁釣了難釣的飛鰩，看她一臉的抑鬱，垂頭喪氣地在原地生火，串飛鰩肉，烤飛鰩。

烤得香氣四溢，她自己又不吃，好像是想到什麼又覺得噁心，看了眼自己的手，拿出水灌了兩口。

司馬焦覺得很煩躁，雙手捏緊，把身旁大樹的樹皮剝下了一大塊。

廖停雁：「我不想吃。」

她好像自言自語一樣地說：「之前你說要去雷鳴山谷，我翻到一本遊記，說雷鳴山谷裡的蟲子能釣飛鰩。飛鰩肉很美味，本來想跟你一起嘗嘗的。」

司馬焦：「……」

他走過去，坐在廖停雁對面，拿起烤好的一串飛鰩咬了一口，面無表情地把整隻飛鰩吃完了。

廖停雁還很難過，喪著一張臉又遞了一串。司馬焦本不想接，看她一眼，還是伸手接過。

廖停雁：「你以後不能這樣了。」

司馬焦丟下烤飛鰩：「就這一件小事，妳為了這個跟我生氣？」

廖停雁抹了抹眼淚，抽泣了一聲。

司馬焦把丟下的那串烤飛鰩拿起來：「……我知道了。」

司馬焦：「我沒罵妳也沒打妳，我都答應了。」

廖停雁的眼淚繼續往下墜：「我作噩夢了。」

司馬焦吃不下去了，他渾身都難受著，丟掉手裡的一串烤飛鰩肉，一手勾著廖停雁的後頸把她拉過來，拇指用力地擦掉她的眼淚：「不許哭了。」

廖停雁看著他手指上的傷痕，眼睛眨了眨，又掉下一顆眼淚在他的手掌裡。她側臉靠在司馬焦的手掌，眼睛看著他：「如果以後再有什麼事，我說了不願意做就是真的不願意做，你不要強迫我了。」

司馬焦看著她，湊上前貼著她的前額，「我知道了。」

說到這，聲音又低了些，有點懊惱：「妳別哭了。」

用唇貼了貼她的眼睛，是他很不熟練的，安撫的姿勢。

８８８

司馬焦仍然不覺得自己讓廖停雁殺個人有什麼不對，可他卻覺得有些後悔了……這還是他第一次體會到「後悔」是什麼感覺，十分新奇，是和身體的痛完全不同的一種煎熬。

廖停雁好幾天沒吃東西了，往常她每天都要花時間吃至少兩頓，有時候精緻，有時候豐盛，有時候興致來了，她還會自己動手做。他還記得有一次她做了什麼火鍋，吃到屋裡全是味道。

雖然他不知道那有什麼好吃的，但她吃得開心，他也覺得心情好起來，看她這幾天病懨懨地吃不下東西，司馬焦比她還不舒服。

而且，他還見識到了廖停雁所說的作噩夢。他在她的靈府裡休息，原本的藍天白雲變了，司馬焦在她腦子裡看到了一群人殺豬的景象，影像模模糊糊，只有那頭豬的模樣特別清晰，那豬被綁起來，叫得驚天動地。

司馬焦：「……」

真是特別，他這輩子還是第一次知道有人的靈府裡會出現這種情況。他自己的靈府裡惡劣的時候會有地獄般的屍山血海，但一群身形模糊的人聚眾屠豬……他真是開了眼界。

他腦子裡好像一整天都迴繞著殺豬的叫聲。

這不能怪廖停雁，她除了前幾天的事，之前印象最深刻的場景就是沒幾歲的時候，在鄉下外婆家看到的殺豬景象，那景象給她帶來的童年陰影，堪比之前看到司馬焦殺人時的畫面。她潛意識地抗拒殺人，所以噩夢的源頭就變成了殺豬。

廖停雁睜開眼睛後，先替自己敷上面膜。雖然修仙人士不會因為一晚沒睡好就留下黑眼圈，但她總覺得自己現在好疲憊，臉摸起來都沒那麼水嫩了。

司馬焦把她抱到身上。

廖停雁摸著自己的面膜：「？」

司馬焦的表情莫測：「殺豬……可怕？」

廖停雁翻著白眼看帳頂不說話，她什麼都不知道，別問她。

司馬焦算是知道了，殺豬不可怕，殺人也不可怕，但廖停雁一旦吃不好又睡不好，那就很可怕了。

司馬焦的眉眼顏色很濃，又因為皮膚太白，整個人的容貌就顯得尤為深刻，特別是擰眉沉凝的模樣，氣勢顯得特別鋒利，像在思考什麼有關生死存亡的大事。

廖停雁看他這樣，反而先開口寬慰了他一下：「我調整幾天就好了。」

讓司馬焦等？這是不可能的。他這個人擅於製造問題，同樣也擅於解決問題。

很快的，他帶回一個玉枕。

「用這個，只要作夢都會是美夢。」

廖停雁抱著玉枕，想起童年看過的某部火紅穿越劇，裡面也有個玉枕，忘記叫什麼名字了。

當天晚上她就試了試這個玉枕，沒有她想的那麼硬，躺起來還滿舒適的，果然也很有效。

司馬焦這晚在她的靈府裡沒再聽到殺豬的叫聲了，只發現那些花香變成了濃濃的甜香，像是什麼甜食的味道，熏到他連自己的神魂都帶有甜味。

廖停雁夢見自己生日，和久違的親戚朋友們在一起，吃了一大堆奶油蛋糕。她醒過來之後就感嘆：「好久沒吃到奶油蛋糕了。」也好久沒見過親人朋友們了。

「做了好夢開心嗎？」司馬焦問她。

廖停雁回味了一下自己的夢，夢裡她想念的朋友和親人都在對著她笑，大家吵吵鬧鬧的，催促她切蛋糕。特別大、特別好吃的一個蛋糕，所有的一切都很和諧——夢裡顯然有美化，她媽才捨不得替她買那麼大的蛋糕，她爸也不會笑得那麼和藹，妹妹更不會乖巧地叫她姊姊，沒跟她吵架就算好了，朋友們則是各自天涯海遠，有一些都已經不再聯繫了，更不會聚得那麼齊。

她還是點了點頭：「滿開心的。」就是想到一句詩，當時只道是尋常。

「這個枕頭這麼有用，你怎麼自己不用？」廖停雁摸著玉枕上雕刻的紋樣，覺得那看起來有點像是隻長鼻子的大野豬。

司馬焦看她恢復了精神，也放鬆了些，從鼻子裡哼了一聲：「那個對我沒用。」

他擁有特殊的能力和強大的力量，相對的，有不少法寶靈藥都對他無用。

廖停雁現在看什麼都覺得像豬，看司馬焦也是：「為什麼要在這個玉枕上雕野豬？」

司馬焦：「那是夢貘。」

廖停雁：「傳說中的夢貘，就長這個樣子？」

司馬焦：「區區夢貘，也能稱作傳說？」

兩人大眼瞪小眼看了一陣子，司馬焦坐了起來：「走，帶妳去看夢貘。」

他雷厲風行，拉著廖停雁就飛了出去。廖停雁還在發呆，她都不知道原來這個世界還有夢貘這種生物存活，一下子沒能反應過來，等反應過來都已經被司馬焦拖出幾里之外了。

廖停雁：「等等等——」

她攏著自己的頭髮：「我還沒梳頭！我還沒換衣服！」

司馬焦停下來看她一眼，很是奇怪：「妳往常不就是這樣？」

廖停雁：在家和出門能一樣嗎？我在家還不洗頭、不穿內衣呢。

她好歹把頭髮梳了梳，加了一件外袍。

夢貘並不多見，庚辰仙府裡僅有的幾隻養在掌門師千縷私人的一座山中。一聽說那幾隻夢貘養在師千縷的地盤，廖停雁不由得問了句：「我們就這樣去？」

司馬焦：「空手去就行了，妳那個燒烤架就別帶了，夢貘皮厚肉糙的，不好吃。」

廖停雁覺得自己白問了這句話。沒有司馬焦不敢去的地方，也沒有他不敢做的事。

廖停雁許久沒有關注外界，這次出門，她發現越是靠近內府中心，就越是熱鬧：「最近有什麼大事？怎麼這麼熱鬧？」

司馬焦扯了扯嘴角：「庚辰仙府每隔百年有一次仙府祭禮，尤為隆重。從其他大小仙山靈地看來，庚辰仙府的師祖，也就是我今年出關，恰巧遇上這次祭禮，自然更該大辦。」

庚辰仙府的宮主們還不敢將他的事公之於眾，只能緊緊扯著臉皮忍下來，這次祭禮他們大概會告訴所有人他仍需要閉關，繼續瞞著這件事。但是，他為他們準備的禮物都已經放置完了，到時候也好添一份熱鬧。

廖停雁是兩耳不聞窗外事，但聽到司馬焦的話，再看他神情，她心裡也猜到了。估計他之前說要搞的大事，就是和這個祭禮有關。

司馬焦說了兩句話，也沒說更多，掠過那些說說笑笑、滿臉喜氣的弟子。這些弟子看不到這巍峨仙府下的深淵，仍是自豪而期待地討論著不久後的仙府祭禮。

「我們是第一仙府，哪個門派敢不給我們面子？上一個百年祭禮，我還記得步雲宗送的禮物是一隻笠鳳，不知今年會送什麼……」

「送什麼也就那樣了，什麼珍貴的東西我們庚辰仙府沒有？」

廖停雁回頭看了眼，見到那些弟子臉上的優越感。

這第一仙府，實在已經站在頂點太久了，所有人都理所當然地覺得自己比「外面」那些人高貴。不分天地四方，只分庚辰仙府內外。

畢竟是掌門師千縷的地盤，哪怕他們要去的不是主峰太玄，而是次峰太微，廖停雁還是有些擔心。司馬焦就不同了，他和逛自家園子一樣，一邊走著，還偶爾和她介紹幾句。

「師千縷喜歡養些珍稀靈獸、仙獸，特地開闢了一座次峰專門飼養。」

「聽說他偶爾會過來看看，只是這裡不是什麼重要的地方，守備很稀鬆。」

就像司馬焦所說，他們輕輕鬆鬆就進入了太微山。山底下的守衛沒幾個，還都很懶散，甚至比不上他們之前去摸魚的靈池守衛森嚴。

也對，畢竟就是個動物園，放鬆心情用的，和花園差不多，要不是因為有幾隻較為特殊的仙獸，大概連守衛都不會有。

這座山看起來並不稀罕，只是靈氣格外充裕，劃分了各個區域，每一個區域裡都養著不同的獸類。廖停雁要看的夢貘在這裡算不上什麼很珍貴的靈獸，棲息地就在一片湖泊旁。果然長得就像長鼻子的小野豬，身上的毛是黑色的，在水邊咕嚕嚕地喝水。

廖停雁看了一會兒，懷疑道：「牠們能食夢？」

司馬焦圈著手臂：「聽說能，我不清楚。抓兩隻回去看看？」

廖停雁拒絕了。

司馬焦：「妳怕什麼？兩隻小東西而已，被發現了也沒事。」

廖停雁耿直地說：「不了，我只是覺得牠們不可愛，所以不想養。」真是誠懇老實。

司馬焦喔了聲：「長得好看的，這裡很多，妳選幾隻帶回去。」

廖停雁感覺祖宗就像是帶人來逛商場，就算她不想買，也一定要帶一點東西走。盛情難卻之下，還是那句話，來都來了，她也有點想養隻毛茸茸的寵物紓壓，就默認了，跟著司馬焦一路往太微山深處走。

司馬焦看了幾處地方都不太滿意，忽然問：「這裡沒有水獺？不如養幾隻水獺。」

廖停雁過一秒鐘後拒絕：「不。」

兩人看到了一隻羽翅金黃璀璨的鳳鳥，落在一樹白色的繁花裡，廖停雁感興趣地問：「這就是箜鳳？」

司馬焦對這隻高貴優雅的大鳥沒有絲毫興趣，眼睛四處看，想找隻長得像水獺的，隨口說：「鳳族後裔早就死得差不多了，大概也就剩這一隻。」

廖停雁：「看牠獨占這一大片山頭就知道，牠肯定是這裡最珍貴的。」

司馬焦：「不管是人還是畜生，只剩一兩隻的時候自然就算珍貴了。」

廖停雁：「……」你說這話我沒辦法接，畢竟你話裡話外好像都在隱射自己。

兩人順著山道繼續走，到了一片山崖邊，這裡的山崖長著宛如瀑布的一片垂藤，還開著尋常的五瓣黃花。廖停雁隨手摘下了一朵，山風一吹，把她手裡那朵花吹向了一旁的深林山澗。

司馬焦的目光順著那朵花落下，原本懶散的目光忽然凝住了。

廖停雁大半天都沒聽見他開口，扭頭看去，發現他的神情很奇怪。

「怎麼……」

司馬焦伸出手做了讓她站在原地的手勢，他向著山澗走出去，走得很慢，走了十幾步後停下來。廖停雁見他伸出手往前虛虛一探，指尖突然痙攣起來。與此同時，周圍的風好像停了，鳥鳴也消失殆盡。

空氣裡莫名有種緊繃感。

司馬焦退了一步，轉身走回來。

廖停雁站在原地不知發生了什麼，聽到司馬焦說：「妳先回去，這幾日都不要出門，不論發生什麼都不要踏進內府中心一步，等我回去。」

廖停雁問也沒問，直接點頭：「行，我等你。」

司馬焦難看的神情終於緩和了一點，他拉過廖停雁的手，在她手腕內側吻了一下，放開她道：「去吧。」

廖停雁離開後，司馬焦的神情再次冷了下來。他舉目望向四周，這個地方有一個隱藏起來的結界，幾乎不亞於當初困住三聖山的那個結界。要布下這一道結界很不簡單，所以在這裡想要隱藏的東西肯定不簡單。

這是師千縷的地盤，他藏在這裡的東西，他當然要翻出來看看。

估算著廖停雁現在大概已經離得很遠了，司馬焦再度有了動作，這次他往前踏出一步，再也沒有控制力量，腳下發出喀嚓的破裂聲響。

青翠的山澗之上突然出現了一座橋，通向另一座更小的山峰。

司馬焦走了上去，這一座橋並不簡單，他每走出一步，周身就是一陣靈氣湧動，霧氣沸騰，試圖鑽進他的身體裡，彷彿有生命一般。走在空中，就好像不會游泳的人走在水底，想要前進會十分困難。

司馬焦的周身覆蓋了一片赤色火焰，白色的霧嵐在碰到火焰時，瑟縮著退去，發出尖細的呼嘯聲。

霧裡有能吞吃人靈力和血肉的蟲子，這是一種修真界沒有，只有魔域才有的魔蟲。

—未完待續—

高寶書版集團
gobooks.com.tw

YS 004
獻魚（上）

作　　者　扶　華
責任編輯　陳凱筠
封面設計　鄭婷之
內頁排版　賴姵均
企　　劃　鍾惠鈞

發 行 人　朱凱蕾
出　　版　英屬維京群島商高寶國際有限公司台灣分公司
Global Group Holdings, Ltd.
地　　址　台北市內湖區洲子街88號3樓
網　　址　gobooks.com.tw
電　　話　(02) 27992788
電　　郵　readers@gobooks.com.tw（讀者服務部）
傳　　真　出版部　(02) 27990909　行銷部 (02) 27993088
郵政劃撥　19394552
戶　　名　英屬維京群島商高寶國際有限公司台灣分公司
發　　行　英屬維京群島商高寶國際有限公司台灣分公司
初　　版　2021 年 6 月

本著作物由北京晉江原創網絡科技有限公司授權出版。

國家圖書館出版品預行編目(CIP)資料

獻魚 / 扶華著. -- 初版. -- 臺北市：英屬維京群島商高寶國際有限公司臺灣分公司, 2021.06
面；　公分. --

ISBN 978-986-506-142-5（上冊：平裝）. --
ISBN 978-986-506-144-9（下冊：平裝）. --
ISBN 978-986-506-145-6（全套：平裝）

857.7　　110007497